KNAUR

Von Silke Schütze sind bereits folgende Titel erschienen:
Schwimmende Väter
Links und rechts vom Glück
Als Tom mir den Mond vom Himmel holte
Kleine Schiffe
Erdbeerkönigin

Über die Autorin:
Silke Schütze, Jahrgang 1961, lebt in Hamburg. Nach ihrem Studium der Philologie war sie Pressechefin bei einem Filmverleih und Chefredakteurin der Zeitschrift CINEMA. Sie hat zahlreiche Romane und Kurzgeschichten veröffentlicht und hält Schreiben für die zweitschönste Sache der Welt. 2008 wurde Silke Schütze vom RBB und vom Literaturhaus Berlin mit dem renommierten Walter-Serner-Preis ausgezeichnet.

Silke
Schütze

Rosmarintage

Roman

KNAUR

Besuchen Sie uns im Internet:
www.knaur.de

FSC
www.fsc.org
MIX
Papier aus verantwortungsvollen Quellen
FSC® C083411

Originalausgabe März 2016
Knaur Taschenbuch

Ein Imprint der Verlagsgruppe
Droemer Knaur GmbH & Co. KG, München.

Redaktion: lüra – Klemt & Mues GbR
Umschlaggestaltung: Sabine Kwauka
Umschlagabbildung: mauritius images / Orédia; Shutterstock
Satz: Adobe InDesign im Verlag
Illustration: Shutterstock / Irina Vaneeva
Druck und Bindung: CPI books GmbH, Leck
ISBN 978-3-426-51436-8

2 4 5 3 1

Für die Geräusche des Sommers, für die Hoffnung
und die Freude, für das Lachen und die Umarmungen,
für Dich.

Silke Schütze, 2016

Man wird nicht alt, weil man
eine gewisse Anzahl Jahre gelebt hat.
Man wird alt, wenn man seine Ideale aufgibt.
Die Jahre zeichnen zwar die Haut,
Ideale aufgeben aber zeichnet die Seele.

(Marcus Aurelius)

Prolog

Sie gingen den kleinen Pfad hinauf zum Friedhof und erreichten die alte Mauer. Das Tal lag in der Abenddämmerung vor ihnen. Weit hinten verschwamm der Horizont, im Schein des Sonnenuntergangs zitternd, mit dem Blau des Meers. Die Autobahn schlängelte sich durch das Gebirge, die Lichterkette der Autoscheinwerfer zeichnete ihre Wendungen nach. Vereinzelt konnte Tamara helle Fenster in den Häusern der Dörfer erkennen, ein kleines Château, eine alte Kaserne, die Leuchtreklame eines Supermarktes. Hier oben auf dem Berg war es schon beinahe dunkel, aber die Zikaden waren noch zu hören. Die Wärme des Tages verlor sich nur langsam, die Luft war erfüllt von der würzigen Süße jener Sträucher, Büsche und Kräuter, die sich trotzig und siegreich in den steinigen Boden krallten. Stille umgab sie mit tröstender Nähe.

»Immer, wenn man glaubt, etwas verstanden zu haben, und sich einigermaßen sicher fühlt, steht wieder etwas Unbekanntes vor einem«, sagte Tamara. »Wie soll da das Leben gelingen?«

Max lächelte. »Ich weiß immer noch nicht, wie einem das Leben gelingt. Auch mit über siebzig Jahren nicht.« Er dachte nach. »Ich denke, dass das Leben eine Reihe von guten und schlechten Tagen ist.« Er beugte sich zum Boden und pflückte einen kleinen Zweig von einem Busch, drehte ihn in der Hand und verrieb einige Nadeln zwischen den Fingern. »Weißt

du, Tamara, wenn du am Ende mehr gute als schlechte Tage hinter dir hast, dann war's wohl ein gutes Leben.« Er roch an seinen Fingern und atmete tief ein. »Und manchmal, sehr selten, hast du das große Glück, dass einige Tage nach Rosmarin duften.«

Kapitel 1

Max Engel wusste, dass die Zeit gekommen war. Jetzt musste es schnell gehen. Er war seit Wochen auf diesen Tag vorbereitet. Bereits am Ostersonntag war ihm klargeworden, dass er fliehen musste. Er hatte im großen Speisesaal gesessen und erkannt, dass kein einziger Mensch in diesem Raum in dieser Minute dort sein wollte. Die Alten saßen erschrocken auf ihren Stühlen und konnten den vielen durcheinandersprechenden Stimmen nicht folgen. Ihre Besucher versuchten, durch lautes Gelächter, viele Worte und ausladende Gesten die lähmende Atmosphäre des Seniorenheims zu bekämpfen. Sie waren *so* wichtig! Und, so hatte Max Engel damals gedacht, sie waren voller Angst, auch einmal so alt, so schwach, so uninteressant zu werden. Sie wollten den Pflichtbesuch hinter sich bringen und in ihre schnelle, bunte, lebendige Welt zurückkehren und den Nachmittag rasch vergessen.

Innenarchitekten hatten versucht, dem Speisesaal des Seniorenheims die Anmutung eines Hotelrestaurants zu verleihen. Aber Max ließ sich keinen Sand in die Augen streuen: die Rollatoren und Krücken, die Handläufe an den Wänden, der belehrende Tonfall der Pfleger und Pflegerinnen, die nicht mehr merkten, dass sie mit den alten Menschen sprachen wie mit kleinen Kindern …

»JVA Abendsonne« nannte Max das Heim bei sich, das unter »Seniorenresidenz am Park« firmierte und dessen Leitung das Personal anhielt, von den Bewohnern als »Gästen« zu sprechen.

Schon wieder eine Lüge, dachte Max Engel an diesem hellen Junimorgen, während er sich für das wahrscheinlich letzte Abenteuer seines Lebens bereitmachte. Gäste waren nicht, wie er und seine bedauernswerten Schicksalsgenossen, gezwungen zu bleiben. Bis zur Verlegung auf die Pflegestation, bis zum letzten Atemzug. Gäste durften gehen. Und genau das tue ich jetzt, dachte Max Engel und merkte, wie sein Herz schneller schlug. Er hörte die aufgeregten Frauenstimmen im Büro von Dr. Maier-Schmidt und ging, so schnell es ihm mit seinem lästigen Stock möglich war, zum hinteren Aufzug. Im Erdgeschoss stieg er aus und sah zufrieden, dass die Rezeption belagert war, wie immer nach dem Frühstück, weil die Heimbewohner Briefmarken kaufen, Tickets für die Veranstaltungen der Residenz bestellen, Fragen loswerden wollten oder einfach nicht wussten, was sie mit dem Vormittag anfangen sollten. Er drückte sich mit einem freundlichen Lächeln an ihnen vorbei und ließ unauffällig seinen Umschlag in das Postfach »Allgemeine Anfragen« gleiten. Er wusste, dass dieses Fach erst am Abend geleert wurde. So hatte er fast einen Tag Vorsprung.

Jovial nickend erwiderte er den Gruß eines Pflegers und bestieg den Aufzug, der ihn in die Tiefgarage bringen würde. Dort hatte er schon vor Wochen einen kleinen Koffer in der Abseite zum Heizungskeller versteckt.

Die Fahrstuhltüren öffneten sich, und die Stimme im Lautsprecher tönte unangenehm laut: »Untergeschoss!«

Max sah sich um, er war allein. Er holte seinen Koffer und zog ihn hinüber zu dem verdreckten Fiat Punto in der hintersten Ecke der Parkfläche. Der Kofferraum war erwartungsgemäß nicht abgeschlossen, und Max wusste auch, dass das Schloss der Beifahrertür defekt war. Er öffnete den Kofferraum und stellte fest, dass er vollgestopft war mit irgendwelchen Säcken, einer Reisetasche und zwei Paar Stiefeln.

»Was will sie nur mit all dem Kram?«, murmelte er halblaut und taxierte seinen Koffer. So, wie es aussah, musste er ihn auf der Rückbank verstauen. Er spähte ins Wageninnere. Ja, das würde passen. Auf den Sitzen lagen eine Wolljacke, eine Packung Tempotücher und ein Netz mit Äpfeln. Noch Platz genug für sein Gepäck. Er musste ja auch den Stock unterbringen. Seine Reiseunterlagen befanden sich in seiner alten Lufthansa-Umhängetasche. In den späten siebziger Jahren des vergangenen Jahrhunderts hatte sie als todschick gegolten und ihm seitdem auf den meisten seiner Reisen gute Dienste geleistet. Die Tasche würde er mit nach vorn nehmen.

Entschlossen zog er die Beifahrertür auf und kippte den Sitz vor. Er schob den Koffer mit Mühe hinter die Lehne, legte den Stock in den Fußraum und klappte den Sitz wieder zurück. Obwohl er das starke Bedürfnis verspürte, für einen Moment zu verschnaufen und Atmung und Herz zu beruhigen, wusste er, dass er erst einmal einsteigen musste, was nicht einfach war. Er setzte sich langsam auf den Beifahrersitz – schnell hätte er es sowieso nicht tun können – und hob zunächst das linke und dann das rechte Bein in den Wagen. Dann nahm er sich die Zeit, auszuatmen. Er kontrollierte noch einmal alles. Der Koffer hinten, der Stock auf dem Boden, er selbst auf dem Beifahrersitz, seine Lufthansa-Tasche auf dem Schoß. Ächzend suchte er nach dem Verschluss des Gurtes. Wo war das dumme Ding nur? Er fingerte rechts oberhalb des Sitzes, bekam irgendetwas Hartes zu fassen und zog vorsichtig daran. Es war tatsächlich der Verschluss, und er wollte den Gurt gerade mit einem leichten Ruck über sich ziehen, als die Fahrertür aufgerissen wurde. Max Engel schrie überrascht auf und ließ den Gurt los.

Tamara Finke, die Besitzerin des Autos und Pflegekraft in der Seniorenresidenz am Park, schrie ebenfalls auf. Die hagere, sommersprossige Mitvierzigerin mit der feuerroten Kurzhaarfrisur fand als Erste ihre Stimme wieder.

»Herr Engel! Was machen Sie denn hier?« Denn natürlich kannten sie einander.

»Sie sind einfach wie immer zu schnell, Frau Finke«, knurrte Max Engel verärgert. Sie schüttelte offensichtlich ebenso verärgert den Kopf und blickte sich gehetzt auf der Parketage um. Engel fiel auf, dass sie eine elegante, schmale Unterarmtasche in der Hand hielt, die nicht zu ihrem burschikosen Outfit aus Jeans und Karohemd passte. Sie ließ sich auf den Fahrersitz fallen, stopfte nach einem Seitenblick auf Max Engel die Tasche in das Handschuhfach, klappte es mit einem lauten Knall zu, drehte den Autoschlüssel im Schloss und fuhr los, als hätte sie einen Startschuss gehört. Max Engel stieß einen erstaunten Seufzer aus.

»Herr Engel, ich habe jetzt für gar nichts Zeit! Ich kann Sie nicht wieder ausladen und in Ihr Zimmer bringen. Wir sprechen, wenn wir draußen sind«, beschied Tamara Finke ihrem Beifahrer und lenkte das Auto Richtung Ausgang. »Und schnallen Sie sich gefälligst an!« Sie beugte sich über ihn, während sie den Wagen die Schräge hoch zur elektronischen Schranke lenkte, und zerrte mit beiläufiger Routine an dem Gurt. »Hier!« Max Engel schloss mit zitternden Fingern das Schloss und verschränkte seine Hände auf der Lufthansa-Tasche.

Tamara Finke fixierte die elektronische Schranke und murmelte: »Jetzt kommt der Moment, wo der Elefant das Wasser lässt.« Sie drückte auf den Knopf an der Gegensprechanlage und wartete, bis sich der Empfang der Residenz meldete. Sie rief »Finke!« und knabberte dabei nervös an ihrer Unterlippe.

Max Engel beobachtete sie. Er wusste, dass sich die Finke mit der Heimleiterin Frau Dr. Maier-Schmidt gestritten hatte. Aber vor allem wusste er, dass das hier seine einzige Chance war. Er hielt den Atem an.

Aus dem Lautsprecher quäkte es: »Alles klar. Schönen Feierabend!«

»Darauf kannst du wetten«, knurrte Tamara Finke mit dem für sie typischen Berliner Akzent. Mit zusammengekniffenen Augen sah sie zu, wie sich die Schranke hob. Sie fuhr an, legte den zweiten Gang ein und lenkte den Wagen aus der Einfahrt auf die Straße. Max Engel atmete aus, hob die geballten Fäuste und flüsterte: »Halleluja!« In dieser Sekunde hörte er Tamara Finke neben ihm ebenfalls »Halleluja!« flüstern. Sie wechselten erneut einen verwirrten Blick, dann konzentrierte sich Tamara auf den Straßenverkehr und Max betrachtete eingehend den Reißverschluss seiner Tasche.

Eine Weile fuhren sie schweigend, aber als die Seniorenresidenz schon lange hinter ihnen verschwunden war, steuerte Tamara Finke den Parkplatz eines Supermarktes an. Dort hielt sie in einer Parkbucht an und drehte sich zu ihm um. »Jetzt mal raus mit der Sprache, Herr Engel, was zur Hölle machen Sie in meinem Wagen?«

Max Engel nickte. Es war nur verständlich, dass die Finke Aufklärung verlangte. Er besann sich für einen Moment, da ihm klar war, dass er jetzt überzeugend sein musste. Er durfte das hier nicht versauen.

Er holte Luft und sah Tamara Finke direkt in die Augen. »Frau Finke, ich will nicht lange herumreden. Ich weiß, dass Sie sich mit Frau Dr. Maier-Schmidt gestritten haben, weil sie wollte, dass Sie Ihren Urlaub verschieben.«

Mit dieser Antwort hatte Tamara Finke nicht gerechnet, aber das erlittene Unrecht brodelte noch in ihr, und obwohl sie sich fragte, was dieser Engel mit ihrem Ärger und vor allem in ihrem Auto zu tun hatte, platzte sie heraus: »Das stimmt allerdings.

Und zwar zum dritten Mal! Diesmal übrigens, weil sich die olle Matuschke gestern beim Frauenfußball das Wadenbein gebrochen hat. Ich soll für sie einspringen! Mann, mit über sechzig noch aufm Bolzplatz, die hat doch ’nen Knall!«

Dass die Chefin ihr zusätzlich klargemacht hatte, dass sie gern kündigen könne, wenn sie wolle, behielt Tamara Finke für sich. Es wäre zu demütigend gewesen, die Aussagen der Maier-Schmidt zu wiederholen.

»Frau Finke, so jemanden wie Sie kriege ich an jeder Straßenecke. Das Arbeitsamt hat mir heute wieder drei Alternativen angeboten. Wenn Sie den Halbtagsjob nicht brauchen, meinetwegen!«

In Tamaras Kopf hatten sich die Gedanken überschlagen. Wie sollte sie ohne die Arbeit in der Residenz die Miete zahlen und Finn Geld schicken? Er war ein begabter Footballspieler und brauchte alle naselang Zuschüsse für Klamotten oder Schuhe. Natürlich würde sie irgendeine andere Arbeit finden, aber wenn sie auch noch den Job im Tierheim machten wollte, würde das sehr kompliziert werden.

Max Engel sah, dass es in Tamara arbeitete. Er bohrte nach: »Und jetzt sind Sie geflohen?«

Die Finke sah ihn mit gerunzelter Stirn an. »Was, deswegen? Wie meinen Sie das?«

»Na, Sie hatten es sehr eilig. Ich dachte schon, Sie hätten den Safe im Büro der Maier-Schmidt geknackt.«

Tamara Finke zuckte zusammen. »Nein, ich war einfach nur sauer. Und da wollte ich schnell weg.«

»Aber Sie machen keinen Urlaub?«

Tamara Finke kurbelte das Fenster herunter. »Was geht Sie das an, Herr Engel? Ich hatte Sie gefragt, was Sie in meinem Auto suchen! Wie sind Sie überhaupt hier reingekommen?«

»Das Türschloss ist defekt.«

»Und?«

Max öffnete seine Lufthansa-Tasche, nahm einen Stapel Postkarten heraus und legte sie Tamara Finke in die Hände. Sie sah ihn fragend an und ging die Postkarten durch. »Mimosen, Strand, Oliven, Rosmarin …« Ihr Blick war ratlos. »Ist das ein Spiel? Mensch, machen Sie es nicht so spannend, Herr Engel!«

Max Engel nickte wieder. »Frau Finke, ich habe ein interessantes Angebot für Sie.« Er erwiderte fest ihren Blick. »Was halten Sie von einer Woche Südfrankreich? Kostenfrei?« Er klopfte auf seine Lufthansa-Tasche. »Sie müssen sich um gar nichts kümmern. Sie müssen nur fahren. Die Route habe ich zusammengestellt, die Hotels sind gebucht, und natürlich lade ich Sie auch zum Essen ein.«

Tamara Finke gab sich keine Mühe, ihre Verblüffung zu verbergen. »Wat? Südfrankreich?« Sie sah wieder auf die farbenfrohen Postkarten. Ihr Blick zuckte zum Handschuhfach und kehrte dann erneut zu den Karten zurück. Das Kobaltblau des Meeres nahm sie gefangen. Darüber strahlte ein wolkenloser Himmel in beinahe derselben Farbe. Sie sah genauer hin. Nein, die Farbe des Meeres spielte mehr in ein Türkis, das sofort das Gefühl von kühlem Wasser auf sonnengetränkter, heißer Haut und den Wunsch hervorrief, sich in die Fluten zu werfen. Tamara war bisher nur einmal am Meer gewesen. Ihre erste Reise mit Pit war nach Mallorca gegangen. Tamara erinnerte sich an die Wärme des Windes, an das weiße Glitzern der Sonne auf den Wellen. Das Hotel war zwar eine anonyme Bettenburg gewesen, aber das Licht, die Hitze, die Luft hatten sie beide für zwei Wochen in lebensfrohere, weichere und freundlichere Menschen verwandelt. Ob Südfrankreich so ähnlich war? Stundenlang hatten sie damals abends am Strand gesessen und dem Rauschen des Meeres gelauscht. Pit hatte seine Arme eng um sie geschlungen, und sie hatte seinen Mund an ihrem Ohr gespürt. Für einige Sekunden tauchte Tamara Finke durch die Einladung von Max Engel in ihre glücklichsten Erinnerungen ab, und als sie wieder an die Oberfläche kam, lag der Zauber jener Zeit in ihrem Lächeln.

Ihr Blick traf abermals den von Max Engel. Beide wussten, dass es für ein entschiedenes »Nein« zu spät war.

Max Engel wertete ihr Schweigen als positives Zeichen und beschloss, das Eisen zu schmieden, solange es heiß war. Er lehnte sich gutgelaunt zurück, und auch über sein runzeliges Gesicht ging ein Lächeln. »Dass ich in meinem Alter noch einmal eine Frau sprachlos mache! Also? Sind Sie dabei?«

»Wie meinen Sie das – dabei?« Tamara Finke räusperte sich. Sie rechnete grundsätzlich immer mit allem – aber so etwas war ihr noch nie geschehen.

»Nun, ich bin natürlich mit von der Partie. Sozusagen als Wehrmutstropfen – denn schließlich ist das der Sinn der Sache.«

Langsam dämmerte Tamara Finke, was Max Engel vorhatte. Er wollte abhauen! Seniorenresidenz adieu! Und sie sollte seine Fluchthelferin sein.

Sie schüttelte energisch den Kopf. »Herr Engel, Sie können doch jederzeit in Urlaub fahren. Mit Freunden oder mit Ihrer Familie. Dafür brauchen Sie mich doch nicht.«

»Keiner von denen kann sich freinehmen oder hat Lust. Und ich muss *jetzt* fahren. Ich habe keine Zeit, zu warten.«

Tamara lachte. »Mensch, Herr Engel! Zeit haben wir in der Residenz doch im Überfluss.« Sie sah wieder auf die Postkarten, und ihre Stimme klang versöhnlich, als sie fortfuhr: »Wenn die Leute darüber klagen, dass sie keine Zeit mehr für irgendwas haben, sag ich immer: einfach mal einen Tag im Altenheim verbringen. Da weißt du, wie lang die Zeit sein kann.«

»Und am schnellsten verfliegt sie beim Reisen.«

»Sie sind ja besonders pfiffig, Herr Engel, was? Warum haben Sie es denn so eilig?«

Max Engel verzog abweisend das Gesicht. Aber er sagte: »Um mich geht es nicht. Es geht um meinen Freund in Südfrankreich. Der hat wohl nicht mehr so viel Zeit.«

Tamara Finke schüttelte den Kopf. »Nee, nee, Herr Engel, ich hab meine eigenen Sorgen. Sie können doch nicht einfach aus der Residenz abhauen, ohne irgendjemandem was zu sagen. Sie wissen doch, wie die schon durchdrehen, wenn irgendjemand ohne Abmeldung mal einen Kaffee in der Stadt trinken geht.«

Max nickte abschätzig. »Wie im Kindergarten.«

»Ist doch nur zu Ihrem Schutz.«

»Quatsch, das ist wegen der Versicherung. Wir sind alle alt genug – und wenn wir in unserer Wohnung geblieben wären, würde sich doch auch keiner drum kümmern, was wir machen.«

»In einer Wohnung liegen sie aber womöglich auch wochenlang unentdeckt rum. Oder sogar tot.« Sie sah ihn nachdenklich an. »Herr Engel, auch ich will ehrlich sein. Sie und ich, gemeinsam nach Südfrankreich. Das geht nicht. Nicht nur wegen der Vorschriften.«

»Sondern?«

»Erstens, weil es nicht geht. Und zweitens fahr ich schon gar nicht mit Ihnen, wenn Sie einfach in fremde Autos einbrechen.«

»Ihr Schloss ist schrottreif. Da musste ich nicht einbrechen, sondern nur die Tür öffnen.«

»Unser Gespräch ist hiermit beendet. Da hinten fährt ein Bus ab. Zurück.«

Tamara Finke beugte sich wieder über ihn, öffnete die Beifahrertür und wollte den Gurt lösen. Doch Max Engel hielt ihre Hand fest.

»Frau Finke – Tamara, ich darf doch Tamara sagen? Sie machen einen riesigen Fehler! Was ist nur mit Ihnen los?« In seiner Stimme lag etwas Drängendes, das Tamara Finke ans Herz ging. Es klang wie die Stimme eines Ertrinkenden. So ein Unsinn, dachte sie, man ertrinkt nicht in einem Fiat Punto. Sie schüttelte seine Hand ab und öffnete den Gurt. Max Engel rührte sich nicht.

Er wiederholte: »Was ist nur mit Ihnen los?«

»Was soll mit mir los sein?«

»Ja, sind Sie denn gar nicht neugierig? Wer von uns ist denn alt? Klingt Südfrankreich in Ihren Ohren nicht vielversprechend? Wie eine Einladung ins Paradies?«

»Paradies?« Tamara Finke drängte die unvermittelt wieder aufflammende Erinnerung an Pit am Strand zurück und zeigte Max Engel einen Vogel. »Ein Anfall von Spontandemenz? Sind Sie verrückt?«

»Ich? Das müsste ich Sie fragen!«

Tamara Finke war sprachlos.

Max Engel wurde laut. »Na, gerade hat Ihnen die … Königskobra den Urlaub gestrichen, und statt Ferien dürfen Sie sich auf zwei Wochen Arbeit in der JVA freuen! Warum fallen Sie mir also nicht einfach um den Hals?«

Tamara Finke musste unwillkürlich grinsen. Der Mann hatte Humor. Die Heimleiterin Frau Dr. Maier-Schmidt hatte tatsächlich etwas von einer Königskobra. Und wie nannte er die Seniorenresidenz am Park?

»JVA?«

»Ja, ja, ich weiß, dass Sie angehalten sind, uns ›Gäste‹ zu nennen. Ich nenne uns lieber ›Insassen‹. Diese Schönfärberei in der

›Seniorenresidenz‹ mache ich nicht mit. Ich nenn das Haus JVA Abendsonne. Denn das ist es doch. Ein Knast für Alte.«

»Ziemlich teurer Knast. Sie haben Altenknast deluxe gebucht. Was erwarten Sie denn überhaupt?«

»Offensichtlich zu viel. Respekt, Menschlichkeit …«

Tamara verdrehte die Augen. »Sie sind unser lieber Gast, Herr Engel. Vergessen Sie das nicht. Außerdem … was hat das mit mir zu tun? Sie haben mich doch wohl nicht gekidnappt, um mit mir über Altenpflege im Wandel der Zeit zu diskutieren. Woher wissen Sie eigenlich von meinem Urlaub? Und wieso glauben Sie, dass ich meine freie Zeit mit Ihnen verbringen würde? Ich hab eigene Pläne.« Tamara stutzte. »Apropos …« Sie blickte auf ihre Armbanduhr. »Och, nee. Manno, ich muss los.«

Im nächsten Moment startete sie den Motor.

»Also gut, Herr Engel …«

»Nennen Sie mich Max, Tamara, bitte nennen Sie mich Max.«

»Aber nur, wenn wir uns duzen. Ich bin schließlich noch nicht achtzig. Sondern zweiundvierzig.«

»In Ordnung, Tamara. Ich bin Max.«

Tamara kurbelte ihr Fenster hoch.

»Das hast du schon gesagt. Und schnall dich gefälligst wieder an!«

Sie fuhr vom Parkplatz.

»Ich muss jetzt schnell noch zum Tierheim, Futter abgeben, danach bringe ich dich wieder zurück.«

Max Engel ließ die Schultern sinken. Er sah aus dem Fenster und ballte die Fäuste. Niedergeschlagen sagte er: »Und was machst du dann, Tamara Finke? Morgen wieder in die JVA gehen und darauf warten, dass die Maier-Schmidt irgendwann deinem Urlaub gnädig zustimmt? Du hast vorhin nicht ausgesehen, als ob du wild darauf seist, wieder zurückzugehen. Im Gegenteil, du hattest es sehr eilig.«

»Und wenn?« Tamaras Stimme klang scharf.

Max Engel betrachtete sie sinnend. Ihm kam eine Idee. »Könnte es sein, dass du überhaupt nicht vorhast, zurückzugehen? Obwohl die Maier-Schmidt deinen Urlaub nicht genehmigt hat?«

Tamara maß ihn mit einem anerkennenden Blick.

»Blitzmerker, was?«

Sie zögerte kurz. Nach einer Weile erwiderte sie achselzuckend: »Treffer versenkt. Ich dachte, ich komm einfach die nächsten zwei Tage nicht. Ich brauche ja erst ab dem dritten Tag eine Krankschreibung. Und so kriege ich morgen einfach mal eine Sommergrippe. Dann kann ich in zwei Tagen trotzdem immer noch wieder antanzen.«

Max sah sie listig an. »Oder vielleicht auch nicht. Wir könnten in den zwei Tagen an die Côte d'Azur fahren. Was meinst du, wie anders alles hier aussieht, wenn du es von dort betrachtest.«

Tamara lächelte skeptisch. »Nun mal langsam mit den jungen Pferden, wie meine Oma immer sagte. Jetzt fahren wir erst mal zum Tierheim. Ich arbeite da als freie Mitarbeiterin. Bringt ein bisschen Kohle extra und macht mehr Spaß als mit euch.«

Max japste ärgerlich. »Ist das der sprichwörtliche Berliner Charme? Wir Oldies sind doch bestimmt netter als solche zotteligen Tölen.«

»Zottelige Tölen? Du hast ja keine Ahnung! Und mir ist jeder stinkende Cockerspaniel lieber als die Grambeck-Ürdinger.«

Die Grambeck-Ürdinger war eine Industriellen-Witwe, die im Heimjargon nur »Königinmutter« genannt wurde, weil sie sich so sehr für etwas Besseres hielt, dass sie immer mit »gnädige Frau« angesprochen werden wollte. Außerdem war sie dement und versuchte täglich mehrfach, das Haus zu verlassen, weil sie sich auf einer Europareise wähnte und in Paris aussteigen wollte.

»Warum immer Paris?«, fragte Tamara und bog in die Einfahrt des Tierheims ein.

»Ein Sehnsuchtsort?«, mutmaßte Max. »›Ganz Paris träumt von der Liebe‹, das war ein Schlager in den Fünfzigern oder Sechzigern. Gesungen von Caterina Valente. Da wollten wir doch alle hin. Da dachte noch niemand an Angst vor Terror.«

»Was ist denn eigentlich mit deinem französischen Freund?«

Max winkte ab. »Das erzähl ich dir auf der Fahrt.«

»Wenn wir fahren würden.«

»Wir fahren.«

Am Tierheim wuchtete Tamara mehrere Säcke Trockenfutter aus dem Kofferraum, und Max beobachtete, wie sie ihr von einem jungen Mann im blauen Overall abgenommen wurden. Tamara winkte Max zu. »Komm mal, ich will dir was zeigen.«

Sie half ihm beim Aussteigen und bot ihm den Arm an, so dass er nicht nach seinem Stock fragen musste. »Schon ein Vorteil, mit einer ausgebildeten Altenpflegerin unterwegs zu sein«, scherzte er, als sie ins Haus gingen.

»Willste deswegen, dass ich mitfahre?«

Max sah sie mit seinen wasserblauen Augen freundlich an. »Nein, Tamara, ich kenne einfach niemand anderen, den ich fragen könnte.«

Tamara Finke erwiderte sein Lächeln, sagte aber nichts. Im Haus wurden sie mit lautem Bellen aus den verschiedenen Verschlägen und Käfigen begrüßt.

»Guck mal.« Tamara zog Max zu einem Käfig, in dem eine Hündin mit vier Welpen lag. »Astreine Promenadenmischungen!«

Die Hundebabys hatten die Augen schon geöffnet und kuschelten sich an ihre Mutter, die sie aufmerksam beobachtete.

»Der da hinten, der Kleine«, flüsterte Tamara, »wenn ich Glück habe, gehört er in ein paar Wochen mir.«

»Wovon hängt das ab?« Max sah gerührt auf das Hundegewusel hinunter und hielt seine Hand einem der kleinen Hunde hin. Doch die Hundemutter drängte ihre Schnauze dazwischen und beschnupperte ihn. Offenbar bestand Max den Schnüffeltest, denn sie legte ihre Schnauze zurück auf die Streu und ließ es zu, dass die Jungen Max' Hand entgegenkrabbelten. Er versuchte sich zu erinnern, wann er zum letzten Mal ein Tier berührt hatte. Auch das war in der JVA natürlich nicht möglich. Max hätte ein Buch über all die Haustiere schreiben können, die seine Mitbewohner und Mitbewohnerinnen hatten zurücklassen müssen. Seine Frau Inge war immer gegen Tiere gewesen, doch eines Tages war ihnen der Kater Fritz zugelaufen und hatte fast zwanzig Jahre bei ihnen gelebt. Er war kurz vor Inge gestorben. Warum hatte er, Max, danach eigentlich nicht mehr daran gedacht, sich ein Tier anzuschaffen?

Es war schön, das glatte, sanfte Fell unter seinen Fingern zu fühlen und den Herzschlag der kleinen Körper zu spüren. Einer der Welpen knabberte an seinem Zeigefinger, was Max ein Kichern entlockte, das ihn selbst überraschte. Es klang so … glücklich. Tamara stimmte ein. »Süß, oder?«

»Sehr, aber wovon hängt es denn nun ab, ob du bald Hundehalterin bist?«

Tamara zuckte mit den Schultern. »Nur von mir, aber ich kann mich einfach nicht entscheiden. Ist eine große Verantwortung, so ein Hund.«

Max Engel hätte gern weiter über das Thema gesprochen, aber er wusste, dass die Zeit drängte. Verstohlen blickte er auf seine Uhr. »Tamara, lass uns noch einmal reden. Über … Südfrankreich.«

Tamara löste widerstrebend den Blick von den jungen Hunden. Sie machte dem jungen Pfleger ein Zeichen. »Ich melde mich wieder, Fadi.« Dann bot sie Max wieder ihren Arm, und schweigend gingen sie zurück zum Auto.

Tamara half Max beim Einsteigen. »Wissen die in der … JVA, was du vorhast?«, fragte sie. Er schüttelte den Kopf. »Nein, überhaupt nicht. Die denken, dass ich heute Morgen von meinem Anwalt abgeholt worden bin, für ein verlängertes Wochenende. So steht es jedenfalls in dem Brief, den sie irgendwann wahrscheinlich finden werden. Ich hab ihn ins Fach für ›Allgemeine Anfragen‹ geworfen.«

»Aber das wird doch immer erst abends geleert.« Im nächsten Moment riss sie die Augen auf und schien seinen Plan zu begreifen. »Zwei zu null. Mensch, Max, du meinst das ernst und willst wirklich los. Also, egal, wie's läuft – das finde ich toll.« Sie lächelten einander zu, und Tamara fühlte einen warmen Strom Sympathie für Max durch ihren Körper laufen. Als Dr. Maier-Schmidt ihr eröffnet hatte, sie müsse ihren Urlaub noch einmal verschieben, hatte sich ihre Enttäuschung zu einem Eisklumpen in ihrem Bauch zusammengeknäuelt. Nun musste Tamara zugeben, dass von dem Eis nicht mehr viel mehr übrig war – dank Max. Weit hinten in ihrem Kopf verfing sich das Wort »Südfrankreich« wie ein Angelhaken. Südfrankreich. Wie hatte Max es genannt? Paradies? Er könnte recht haben, dachte Tamara Finke, während sie um den Wagen herum zur Fahrerseite ging. Südfrankreich, besonders nach diesem schrecklichen Morgen in der JVA Abendsonne, hörte sich nach Durchatmen, nach Meer, Sonne und Wind an. Nachdenklich ließ sie den Gurt einrasten. »Ich müsste das natürlich vorher mit meiner Familie besprechen.«

Max Engel lachte leise auf. »Tamara, du bist alleinstehend. Und dein Sohn macht ein Auslandsjahr.«

»Bist du von der NSA?«, zischte Tamara.

Max reagierte gelassen. »Nein. Aber ich helfe manchmal im Büro aus. Du weißt ja vielleicht, dass ich Finanzbuchhalter war. Also mache ich da manchmal ein bisschen Buchführung, sortiere Belege, kontrolliere Rechnungen – und hab Zugang zu euren Daten.« Er lachte wieder gutmütig. »Du brauchst mir also nichts vorzumachen. Es gibt keine Familie, mit der du irgendetwas besprechen müsstest. Du müsstest nur endlich ja sagen … oder machst du dir Sorgen um deine Garderobe? Ich könnte verstehen, wenn du zu Hause ein paar Sachen packen wolltest.«

Tamara winkte ab. »Ich wollte doch sowieso weg, war ja schon geplant, dass ich im Wendland ein paar Tage bei einer Hundeschule reinschnuppere. Meine Tasche liegt gepackt im Kofferraum.«

Max nickte. »Stimmt.«

Tamara lachte ironisch. »Warum sage ich das überhaupt? Du hast doch bestimmt alles genau untersucht, bevor du dich ins Auto gesetzt hast.« Max versuchte zerknirscht auszusehen, was Tamara mit einer wegwerfenden Handbewegung kommentierte. »Mensch, Max, ich weiß nicht, ob das eine gute Idee ist, aber mir fällt gerade keine bessere ein …«

Max unterbracht sie. »Warum willst du denn bei einer Hundeschule reinschnuppern?«

Tamaras Gesicht überzog sich mit Röte. »Ach, weiß du …« Sie lachte ihn schelmisch an. »Wir haben doch bald viel Zeit, über alles zu reden.«

Max grinste. »Touché. Wenn wir gut durchkommen, können wir in einer Viertelstunde auf dem Heiligengeistfeld sein.«

»Was sollen wir denn da?«

»Autotausch! Mit dieser Rostlaube kommen wir höchstens bis zum Freihafen. Und wir wollen heute doch noch bis Süddeutschland.«

Später konnte Tamara nie genau erklären, warum sie sich darauf eingelassen hatte. Aber sie folgte seiner Anweisung und fuhr Richtung St. Pauli.

»Da vorn ist das Heiligengeistfeld. Aber da gibt es doch keine Autovermietung.«

Max Engel richtete sich kerzengerade auf.

»Ich hab's dir doch gesagt: Wir tauschen – wir mieten kein Auto.« Er deutete nach vorn. »Du fährst am besten hier auf den Platz und folgst dem Schild Parkplatz. Und dann …«

Tamara Finke fragte drängend: »Und dann?«

»Dann wirst du die Göttin kennenlernen.«

»Eine Göttin?«

»*Die* Göttin!«

Max klatschte in die Hände. »Anschnallen, Tamara. Das Abenteuer ruft!«

Tamara Finke spürte in ihrem Magen ein Prickeln, das sie schon lange nicht mehr empfunden hatte. Wie das Gefühl vor einer Verabredung mit einem Menschen, den man seit ewiger Zeit persönlich kennenlernen wollte, oder vor einem großen Fest mit alten Freunden, die man jahrelang nicht gesehen hat. Mit Pit hatte sie einmal über dieses Gefühl gestritten. »Das ist so was wie Vorfreude oder wie Fernweh«, hatte Pit behauptet. Aber Tamara hatte den Kopf geschüttelt. »Vorfreude … ja und nein. Denn ich weiß noch gar nicht, ob ich mich freuen werde. Und Fernweh? Das ist kein Fernweh. Fernweh ist viel zu allgemein. Fernweh ist irgendwohin … Aber das, was ich fühle, ist die Sehnsucht nach etwas, was ich noch nicht kenne, von dem ich mir aber vorstellen kann, dass es mir gefällt. Es ist … es ist …« Damals hatte sie keine Worte gefunden. Aber heute an diesem merkwürdigen Tag im Juni wusste sie auf einmal, wie sie es hätte beschreiben sollen. Dieses kribbelige, glückliche Gefühl war für den Moment reserviert, in dem man nach langer Zeit wieder einmal ins Unbekannte aufbrach.

Kapitel 2

Tamara lenkte den Fiat auf den großen, leeren Parkplatz neben der Festwiese Heiligengeistfeld. Hier fand das Public Viewing bei fußballerischen Großereignissen statt, und viermal im Jahr stellten Schausteller aus ganz Deutschland auf diesem Platz ihre Fahrgeschäfte auf, um die Hamburger Kirmes, den Dom, zu feiern. Heute aber lag das Feld öde im Mittagslicht da.

Tamara hielt an. »Wo ist denn nun dein Auto?«

Max sah wieder auf seine alte Armbanduhr. »Keine Sorge, müsste gleich hier sein.« Er entnahm seiner Tasche ein kleines Notizheft. »Also, wenn wir jetzt losfahren, schaffen wir es heute problemlos bis Freiburg. Und morgen … *autoroute du soleil.*« Es klang wie ein Zauberspruch, fand Tamara. »Die Autobahn der Sonne«, schob er nach.

»Du sprichst Französisch.«

»Nur genug, um mich zu verständigen.«

Sie schob die Unterlippe bewundernd vor. »Toll. Ich kein Wort. Dabei hatte ich das zwei Jahre in der Schule. Hängengeblieben ist leider nichts. Außer Croissant!« Sie grinste.

Max grinste ebenfalls. »Mit dem Wort kommst du weit, keine Sorge!«

Aber Tamara beschäftigten mittlerweile andere Dinge. Sie tätschelte das Lenkrad. »Was meinst du, kann ich mein Auto denn hier stehenlassen?« Sie machte eine Kopfbewegung nach links. »Schließlich fängt da hinten die Reeperbahn an. Da ist vielleicht mancher an einem Auto interessiert, das hier scheinbar herrenlos ein paar Tage herumsteht.«

Max schüttelte leicht den Kopf. »Dass du das überhaupt noch als Auto bezeichnest! So eine Rostbeule! Aber keine Sorge, es wird hier nicht stehen. Jemand kümmert sich darum.«

»Wie bitte? Wer kümmert sich denn?«

»Wenn wir zusammen unterwegs sein wollen, musst du dich daran gewöhnen, mir zu vertrauen. Stell mir nicht immer so viele Fragen.«

Tamara verzog den Mund. »*Wir* wollen ja gar nicht zusammen unterwegs sein. *Du* willst zusammen unterwegs sein. Und Vertrauen? Max, das muss sich doch aufbauen.«

»Dafür haben wir keine Zeit. Du musst mir sofort vertrauen, Tamara.«

Tamara Finke legte den Kopf schief. Ein großes Wort, das der alte Herr da benutzte. Vertrauen! Menschen, so hatte Tamara schon häufig erlebt, konnte man nicht einfach vertrauen. Pit, natürlich, dem hatte sie vertraut. Und sie wünschte sich, sie könnte Finn, ihrem fünfzehnjährigen Sohn, vertrauen. Aber wer wusste schon, ob das freundliche Kind, das Finn einmal gewesen war, noch in dem oft missgelaunten Teenager steckte, den sie Anfang des Jahres am Flughafen zu seinem Highschool-Jahr in Texas verabschiedet hatte? Ausgerechnet Texas?, hatte Tamara damals bei der Organisation nachgefragt, die den Schüleraustausch organisierte. Bei Texas dachte sie an Western, an »Spiel mir das Lied vom Tod«, an Clint Eastwood, an jugendliche Amokläufer, Kirchen und Schützenvereine –»Rifle Clubs«. Aber man hatte ihr erklärt, dass man sich den Zielort nicht aussuchen könne. Schließlich ging es ja nicht um einen Urlaub, sondern darum, grenzüberschreitend Kontakte zu knüpfen, es ging um den Abbau von Vorurteilen, um Völkerverständigung, all dieser Kram. Tamara hatte das verstanden. Teuer genug war es, obwohl sie selbst den geringsten Anteil gezahlt hatte. Der Hamburger Senat meinte es gut mit alleinerziehenden Müttern, und an Finns Schule unterstützte auch der Elternverein Jugendliche, deren Eltern das Geld für das Auslandsjahr nicht aufbringen konnten. Vertraute sie den Gasteltern von Finn? Der Austauschorganisation? Nun, sie hatte keine andere Wahl. Aber Max? Nachdenklich musterte sie ihr Gegenüber.

»Du verlangst eine Menge, Max Engel.«

Er stimmte ihr zu. »Das weiß ich, Tamara.« Dann kniff er die Augen zusammen. »Ab wann werden sie dich vermissen? Wann musst du dich krankmelden?«

»Ich hab morgen Spätschicht. Da reicht es, wenn ich um elf Uhr anrufe und sage, dass ich mich nicht gut fühle.«

Sie schnallte sich ab, stieg aus dem Wagen und half Max, sich aus dem durchgesessenen Beifahrersitz zu schälen. Sie lehnten sich gegen den Wagen und sahen über das leere Feld, das am oberen Ende von einer befahrenen, vierspurigen Straße begrenzt wurde, die hinunter zum Hafen führte. Tamara blickte auf den Verkehr, ohne etwas zu sehen. Gleichzeitig war sie sich der Wärme des Tages, des hellen Mittagslichts und dem aufgeregten Summen in ihrem Magen fast schmerzhaft bewusst. Was tat sie hier? Wie würde es weitergehen?

Sie schwiegen, beide tief in ihre Gedanken verloren. Schließlich wandte sich Tamara an Max. Ihre Stimme klang ungläubig. »Sag mal, wir machen das, oder? Wir hauen ab.«

Max grinste sie schweigend an. Tamara gab sich einen Ruck. Ihr praktischer Sinn gewann schnell wieder die Überhand. »Wenn das so ist, sollten wir uns schnell ein bisschen Proviant besorgen. Und was zu trinken.«

»Gute Idee. Es kann aber sein, dass das nicht nötig ist.«

»Wieso?«

Max lächelte wieder rätselhaft. Tamara verdrehte die Augen. »Ob ich mich an disese Geheimniskrämerei gewöhnen werde?« Sie winkte ab. »Egal! Aber sag mal, was ist, wenn der Wagen Automatik hat? Daran müsste ich mich erst mal gewöhnen.«

»Mach dir keine Sorgen. Was die Automatik angeht …«

Tamara unterbracht ihn. »Ist ja auch schnurzegal, ich bin eine gute Fahrerin, ich gewöhn mich schon dran. Aber, wer ist diese Göttin? Mit Göttern hab ich's nämlich nicht so.«

In diesem Moment wurde ein Wagen am Eingang des Parkplatzes sichtbar. Gemeinsam sahen sie zu, wie sich ihnen ein altes, elegantes Auto in einem ungewöhnlichen Blauton näherte. Tamara raunte: »Was ist das denn? Türkis?«

Max ignorierte ihre Frage und hustete nervös. »Von wegen Automatik, hier geht es um Lenkradschaltung! Ist das nicht ein wunderbarer Wagen?« Tamara war klar, dass der letzte Satz nicht als Frage gemeint war, und gab sich, um ihre Bewunderung für den Oldtimer zu verbergen, betont rupppig.

»Sieht ein bisschen aus, als ob ein Ufo was mit einer Auster gehabt hätte. Auf dem Boden einer Autowerkstatt. Hoffentlich habt ihr das Teil nicht aus einem Museum mitgehen lassen.« Max Engel breitete die Arme aus wie ein Zirkusdirektor, der eine Nummer präsentiert. »Darf ich vorstellen, Tamara: Das ist die Göttin. Baujahr 1970. Ein Citroën DS. Ein Auto, mit dem de Gaulle sogar seine Paraden abnahm.«

»Wer?«

»Charles de Gaulle, damals der französische Staatschef.« Tamara fragte unbeeindruckt: »Aber wieso Göttin?«

»Die Typenbezeichnung ist DS, was im Französischen wie Déesse, also ›die Göttin‹ klingt.« Max geriet ins Schwärmen.

»Die DS ist ein Star. Wurde 1955 auf dem Pariser Salon, dieser weltberühmten Automesse, zum ersten Mal präsentiert. Grammatikalisch korrekt muss man *der* DS sagen, aber … das Auto bleibt eine Göttin. Sie fuhr in den Fünzigern sogar die Rallye Monte Carlo mit!«

Max winkte dem Fahrer, während Tamara beeindruckt, aber misstrauisch das grünbläulich strahlende Mutterschiff beäugte, das neben ihrer Rostbeule zum Stehen kam. Es senkte sich mit leisem Ächzen auf die Straße hinunter – wie eine Glucke, die über ihrem Gelege den perfekten Platz für ihr Hinterteil sucht. »Hydraulik?«

Max schüttelte den Kopf und betonte jede Silbe genau: »Hydro-pneu-matik!« Er riss begeistert die Beifahrertür auf. »Mein Platz ist im Cockpit!«

Aus dem Auto stieg nun ein Mann, den Tamara Finke in jeder anderen Situation als Schnösel bezeichnet hätte. Anfang fünfzig, eleganter heller Anzug, schmal geschnittene braune Lederschuhe, leicht gebräunt. Seine dichten dunklen Haare wiesen einen grauen Rand auf, und er trug eine angenehme Selbstsicherheit zur Schau, wie sie beruflicher Erfolg oder ein ausbalanciertes Seelenleben mit sich bringen können. Und wie ich sie wohl nie besitzen werde, dachte Tamara. Pit, ja, ihr Pit, der hatte ebenfalls so eine Ausstrahlung besessen. Allerdings ohne Anzug, natürlich. Pit hatte Anzüge verabscheut, aber auch in T-Shirts und Jeans hatte er immer souverän und unantastbar gewirkt. Tamara schluckte. Wieso fiel ihr schon wieder Pit ein? Sie dachte zwar täglich an ihn, aber meistens, wenn sie allein zu Hause war. Aber während sie beobachtete, wie der Fremde im Anzug Max Engel leicht umarmte und anschließend auf sie zutrat, verstand sie auf einmal, warum ihr gerade jetzt Pit einfiel. Weil Pit diese Situation genossen hätte. Nicht die Sache mit der Handtasche, die jetzt in ihrem Handschuhfach lag, obwohl er sie sicher verstanden hätte. Nein, er hätte dieses Abenteuer großartig gefunden, diese Geschichte mit Max Engel. Er hätte ihr zugeredet, alle Bedenken über Bord zu werfen und nach Südfrankreich zu fahren. »Tami«, hätte er gesagt, sie mit seinen warmen braunen Augen angestrahlt und eine seiner Lebensweisheiten zitiert, die er ständig auf den Lippen trug. Vielleicht: »Die höchste Form des Glücks ist ein Leben mit einem gewissen Grad an Verrücktheit.« Tamara dachte daran, wie lebendig sie sich mit Pit gefühlt hatte und wie unendlich schade es war, dass er selbst leider so verrückt gewesen war, sein Leben aufs Spiel zu setzen. Aber die Besonderheit des Tages und Max Engels ungewöhnliches Angebot, das konspirative Treffen, das alte Auto und vor allem die Vorstellung, wie Pit mit beiden Händen zugegriffen hätte, sorgten dafür, dass sie dem eleganten Mann mit einem unerwartet breiten Lächeln entgegensah.

»Friedler«, stellte der sich mit einer schnellen Verbeugung vor. Sein Händedruck war fest und angenehm.

»Tamara«, sagte Tamara.

»Friedler ist der Sohn eines alten Freundes«, erklärte Max, hielt es jedoch nicht für nötig, auf Tamaras Rolle bei diesem Treffen einzugehen.

»Und Autohändler?«

Die Männer lachten. »Nein, nein«, sagte Friedler, dessen Vorname offenbar nicht wichtig war, der aber trotz seines Anzugs die beiden anderen wie selbstverständlich duzte. »Max meinte, dass ihr es mit dem Fiat nicht schaffen würdet.« Tamara duzte entschlossen zurück.

»Aber dafür mit diesem Oldtimer? Wo habt ihr den denn ausgegraben?«

Friedler lächelte noch breiter. »Das Auto gehörte meinem Onkel, er hat es seinerzeit einem Pariser Zahnarzt abgekauft.

Nach seinem Tod ging es in den Familienbesitz über. Der Wagen ist top gepflegt und in bestem Zustand. Die Farbe heißt übrigens Bleu Platine, Platinblau.«

Max mischte sich wieder ein. »Die Karosseriefarben der DS klangen immer wie Gedichte.« Er zitierte: »Vert Printemps – Frühlingsgrün. Champagne – das muss ich wohl nicht übersetzen. Gris Rosé – Rosagrau. Bleu d'Orient – Orientblau.«

Friedler ergänzte: »Bleu de Provence, Jaune Panama – Panamagelb. Wie auch immer, die Göttin ist doch für eine Fahrt nach Frankreich viel stilvoller.«

»Na klar«, kommentierte Tamara trocken. Doch weder Max noch Friedler hatten ein Ohr für ihre Ironie und begannen, das Gepäck umzuladen. Tamara holte ihre Reisetasche aus dem Kofferraum des Fiats. Sie nahm einen Stiefel hoch und ließ ihn nach kurzem Nachdenken wieder in den Kofferraum fallen. »Die Stiefel brauche ich vielleicht gar nicht, oder? Ist da nicht schon Hochsommer? Und dürfen wir mit diesem Oldtimer einfach so herumfahren? Da fällt mir ein: Was kommt bei der Göttin in den Tank? Super? Na, Max, das wird dich aber eine Stange kosten.«

Max Engel maß sie mit einem konsternierten Blick und raunte ihr zu: »Seitdem du dich entschieden hast, mitzukommen, hast du wohl Quasselwasser getrunken?«

»So ist das, wenn du mit einer Berlinerin unterwegs bist. Sag mal, müssen wir auf das Auto besonders aufpassen? Ist der auch ordnungsgemäß angemeldet?«

»Ordnungsgemäß?« Max äffte sie nach. »So ist das also, wenn man mit einer Berlinerin unterwegs ist, die achtet preußisch genau auf jede Ordnungswidrigkeit, oder?« Er wurde wieder ernst. »Aber du kannst beruhigt sein, die Göttin darf auch im Sommer fahren, sie brauchte eine spezielle Anmeldung, und die hat sie.«

Friedler, der sich sich auf der Rückbank zu schaffen machte, rief aus dem Wagen: »Autos sind wie Turnierpferde, die müssen bewegt werden.« Dann nahm er eine Dokumentenmappe vom Beifahrersitz und überreichte sie Max. »Hier, das wolltest du doch haben. Am besten werft ihr das noch in Hamburg ein.«

Max warf einen Blick in die Mappe und nickte. Er fing den fragenden Blick von Tamara auf und hob abwehrend die Hand. »Das geht auch dich an – ich zeige es dir später.«

»Ja, ich weiß schon, auf der Fahrt«, erwiderte Tamara, die inzwischen verstanden hatte, dass es bei Max tatsächlich wenig Sinn hatte, Fragen zu stellen. Aber natürlich konnte sie das nicht durchhalten, deswegen zeigte sie jetzt auf einen Koffer aus geflochtenem Korb auf der Rückbank. »Was ist das?«

»Proviant für euch.« Friedler machte die Aktion augenscheinlich Spaß. »Der alte Picknick-Koffer passt doch hervorragend zur Göttin.«

Während Max mit zufriedenem Gesicht eine Straßenkarte auf der Kühlerhaube ausbreitete, holte Tamara die elegante Handtasche aus dem Handschuhfach ihres Autos und stopfte sie in ihre Umhängetasche. Mit einem raschen Blick überzeugte sie sich davon, dass ihre Aktion unbemerkt geblieben war. Aber die Männer beugten sich beide über die Karte und hatten nichts gesehen. Tamara trat zu ihnen und sah, wie Max mit dem Zeigefinger die Strecke verfolgte. »Wir fahren bis Riegel am Kaiserstuhl. Also über Hannover, Kassel, Frankfurt und Karlsruhe Richtung Freiburg. In sieben Stunden ist das zu schaffen.« Gleich darauf spürte er, wie sein Herz unregelmäßig schlug. Kein Grund, sich Sorgen zu machen, dachte er. Das ist die Aufregung, die Spannung, das Reisefieber. Er tastete in seiner Tasche unauffällig nach seinem Pillencontainer. Alles da. Dann schickte er ein Stoßgebet in den Himmel, dass er die Reise gut überstehen würde, und nach einem Blick auf Tamara, die mit Friedler in ein Gespräch verwickelt war, auch ein Dankgebet. Er hatte heute Morgen noch nicht gewusst, ob es ihm gelingen würde, Tamara Finke für die Unternehmung zu gewinnen. Aber er hatte Tamara in den letzten Wochen genau beobachtet, und in verschiedenen Situationen hatte sie sich als die Netteste und Patenteste im Pflegeteam erwiesen. Ihr lakonischer Humor, gepaart mit einem überraschenden Feingefühl, waren in der Residenz allgemein bekannt. Ohne viel Aufhebens und meist sehr erfolgreich regelte sie Unstimmigkeiten zwischen den »Gästen«, meisterte heikle Situationen jeglicher Art und hatte für jeden ein offenes Ohr. Bereits an seinem ersten Tag in der Residenz war sie ihm aufgefallen.

Direkt nach Inges Tod hatte er entschieden, ihre gemeinsame Wohnung aufzugeben. Er wollte niemandem zur Last fallen, und es gab ja auch keinen, dem er zur Last fallen konnte. Sein Sohn Florian arbeitete für einen international operierenden Konzern und war überall und nirgends zu Hause. Was genau seine Tätigkeit war, konnte Max hinter den vielen englischen Titeln, die auf Florians aktueller Visitenkarte standen, noch nicht einmal vermuten. In der Seniorenresidenz am Park würde er wenigstens nicht mehr auf Inges leeren Platz am Küchentisch starren können, hatte er damals gedacht. Aber nachdem er dort eingezogen war, hatte er sich schrecklich einsam gefühlt. Am Abend des ersten Tages hatte er sich aus der Einsamkeit seines Apartments, das aus jeder Ecke »Letzte Station!« zu schreien schien, in das Zimmer geflüchtet, das in der Residenz Bibliothek genannt wurde. Ringsum an den Wänden standen Regale, die vor allem Bücher aus den Beständen von noch lebenden oder bereits verstorbenen »Gästen« enthielten. Viele davon erkannte er vom Cover, es waren die Bücher seiner Generation.

»Der geschenkte Gaul« von Hildegard Knef, Romane von Johannes Mario Simmel, Politikerbiographien, einige gebundene Bibeln mit Goldschnitt. Es war deprimierend. Er hatte im Halbdunkel in einem Lehnstuhl gesessen und gehadert. Mit seiner Entscheidung, mit Inges Tod, mit seinem Leben. Hier hatte ihn Tamara Finke aufgestöbert und ihm ein Glas Rotwein gebracht. »Sie sind nicht zum Abendessen gekommen, und als ich Sie hier sitzen sah …« Sie zog sich einen Sessel heran und zündete sich eine Zigarette an. »Wenn wir nachher ordentlich lüften, merkt det kein Mensch!« Sie aschte nonchalant in den Topf einer Zimmerpalme. Es gefiel Max, so selbstverständlich wieder zu einem »Wir« zu gehören. So saßen sie eine Weile in dem schummerigen Licht und plauderten. Über Zigarettenmarken und Rotweinsorten. Tamara Finke rauchte Lucky Strike, und der Wein, den sie in der Residenz anboten, war ein Merlot. Tamaras kantige Figur steckte in engen Jeans, unter dem weißen Kittel trug sie ein tief ausgeschnittenes Top, aus der Kitteltasche lugte eine Packung Zigaretten. Aber obwohl sie so anders war als die Frauen, mit denen Max Engel bisher umgegangen war, hatte sie in diesem Moment gespürt, was ihm am meisten fehlte: sich wie ein erwachsener Mann zu fühlen, der Herr seines Schicksals zu sein. Er hatte an die Frauen in seinem Leben gedacht, viele waren es nicht gewesen, an Besäufnisse und Kater, an Siege und Niederlagen, Pläne und Zufälle. An Sommertage, an denen er in die noch kalte Ostsee gesprungen und Kilometer um Kilometer hinausgeschwommen war. Damals war er voller Kraft und Selbstbewusstsein gewesen. Herr seines eigenen Schicksals. Damals … Er hatte an jenem Abend die lähmende Stimmung im Esssaal, den sie Restaurant nannten, nicht ertragen. Tamara Finke jedoch hatte ihn mit einer kleinen Geste wieder zu einem Mann mit einem eigenen Willen gemacht. Zu einem Mann, der entspannt seinen Wein inmitten von Bücherregalen genoss. Weil er es wollte.

Seitdem hatte er sie beobachtet. Es kam nie wieder zu einem persönlichen Treffen wie in der Bibliothek, doch als Max Engel erkannte, dass er sich auf den Weg machen musste, hatte er gewusst, dass er sich Tamara als Begleitung wünschte. Dass sie tatsächlich eingewilligt hatte, ihn zu fahren, erschien ihm wie ein Wunder. Aber Max Engel war alt genug, um zu wissen, dass man Wunder nicht in Frage stellt.

Stattdessen ermunterte er Friedler, Tamara eine Fahrstunde zu geben.

Tamara setzte sich fast so zögerlich und langsam hinter das Lenkrad, als verfüge sie selbst über eine Hy-dro-pneu-matik. Friedler nahm auf dem Beifahrersitz Platz, während Max das Ganze weiterhin von draußen verfolgte.

»Das mit der Lenkradschaltung hast du schnell raus«, sagte Friedler. Tamara schluckte. Da rief Max: »Das ist dein Platz im Cockpit!« Und Tamara rief aufgeregt zurück: »Es fühlt sich großartig an!«

»Weich und bequem und – wenn sich das überhaupt über ein Auto sagen lässt – geborgen, oder?«

Tamara sah Friedler zustimmend an. Die Sitze waren weich und solide, es gab eine Armstütze links und eine breite für Fahrer und Beifahrer in der Mitte. »Das Lenkrand geht sehr leicht, man braucht ihm mit dem rechten Zeigefinger nur einen Stups zu geben, und währenddessen ruht der linke Arm lässig auf der Stütze«, erklärte Friedler, und Tamara hörte zum ersten Mal das leise Schnalzgeräusch der Göttin, als sie das Lenkrad einschlug. Sie beugte sich aus dem geöffneten Fenster. »Max, in diesem Auto kann man nicht anders als entspannt fahren.«

»Hup mal!«

Tamara probierte die verschiedenen Huptöne aus, die ihr Friedler erläuterte. »Hier in der Stadt ist das kurze, freche Tuten angebracht, und später auf der Autobahn bedienst du die Fanfare!« Natürlich wollte Tamara die Fanfare sofort hören, und alle lachten, als daraufhin einige Tauben, die auf dem Platz pickten, erschrocken hochflatterten. Die Lenkradschaltung machte Tamara viel weniger Probleme als befürchtet, und nach einer Probefahrt um den Block erklärte Friedler sie für fahrtüchtig.

Als die DS wieder vor Max hielt, hörte er, wie Friedler zu Tamara sagte: »Bleib doch gleich sitzen.« Er beugte sich für einen kleinen Abschiedskuss auf die Wange zu ihr hinüber. »Jetzt brauche ich nur noch die Schlüssel vom Fiat und deine Autopapiere. Ich werde ihn bei mir in die Garage stellen, und wenn ihr wieder da seid, holst du ihn ab.« Friedler reichte Tamara ihre Umhängetache, die er während der Probefahrt auf seinem Schoß gehalten hatte. Max trat an die Fahrerseite.

»Du hast doch bestimmt eine Sonnenbrille. In so einem Auto braucht man eine.« Tamara lächelte, holte eine Sonnenbrille aus der Tasche und schob die Brille in ihr Flammenhaar. Nach einem kurzen Seitenblick auf Max grub sie noch einmal in der Tasche und förderte einen Lippenstift zutage.

Max tauschte mit Friedler einen Blick. »Na also«, brummte der anerkennend, während er seine langen Beine aus dem Fußraum der Göttin ins Freie streckte. »Ich sehe, du und die Göttin, ihr versteht euch.« Tamara zog ihre Lippen nach und warf Friedler einen Handkuss zu. Friedler half Max auf seinen Sitz, verabschiedete sich von ihm und trat neben den Fiat, um zu winken.

Tamara atmete tief durch. Sie hatte das Gefühl, dem Geschehen zuzusehen, als sei sie im Kino. Die Szenerie, das alte schöne Auto, Friedler in seinem grauen Anzug, Max mit blauem Leinenhemd, sie selbst mit roten Lippen und Sonnenbrille. Überhelle Farben und scharfe Konturen – der Anfang eines alten Technicolor-Films. Natürlich eines französischen Films. Ein Junimorgen, der versprach, zu einem schönen Sommertag zu werden. Jegliche Besorgnis fiel von ihr ab. Wovor sollte sie Angst haben?

Sie legte den ersten Gang ein, die Göttin schaukelte sanft unter ihr und fügte sich willig ihren Manövern an Schaltung und Gaspedal.

Tamara folgte der Beschilderung zur Autobahn. An einer Ampel fiel ihr ein Briefkasten auf. »Wir sollen noch etwas in Hamburg einwerfen«, erinnerte sie Max. Der zuckte zusammen. »Stimmt.« Er entnahm der Dokumentenmappe von Friedler einen verschlossenen Briefumschlag. »Kannst du das machen? Bis ich aus dem Auto bin …« Tamara hielt an und lief mit dem Brief über die Straße. Dabei las sie die Anschrift. Es war die Seniorenresidenz am Park. Als sie den Auftrag ausgeführt hatte, rannte sie zurück.

»Hast du deine oder meine Kündigung eingereicht?«, scherzte sie, während sie sich wieder anschnallte.

Max lachte und öffnete die Dokumentenmappe. »Hier gibt es eine Kopie für dich.«

»Für mich?« Tamara startete die Göttin.

»Ja, das war deine Krankschreibung.« Er holte ein Papier aus der Mappe, beugte sich darüber und las halblaut. »Deine Krankschreibung also, von Dr. Friedler. Du hast ein Burn-out-Syndrom, einen Erschöpfungszustand … ein depressives Syndrom, psychodings, bla … bla. Egal.« Er sah wieder hoch. »Auf jeden Fall bist du drei Wochen krankgeschrieben.« Befriedigt steckte er den Bogen zurück und verstaute die Dokumentenmappe in der Seitentasche der Tür.

Tamara war sprachlos. Aber sie nahm sich zusammen und bog in einem eleganten Bogen auf die Autobahn ein. Hin- und hergerissen zwischen Kopfschütteln, Panik und einer Freude, die sie wie eine innere Sonne mit Licht zu füllen schien, sah sie wieder Pitt vor sich und lachte ihm zu, während sie sich schweigend in den Strom der Autos einreihte.

Max blickte sie aufmerksam an. »Nanu, keine Fragen?«

»Doktor Friedler ist Internist?«

»Friedler ist Doktor der Philosophie.«

Da prustete Tamara laut heraus, und Max sagte: »Bis sie das herausfinden, bist du wieder zurück.«

»Aber woher hat er denn das Krankschreibungsformular?«

Max zuckte als Antwort mit den Schultern und machte eine vage Handbewegung. »Organisiert. Friedler kennt immer irgendjemanden, der ihm weiterhelfen kann.«

»Aber darf man das denn?«

»Aha, da ist ja wieder die Preußin. Ich hatte schon gedacht, sie sei mit dem Fiat in die Garage gefahren.«

»Nun sag schon.«

»Wir hatten uns doch darauf geeinigt, dass du weniger Fragen stellst und mehr Vertrauen hast.«

»*Du* hast dich darauf geeinigt.«

Sie lächelten einander zu.

Tamara lenkte die Göttin auf die Spur Richtung Hannover. Die Häuser von Hamburg verschwanden hinter ihnen, und unter den Elbbrücken leuchtete das Wasser des großen Flussen im Sonnenschein wie flüssiges Silber.

Sie fuhren den ganzen Tag, und mit jedem Kilometer lernten sie einander ein wenig mehr kennen. Max fragte Tamara, welcher Umstand eine Berlinerin nach Hamburg verschlagen hatte.

»Westberlinerin!«, korrigierte Tamara. »Plötzlich quatschen alle nur noch von ›Hauptstadt‹. Man muss wissen, wo man hingehört. Tamara Finke gehörte nach Westberlin. Als die Mauer fiel, war ich gerade alt genug, mir mal was anderes als Berliner Luft um die Nase wehen zu lassen. Ich bin dann in den Norden.« Dass Pit dahintergesteckt hatte, der sie buchstäblich nach Hamburg entführt hatte, verriet sie Max nicht. Stattdessen fragte sie Max, warum er sich denn ausgerechnet in *ihr* Auto gesetzt hatte, und Max erzählte, dass er immer wieder auf eine Gelegenheit gewartet hatte. »Aber erst heute war es so weit. Ich wusste, dass die Maier-Schmidt deinen Urlaub schon wieder verschieben wollte, und hoffte, dich in dieser Stimmung für die Fahrt nach Frankreich gewinnen zu können.«

»Das hast du dir schlau ausgedacht. Du hättest Psychologe werden sollen.«

Tamara fühlte sich geschmeichelt. Sie war auserwählt – von Max. Die Fahrt begann ihr Spaß zu machen. Die Göttin schwebte über die Straße, und die Reaktionen der anderen Autofahrer, die entweder bewundernd, gerührt oder amüsiert zu ihr herüberblickten, versetzten sie in eine gute Laune.

»Was hast du gegen die Residenz? Du bist doch freiwillig dort?«, fragte sie.

Max dachte nach. »Wenn es so einfach wäre, das zu beschreiben«, sagte er nach einer kurzen Pause. »Es schien das Beste zu sein, nachdem meine Frau gestorben war. Aber nun fühlt es sich einfach falsch an. Diese Art, mit uns zu sprechen, als seien wir nicht ernst zu nehmen. Als seien wir wieder zwölf und die Betreuer unsere Lehrer. Dabei bin ich sechsundsiebzig, und ohne mich hätten sie keinen Job.« Er schwieg. »Ein bisschen mehr Einfühlungsvermögen wäre einfach schön«, sagte er dann.

»Man kann nicht jeden Tag Einfühlungsvermögen haben.«

»Ach nein, und warum nicht? Was wäre denn daran so schlimm? Wir sind ja auch jeden Tag alt! Tamara, wir wollen ja gar nicht, dass ihr spürt, was wir spüren. Dass das nicht geht, wissen wir selbst. Aber uns ernst zu nehmen und auf Augenhöhe zu behandeln, darum geht es doch.«

Tamara nickte. »Das stimmt.« Sie kräuselte die Lippen. »Weißt du, Maxe, das klingt gut, und ich gebe mir auch Mühe, aber ich bin auch kein Übermensch. Eins ist mir aber klar. Ich will nicht in so eine Residenz, da verschimmle ich lieber in meiner eigenen Bude.«

Sie fuhren an einem knallgelben Rapsfeld vorbei und passierten eine Autobahnbrücke. Dort stand eine Gruppe Kinder, die zu den Autofahrern hinunterwinkte. Max winkte zurück. Er fühlte sich gut aufgehoben bei Tamara Finke und gratulierte sich zu seiner Wahl. Vielleicht würde ja alles gutgehen. Das Einzige, was ihn erheblich störte, war seine Blasenschwäche.

Als sie zum dritten Mal anhielten, hievte er sich mit einem knappen »Danke« ächzend aus der Göttin und steuerte mit gesenktem Kopf die Toiletten an. Tamara nutzte die Zeit, sich ein wenig die Beine zu vertreten, und setzte sich mit dem Picknickkoffer auf eine Bank.

»Tut mir leid«, sagte Max, als er wieder zurückkam. Er blieb einen Moment unschlüssig stehen. »Mir ist die ständige Pinkelei unangenehm.«

Statt einer Antwort öffnete Tamara den Picknickkoffer und inspizierte erfreut den Inhalt. »Kiek mal an, dein Friedler ist ein Feinschmecker!« Üppig belegte Sandwiches, Saftflaschen und edle Süßigkeiten steckten in rot-weiß karierten Leinentäschchen, die im Koffer befestigt waren. Max hatte kaum ein Auge für die Köstlichkeiten, sondern sah immer noch betreten aus.

Tamara betrachtete ihn kopfschüttelnd. »Nun entspann dich mal. Mir ist es nur recht, wenn du viel trinkst. Ich habe alle naselang dehydrierte Senioren in der JVA, die deswegen im Krankenhaus an den Tropf kommen und wieder ›aufgefüllt‹ werden. Falls du's immer noch nicht weißt: Im Alter nimmt das Durstempfinden ab, da kann man das Trinken schon mal vergessen.« Sie schob ihm ein Sandwich zu. »Essen ist auch wichtig. Hau rein!«

Insgeheim war Tamara froh, dass Max' ständige Pinkelei für ihn ein wichtigeres Thema war als der Grund, warum sie an diesem Morgen so überstürzt die Residenz verlassen hatte. Das Mobbing war nämlich nur ein vorgeschobener Grund gewesen. Sie hätte die Handtasche nicht nehmen dürfen. Schließlich wusste sie, dass sie 500 Euro enthielt. Bei Lichte besehen war sie nichts weiter als eine Diebin. Allerdings eine momentan äußerst gut verpflegte, dachte Tamara Finke mit Galgenhumor und biss in ein Lachssandwich mit Meerrettichsahne. Immerhin würde die Krankschreibung ihr erst einmal ein wenig Luft verschaffen, und sie konnte darüber nachdenken, was ihre nächsten Schritte sein sollten. Auf jeden Fall war es für sie im Moment von Vorteil, möglichst schnell über die Grenze zu kommen. Diesen verrückten Max hatte ihr der Himmel geschickt.

Sie fuhren weiter und plauderten über dies und das, lachten viel und begannen, einander zu mögen. Aber ihre Geheimnisse behielten sie für sich. Am Abend kehrten sie im Landgasthof Riegel am Kaiserstuhl ein, wo Max zwei Zimmer reserviert hatte.

Max

Er sah sie sofort, als er mit den anderen aus dem Zug in Paris stieg. Es lag nicht an ihrer Kleidung, er konnte sich später nie daran erinnern, was sie getragen hatte, obwohl Rosalie ihn immer damit aufzog, dass er nur ihren kurzen Rock und die nackten Beine im Blick hatte. Tatsächlich erinnerte er sich an ihre runden braunen Knie und dass er sich gefragt hatte, wie sich ihre Haut wohl anfühlen würde. Aber es lag tatsächlich nicht nur an dem schlichten, kurzen Rock und der grünen Bluse – von der Rosalie behauptete, sie sei blau gewesen –, nein, es hatte an der Art gelegen, mit der sie ihm entgegensah an jenem Sommertag Anfang der 1960er Jahre. Warum er ausgerechnet mit dem Deutsch-Französischen Jugendwerk losgefahren war, konnte er später ebenso wenig erklären. Es war eine gute Möglichkeit, preiswert ein paar Tage woanders hinzukommen. Weit weg. Es war ein Vorschlag des Pastors gewesen, der wenige Woche zuvor seine Mutter beerdigt hatte. »Du musst auf andere Gedanken kommen und dir mal den Wind um die Nase wehen lassen«, hatte der Pastor gesagt und ihm den Namen eines anderen jungen Mannes aus dem Stadtteil auf einen Zettel geschrieben, der sich bereits für diese Reise angemeldet hatte. »Friedler, der Vorname ist mir gerade entfallen. Ruf ihn an. Es gibt da eine deutsch-französische Jugendorganisation. Und wer in seiner Jugend Menschen aus anderen Län-

dern kennenlernt, führt später sicher weniger leicht Krieg gegen sie.«
Dieser verdammte Krieg! Obwohl Max sich selbst nicht mehr an den Krieg erinnern konnte, überschattete er jeden Tag seiner Kindheit. Der Krieg hatte seine Mutter mit einer dunklen Bitterkeit erfüllt. Sie umgab sie wie ein Umhang, den seine Kinderarme nicht durchdringen konnten. Der Krieg hatte sich an sie geheftet wie ein hungriger Parasit. Er bevölkerte ihre Erzählungen, besetzte ihre Erinnerungen, war immer präsent, obwohl er doch längst vorbei war. Der Krieg hatte seine Mutter krank gemacht, und als sie endlich starb, Jahre nach Kriegsende, wusste Max, dass dieser Weltkrieg auch seine Mutter auf dem Gewissen hatte.

Bis zum Schluss hatte Max ihre Krankheit nicht ernst genommen. Sie war doch immer krank gewesen und hatte dennoch weitergelebt, sie hatte es »am Herzen«, eine blasse, dünne Frau, mit traurigen, rot umrandeten Augen, die immer so aussahen, als ob sie lange geweint hätte. Max wusste, dass er nur das Zweitbeste in ihrem Leben war. Das Beste hatte sich »davor«, vor dem Krieg, ereignet. »Davor« gab es ein Zuhause, schöne Möbel, sogar ein Klavier, Teppiche und wohlgefüllte Bücherregale, Geschwister, eine Familie, Glück und Geborgenheit. »Danach« gab es nur Max. Alles, was Max tat oder ließ, stand in einem Wettbewerb mit dem, was sein großer Bruder Helmut getan oder gelassen hatte. Helmut war »auf der Flucht umgekommen«. Max wusste lange Zeit nicht, was diese Worte bedeuteten, begriff aber intuitiv, dass etwas Schreckliches damit gemeint war, was »Muttis Großen« dem Leben entrissen hatte. Nach ihrem Tod vermisste er seine Mutter überraschenderweise nicht sehr. »Wir sind die Einzigen von der Familie, die übrig geblieben sind«, hatte seine Mutter immer wieder gesagt und durch ihre Erzählungen Bilder von einer Jugend in der mecklenburgischen Provinz mit lachenden Brüdern und Schwestern, einem Bauernhof, endlosen Sommern und einem kühlen See in Max' Seele gepflanzt. Fotografien gab es nicht, weil alles verbrannt war, wie seine Mutter erzählte, und in dem kleinen Max entstand die Vorstellung eines Feuers, das wie ein Schicksalsschlag, wie Regen oder ein Gewitter, die Besitztümer seiner Mutter zerstört hatte. Mit fünf Jahren war Max Engel klar, dass die Erde ein sehr gefährlicher Ort war, an dem Feuer und Brände nicht nur Fotografien und andere Lebenszeugnisse verschlingen konnten, sondern in dem ganze Familien ausradiert wurden und Menschen umkamen.

Sein Vater war im Krieg geblieben, wie man das damals nannte, und als kleiner Junge hatte sich Max immer vorgestellt, dass »Krieg« ein Ort sei, zu dem sein Vater und andere Väter gereist waren. Es musste sehr schön sein in diesem Krieg, wenn so viele Männer lieber dortblieben, anstatt zu ihren Familien zurückzukommen.

Als seine Mutter starb, stand Max ohne Tränen an ihrem Sarg, denn er wusste, jetzt würde sie endlich dort sein, wo ihr Großer, wo das Glück zu Hause war, das sie in den letzten Jahren so schmerzlich vermisst hatte. Mit dem Tod seiner Mutter war für Max Engel der Krieg endlich vorbei.

Er räumte die Wohnung aus, verkaufte und verschenkte die wenigen Besitztümer, die er selbst nicht haben wollte, und zog in ein Heim für Lehrlinge. Er fand ein paar Freunde und lernte Twist tanzen. Manchmal schlenderte er abends über den Hamburger Rathausmarkt und bewunderte die dort stehenden Autos.

»Meinst du, dass wir auch eines Tages ein Auto haben? Wenn man Kinder hat, ist das so viel praktischer!«, sagte das Mädchen, mit dem er manchmal unterwegs war, und Max schüttelte nachsichtig den Kopf. Was konnte so ein Mädchen schon über Autos wissen, und wen meinte sie mit »wir?«. Ihm stand nicht der Sinn nach einer Familie, er träumte von Rennautos und einer Musikbox. Irgendwann hatte das Mädchen ihm vorgeschlagen, mit seiner Familie ein paar Tage in den Schwarzwald zu fahren. Er sah in ihre Augen und fühlte sich nur wenige Minuten schlecht, als er ihr vorflunkerte, er habe bereits andere Pläne. »Ich fahre mit einer Organisation nach Frankreich.« Enttäuschung legte sich über ihre Züge, und sie schluckte. »Ach so, natürlich. Es war ja auch nur eine Idee. Ich hätte meine Eltern sowieso noch fragen müssen«, hatte sie leichthin gesagt, aber Max hatte doch gesehen, dass ihre Augen feucht waren, als sie ihm die Hand zum Abschied hinhielt. Sie war ein nettes Mädchen. Es tat ihm leid, dass er nicht mehr für sie empfand, obwohl es einen Abend gegeben hatte, an dem ihm das Öffnen ihres komplizierten BH-Verschlusses das Wichtigste gewesen war. Doch als der Zug in Paris einfuhr und er die Pariser Luft einsog, wusste er, dass er das Richtige getan hatte.

Und dort hatte dann dieses besondere Mädchen mit den nackten Knien ihm entgegengelächelt und dabei mit einem anderen Mädchen ein Tuch hochgehalten, das an zwei langen Stöcken befestigt war. Über dem Tuch waren die deutsche und die französische Flagge befestigt, und auf dem Banner war zu lesen: »Nous voulons travailler ensemble et rester en PAIX.« Neben ihm übersetzte Friedler laut: »Wir wollen zusammenarbeiten und den Frieden bewahren.« Es war kein Wunder, dass dem Pastor Friedlers Vorname entfallen war, denn kein Mensch nannte Friedler jemals bei seinem Taufnamen. Der große, dunkelhaarige Mann mit der ernsthaften Brille und der sportlichen Figur eines Leichtathleten stellte sich selbst immer nur mit seinem Nachnamen vor: »Alle Männer in unserer Familie heißen Friedler.« Er war selbstbewusst und gebildet, lustig und warmherzig, und er pflegte eine Vorliebe für exotische Getränke, was ihn in Max' Augen zu etwas Besonderem machte. Wenn Max später an Friedler dachte, kam ihm immer der Abend in dieser französischen Bar in den Sinn, an dem Friedler dem interessierten Barkeeper das Geheimnis des »Kullerpfirsichs« verraten hatte. Als der Pfirsich zur Begeisterung der anderen Gäste langsam und dann schneller im Glas zu rotieren begann, fragte jemand: »Wie macht er das?«

Max und Friedler antworteten gleichzeitig. Friedler sagte: »Magie!« Max sagte: »Physik!« Max hatte mit Friedlers Französischkenntnissen die Erklärung des Phänomens übernommen und etwas von Kohlenstoffdioxidbläschen, von Pfirsichhaut und Auftrieb erzählt. Aber die Zuhörer hatten das Interesse verloren und lieber Friedler applaudiert, der den Sekt an alle ausschenkte.

So war es immer gewesen: Friedler begeisterte die Menschen mit seiner Art, in allem ein Wunder zu sehen – und Max erklärte diese Wunder. Vielleicht mochten sie einander deswegen so gern, denn sie ergänzten sich und bewunderten sich uneingeschränkt und ohne Eifersucht.

In diesem Sommer verliebten sich beide in dasselbe Mädchen, und Max würde bis ans Ende seines Lebens nicht verstehen, warum er und nicht Friedler erhört wurde.

In den folgenden Jahren dachte Max oft daran, dass er niemals wieder so schnell Freundschaften geschlossen hatte wie in jenen Wochen. Die Zeit in Frankreich würde er später als den Sommer seines Lebens bezeichnen, aber damals war sie für ihn einfach nur eine verzauberte Abfolge unerwarteter und unerklärlich heller, glücklicher Tage, getragen von der Liebe zu diesem französischen Mädchen und der Freundschaft zu Friedler. Friedler hatte Familie im Elsass und sprach wesentlich besser französisch als Max. Die Aufschrift auf dem Tuch allerdings, das diese beiden französischen Mädchen zwischen sich spannten, hatte auch Max verstanden. Er wiederholte »Rester en paix«. In diesem Moment erkannte er, dass es hier in Paris noch um etwas anderes ging als nur darum, dem Schwarzwald, einem enttäuschten Mädchen und einem spießigen Familienurlaub zu entkommen. Es ging darum, es besser und richtiger als die alte Generation zu machen. Es ging darum, den Krieg endgültig auszuschließen, diese Pest, die Europa und die ganze Welt vor zwei Dekaden auf so rätselhafte Weise zerfressen hatte. Er sah das Mädchen mit dem strahlenden Lächeln und den schimmernden nackten Knien und fühlte, wie der dunkle Schleier, der über seiner Kindheit und Jugend gelegen hatte, einen Riss bekam, und die Sonne strahlend und warm auf ihn schien und sein Ich bis in den letzten Winkel erleuchtete.

Sie hieß Rosalie, und sie verliebten sich mit eine Selbstverständlichkeit ineinander, die sie erstaunte, aber auch mit Stolz erfüllte. »Ich hatte keine Wahl!«, scherzte Rosalie, wenn sie darüber sprachen. »Du bist aus dem Zug gestiegen, und ich habe mein Herz verloren.« Sie sprachen in einer Mischung aus Französisch, Deutsch und Englisch miteinander,

und Rosalie meinte, dass schlechtes Englisch die Sprache der Zukunft sein würde.
»Man fragt sich, warum wir überhaupt Sprachen lernen. Mit ein paar Brocken Englisch geht es doch auch.« Max sah sie an und dachte, dass er sie immer verstehen würde, selbst wenn sie Grönländisch spräche.
Manchmal standen sie beieinander und hielten sich umschlungen. »Pass auf«, sagte Max. Er nahm Rosalies Hand und legte sie auf seine Brust. Gleichzeitig legte er seinen Zeigefinger an ihren Hals. »Ba-tam-ba-tam!« Er sah sie triumphierend an. »Unsere Herzen schlagen im selben Rhythmus.«
Sie standen wie in Glück getaucht stockstill, als ob jede Bewegung den Kokon ihrer Liebe aufgebrochen hätte.

Rosalie war erst kurze Zeit in Paris. Sie stammte aus der Provence, studierte Sprachen und wollte Lehrerin werden. Deswegen war sie auch beim Deutsch-Französischen Jugendwerk gelandet. »Ich muss unbedingt besser Deutsch lernen«, beschwerte sie sich bei Max. »Ich mache immer noch zu viele Fehler!«
»Ich finde deine Fehler wunderbar.« Er küsste sie. Sie machte sich irgendwann los. »Wenn wir uns dauernd küssen, werde ich nie besser Deutsch lernen.«
»Es reicht, wenn du einen Deutschen besser kennenlernst.«

Es war die erste und letzte Jugendfreizeit, die Max in seinem Leben machte. Neben Friedler und Rosalie verblassten die anderen Teilnehmer, und Max würde immer den Eindruck haben, dass er diese Zeit ausschließlich mit Friedler und Rosalie verbracht hatte. Dennoch waren es mindestens dreißig junge Menschen aus Westdeutschland und Frankreich gewesen, die miteinander über ein Leben ohne Krieg diskutierten, die Kin-

der- und Seniorengruppen betreuten. Für zwei bedrückende Tage waren sie in klapprigen Bussen knapp hundert Kilometer westlich von Paris nach Champigny-St. André zum deutschen Soldatenfriedhof gefahren und hatten dort, bewaffnet mit Harken und Spaten, die Gräber deutscher Soldaten gepflegt.
»Es sind so viele«, hatte Rosalie beim Anblick der weißen Kreuze geflüstert. »So viele Deutsche. Und wie jung sie waren.« Max dachte an den Krieg, in dem sein Vater geblieben war, und war froh, Rosalies warme Hand in seiner zu spüren.

Friedler nahm die Liebe zwischen Max und Rosalie mit der bewundernswerten Gleichmütigkeit hin, die eine gute Männerfreundschaft auszeichnet. Obwohl er keinen Hehl daraus machte, dass er Rosalie ebenfalls verehrte, und keine Gelegenheit ausließ, darauf hinzuweisen, dass er bereitstünde, falls sie ihre Meinung ändern sollte, schmiedete er mit ihnen Zukunftspläne. »Wir könnten uns ein Haus auf dem Land suchen, Rosalie unterrichtet in der Dorfschule, Max lässt sich mit seinem Steuerbüro am Marktplatz nieder, und ich eröffne eine Bar du Tabac, in der es internationale Zeitungen und erlesene Drinks gibt.«

In jenem Sommer in Frankreich war alles möglich. Ein neues Leben, ein anderes Land, die große Liebe. Einmal machten sie einen Ausflug auf die Ile de Cité zum Marché aux Fleurs, dem berühmten Blumenmarkt von Paris. Bewundernd spazierten sie durch die engen Gassen und verloren sich in den Farben der Blumen.
»Blumen habe ich bisher immer langweilig gefunden«, bekannte Max, der von der Vielfalt fast widerwillig überwältigt war. »So viele auf einmal habe ich noch nie gesehen.«

Friedler sang leise: »Schenk deiner Frau doch hin und wieder rote Rosen, schenk ihr Blumen, die ihr Herz erfreuen …«
Rosalie sah ihn fragend an. »Das ist Eddie Constantine. In Deutschland ist er ein Star. So wie hier Johnny Hallyday.«
»Was ist deine Lieblingsblume?«, fragte Max Rosalie.
Rosalie lachte. »Warte, ich zeig's dir.« Sie zog die Männer durch einen Gang an einen Stand mit Kräutern, die einen betörenden Duft ausströmten. Rosalie zupfte einen Zweig von einem Büschel.
»Meine Lieblingsblume ist keine Blume.«
Sie hielt den Zweig nacheinander Max und Friedler unter die Nase und sagte, als diese mit den Schultern zuckten: »Rosmarin. Dort, wo ich herkomme, wächst der überall, und wir benutzen ihn zum Braten und Kochen.« Sie lächelte entschuldigend. »Ich fürchte, das ist wenig poetisch. Und auch gar nicht sehr mädchenhaft. Du hast bestimmt erwartet, dass Anemonen oder Nelken meine Lieblingsblumen sind.«
»Rosmarin«, wiederholte Max. »Das klingt wie ein Name.«
Friedler, der gern ein wenig damit angab, dass er ein gutes Abitur gemacht hatte, dozierte: »Ros heißt Tau auf Lateinisch und mare das Meer. Rosmarin könnte man also mit Tau des Meeres übersetzen. Bestimmt hängt das damit zusammen, dass die Pflanze am Meer wächst und sich der Tau in der Nacht darauf sammelt.« Er roch noch einmal an dem Zweig und verzog das Gesicht. »Das hilft bestimmt auch gegen Gicht oder Rheuma – riecht sehr gesund.«
Rosalie schüttelte den Kopf. »Es ist aber nicht nur eine Heilpflanze. Rosmarin wurde Aphrodite, der Göttin der Liebe geweiht.«
Max zerkrümelte einige Nadeln zwischen seinen Fingern. »Rosmarin ist also ein Symbol der Liebe.«

»Die Troubadoure überreichten ihren Auserwählten einen Rosmarinzweig.«
Friedler lachte. »Ja, das hat Ophelia mit Hamlet auch gemacht. Und was ist daraus geworden? Ein sanfter Tod in der Hutschachtel!« Max und Rosalie sahen ihn verblüfft an, als er mit einer gespielten Frauenstimme zitierte: »›Da ist Rosmarin, das ist zur Erinnerung; ich bitt' Euch, liebt mich, gedenket mein; und da ist Vergissmeinnicht, das ist zum Andenken!‹« Er grinste. »So weit Ophelia. Da war sie allerdings schon vor Kummer über Hamlet verrückt geworden. Und Laertes, ihr Bruder, sagt darauf: ›Ein Beweis ihres Wahnsinns, Andenken und Erinnerung zu trennen.‹« Friedler streckte sich und ergänzte betont bescheiden: »Ihr Lieben, mit der Bildung ist es wie mit Masern oder guter Erziehung.« Er machte eine Kunstpause, bevor er fortfuhr: »Nur, wer eines von beiden tatsächlich erlitten hat, trägt Narben davon. Ich kann also nichts dafür, dass ich die Klassiker intus habe. Da müsst ihr euch bei meinen Eltern beschweren. Die hatten ein Theaterabonnement.«
Max lachte gutmütig.
»Bei den Klassikern kann ich auch mitreden, keine Angst.« Er legte seinen Arm um Rosalies Taille und sang: »›Schlag nach bei Shakespeare, bei dem steht was drin. Kommst du mit Shakespeare, sind die Weiber gleich hin.‹«
Rosalie lachte laut und wiegte sich mit ihm.
»Auch ein Klassiker?«
»Cole Porter: ›Kiss me, Kate‹. Ein Klassiker von morgen.«
Sie sahen einander tief in die Augen, und es war deutlich, dass sie für den Rest der Welt verloren waren. Auch für Friedler, der jetzt die Augen gen Himmel verdrehte. »Lasst uns weitergehen. Da hinten sehe ich wunderbare Rosen. Jetzt

muss ich mir nur noch ein Mädchen suchen, dem ich sie schenken könnte.« Er steckte die Hände in seine Jacketttaschen und schob sich pfeifend durch die Menge.
Die beiden anderen sahen ihm nicht nach. Rosalie drehte den Rosmarinzweig in ihren Händen. »Mein Großvater erzählte, dass die Ägypter den Toten Rosmarinzweige in die Hände gaben, um das Totenreich mit einem schönen Duft zu erfüllen.«
Max lächelte über ihre Ernsthaftigkeit und strich sanft über ihre gerunzelte Stirn. »Gut, dass wir noch lange nicht vorhaben, das Totenreich zu bereisen.« Er sah sich um, ob auch keine Zuschauer sie beobachteten, und küsste sie schnell.
»Versprich mir, dass du Rosmarin auf mein Grab legst.«
Rosalie lachte. »Versprochen!« Sie verschränkte ihre Finger mit seinen. »Lass uns nach Friedler sehen, er wird sonst eifersüchtig.«
»Das wird er auch bleiben müssen.«
Hand in Hand gingen sie durch das Blumenmeer des alten Marktes. Sie waren jung, sie waren verliebt und unsterblich.

Kapitel 3

Jakob de Jong trat vor die Tür des Landgasthofs Riegel am Kaiserstuhl. Er streckte seine Glieder, gähnte herzhaft und ohne sich eine Hand vor den Mund zu halten. Dann fuhr er mit beiden Händen durch seine dunkelblonden Locken. Die letzte Nachtschicht im Hotel lag hinter ihm. Diesmal war es nicht sehr anstrengend gewesen, kurz vor Mitternacht waren noch ein paar Gäste eingetrudelt, aber danach hatte er auf dem Sofa im Büro hinter der Rezeption schlafen können. Er rieb sich die Augen und bedachte seine Situation. Sechs Wochen hatte er in dem Familienbetrieb in allen Bereichen vom Service bis zur Gartenpflege gearbeitet, davor lagen zwei Monate Arbeit auf einer Schaffarm in Island. Jakob mochte das Konzept Work & Travel. Er hatte auf diese Weise schon Chile, Norwegen und Kanada bereist und Land und Leute viel intensiver kennengelernt als ein typischer Tourist. Jakob stellte keine großen Ansprüche: Kost, Logis und einen Platz für seine Yogamatte. Er blinzelte in die Sonne und atmete tief die frische Morgenluft ein. Nach einem Espresso würde er seinen Rucksack packen, die Yogamatte einrollen, das Geld im Büro abholen und zur Autobahn trampen.

Er blickte über den Parkplatz, auf dem nur drei Wagen standen. Es war noch Vorsaison. Noch waren keine Turbo-Urlauber unterwegs, die um Mitternacht eincheckten und um halb fünf Uhr schon wieder auf der Staße waren, um nur ja keinen kost-

baren Urlaubstag zu verlieren und am Nachmittag schon ins Mittelmeer springen zu können.

Ein blaues Auto neben der großen Tanne erweckte seine Neugier. Ein schöner alter Citroën – und in dieser Farbe, die einen an exotische Strände oder Swimmingpools im Sonnenlicht denken ließ … Er musste zu den Deutschen gehören, die noch spät gekommen waren. Die Zimmer waren seit Wochen auf den Namen Engel reserviert. Aber die Frau hatte sich mit einem anderen Namen eingetragen. Der alte Mann war Jakob sofort sympathisch gewesen. Er erinnerte ihn an seinen Großvater: ein offenes, rundes Gesicht mit freundlichen, warmen Augen und vielen Lachfältchen. Er hatte eine sanfte Stimme und sprach in einem norddeutsch gefärbten Singsang. In seiner Zeit im Landgasthof Riegel hatte Jakob gelernt, viele deutsche Dialekte auseinanderzuhalten. Am besten gefiel ihm der Klang des Ruhrgebiets. Und am wenigsten konnte er sich mit dem Berlinern anfreunden. Die Deutsche von gestern Abend war bestimmt Berlinerin. So rund und freundlich der alte Engel war, so kantig war seine Begleitung. Schlank, sehnig, ohne nennenswerte weibliche Formen und mit einem schroffen Tonfall. Seltsame Reisefreunde, hatte Jakob gedacht. Vater und Tochter? Nein, das hätte er gemerkt, außerdem sah die Rothaarige dem Alten überhaupt nicht ähnlich. Ein Liebespaar? Dagegen sprachen die beiden Einzelzimmer. Neugierig schlenderte er zu dem blauen Citroën hinüber und bewunderte die elegante Linienführung der Karosserie. Obwohl er sich nur so viel aus Autos machte wie jeder vernünftige Mann, konnte er sich dem Charme des Oldtimers nicht entziehen. Die vorderen Scheinwerfer wirkten durch ihre fast seitliche Anbringung wie die Augen eines großen Tieres. Eines großen *zufriedenen* Tieres, dachte Jakob entzückt, denn der DS sah aus, als ob er grinse. Er trat näher heran und beugte sich nach vorn, um das Armaturenbrett zu begutachten.

»Warum steigen Sie nicht einfach ein?«

Jakob fuhr herum.

»Was?«

Auffällig grüne Augen blitzten ihn an. Die Rothaarige stand vor ihm. Sie verzog ihre Lippen zu einem überwältigenden Lächeln, das ihn traf wie ein warmer Sonnenstrahl. »Na, Sie sehen aus, als ob Sie am liebsten gleich einsteigen wollen.« Lachende Augen, ein freundliches Gesicht, sogar die Sommersprossen auf ihrer Nase schienen vergnügt zu hopsen.

Jakob parierte schlagfertig: »Kommt darauf an, wohin Sie fahren.«

Er trat etwas vom Auto zurück. »Ihr Automobil ist phantastisch. Sieht man nicht mehr häufig. Immer noch eine Schönheit.«

»Und das in ihrem Alter!«

Im Morgenlicht wirkte die Rothaarige nicht mehr so spröde, wie er sie von gestern Abend in Erinnerung hatte. Im Gegenteil, sie war wach und fröhlich. Jakob mochte keine Morgenmuffel. Er persönlich fand, dass der Morgen eine besonders schöne Tageszeit war. Alles war noch frisch und die Welt unbenutzt, und manchmal, in fast märchenhaften Momenten, konnte man den Eindruck erhalten, der einzige Mensch auf der Erde zu sein, der vor diesem unschuldigen Neu-Sein und dem sauberen, vielversprechenden Anfang stand.

Die Rothaarige neben ihm schienen ähnliche Gedanken zu bewegen. Sie wies auf die Bäume, auf denen Tautropfen im Sonnenlicht funkelten. »Schön, was? Und alles ist noch so ruhig.« Sie wies über den Parkplatz Richtung Gasthof. »Als ob einem die Welt und alles ganz allein gehört.«

Jakob murmelte: »Vinnikook.«

»Bitte?«

Jakob räusperte sich und sprach jetzt sehr deutlich. »Entschuldigung, das war meine schlampige holländische Aussprache. Ich meinte: Dat vind ik ook. Das finde ich auch.«

Die Rothaarige lächelte. »Das klingt fast wie bei uns zu Hause. In Berlin sagen wir: Dit find ick oooch.«

Sie sahen einander an und schwiegen, bis sich die Rothaarige einen Ruck gab.

»Da quatsche ich rum, dabei muss ich die Sachen noch einpacken.« Jetzt erst sah Jakob, dass sie Gepäck trug. »Kommen Sie, ich helfe Ihnen.« Er nahm ihr eine alte Lufthansa-Umhängetasche ab, während sie das Auto aufschloss. »Ein antikes Fundstück aus den siebziger Jahren?«

»Tja, mindestens. Sie sprechen sehr gut Deutsch. Dabei sind Sie Holländer. Aus Amsterdam?«

»Utrecht.«

Die Rothaarige verstaute die Reisetasche im Kofferraum, brachte den Stock des alten Herrn im Fußraum unter und legte die Lufthansa-Tasche auf den Beifahrersitz.

»Der Chef hat die Reisepapiere gern bei sich.«

Sie trug ein tief ausgeschnittenes Top, das großzügig einen Blick auf ihre helle, von Sommersprossen übersäte Haut freigab. Er versuchte, ihr Alter zu schätzen, obwohl er bei so etwas meist danebenlag. Zwischen dreißig und vierzig? Aber Jakob war das Alter einer Frau gleichgültig, solange sie gern lachte. Und das tat die Rothaarige offensichtlich.

»Er ist ihr Chef?«

Die Rothaarige neigte den Kopf, als sei sie sich selbst nicht sicher. »Nein«, erwiderte sie zögernd. »Ich sag das nur so. Er ist nicht mein Chef.« Sie hielt nachdenklich inne. »Das heißt, auf gewisse Art und Weise doch. Aber …«

Sie unterbracht sich, wedelte mit ihren Armen über dem Kopf, als wolle sie einen Wagen anhalten, und schrie ohne Vorankündigung und aus Leibeskräften: »Huhu, Max! Ich bin schon am Auto.«

Jakob fuhr erschrocken herum und sah, dass der alte Herr in der Eingangstür stand.

»Ist das nicht großartig?«, flüsterte ihm die Rothaarige zu. »Völlig allein von der zweiten Etage. Ohne Stock. Den hatte ich. Fahrstuhl gibt es hier ja nicht. Ist euch wohl zu modern, oder?« Sie grinste ihn gutmütig an und ergänzte: »Kriegen wir denn ein Frühstück?«

»Natürlich. Ich kümmere mich sofort darum. Die Brötchen sind vorhin geliefert worden. Kommen von einem Bäcker hier aus der Gegend, der noch selbst bäckt. Ich kann Ihnen aber auch ein Rührei machen lassen. Oder Schinken? Müsli? Kaffee oder Tee? Wir haben English Breakfast Tea, Earl Grey, Grünen Tee, Pfefferminz, Rotbusch …«

»Hilfe! Nee, nee, da wird mir ja schon beim Zuhören schlecht. So viel kriege ich morgens nicht runter. Ich brauch nur einen Espresso, und für später schmiere ich ein paar Brote.«

Sie schlug die Tür zu und streichelte kurz über die Karosserie. »Die nennen den Wagen Göttin, wegen DS, das heißt Göttin auf Französisch, nicht, dass ich etwa Französisch kann. Ich nenne sie bei mir ›altes Mädchen‹. Dürfen Sie aber Max nicht sagen.« Sie zwinkerte Jakob verschwörerisch zu. Jakob fand Frauen, die so viel redeten wie die Rothaarige, häufig anstrengend. Aber ihre nette Bemerkung darüber, dass der Alte es allein aus dem zweiten Stock geschafft hatte, hatte ihm gefallen. Außerdem war da etwas in ihrem Wesen, das bei ihm ein warmes Gefühl auslöste. Verrückt, aber ja: Sie war sexy, mit diesem breiten Lachen, dem Ausschnitt, dem Kieksen in der rauhen Stimme und dem

Berliner Akzent. Jakob de Jong zog innerlich die Schultern zusammen, als müsse er sich vor irgendjemandem rechtfertigen. Sie sah ihn immer noch auffordernd an und wartete auf seine Reaktion.

»Also kein Wort zu Max?«

»Ich schweige wie ein Grab«, versicherte er.

Sie gingen nebeneinander auf den Gasthof zu, und Jakob fiel auf, dass ihr Schritttempo dasselbe war.

Wenig später saßen Max und Tamara in dem gemütlichen, altmodisch mit Sitzbänken und Blümchentapeten ausgestatteten Frühstücksraum. Tamara trank nachdenklich in kleinen Schlucken den Espresso, den Jakob ihr gebracht hatte. Sie wusste nicht, ob sie erleichtert oder besorgt sein sollte. Als sie den Hotelangestellten vorhin am Auto gesehen hatte, hatte sie ein heißer Schreck durchzuckt. Schon in der Nacht war sie einige Male aus unruhigen Träumen hochgefahren, in denen die elegante Handtasche, Max und Dr. Maier-Schmidt eine Rolle gespielt hatten. Kurz vor dem Aufstehen war sie erneut in einen wirren Traum versunken, in dem Friedler im Frack und mit baumelnden Beinen auf einem Autobahnschild saß und Rosinenbrötchen regnen ließ. Rosinenbrötchen! Tamara hatte bereits während des Traumes gewusst, dass sie träumte, aber was nutzte es? Am Ende waren Streifenpolizisten an dem Schild hinaufgeklettert und hatten Friedler verhaftet.

Unter der Dusche hatte Tamara zwar über den Traum lachen müssen, aber der junge Mann am Auto hatte sie gleich wieder sehr beunruhigt. Was, wenn sie bereits gesucht wurden, wenn Max' und ihr Profil schon bei allen deutschen Dienststellen vorlagen? Er vielleicht im Auftrag der Polizei die Göttin unter die Lupe nahm? Der Bruder von Dr. Maier-Schmidt, so viel wusste sie, war bei der Polizei. Dass der Holländer sich nur als Autoliebhaber und als recht sympathisch entpuppt hatte, war zwar tröstlich, aber Tamara beschloss, doch möglichst bald von hier aufzubrechen.

»Wie sieht der Plan für heute aus?«, erkundigte sie sich bei Max. Der legte sein Brötchen beiseite. »Ausgecheckt habe ich schon. Jetzt geht es erst einmal auf die Autobahn Richtung Basel.«

Der Gasthof lag nur gut einen Kilometer von der Autobahn entfernt.

»Vielen Dank, dass du mein Zimmer bezahlt hast.«

»Tamara, das war so abgemacht, und ich will jetzt nicht bei jeder Kleinigkeit ein Danke von dir hören.«

»Ein Hotelzimmer ist keine Kleinigkeit.«

»Ich bekomme eine gute Rente. Mach dir keine Gedanken.«

»Der Typ an der Rezeption hat gesagt, dass die Zimmer reserviert waren. Wann hast du das gemacht?«

Max sah auf sein Brötchen.

»Nach Pfingsten.«

»Woher wusstest du denn da schon, dass ich mitkomme?«

»Das wusste ich nicht.« Er schob ihr den Brötchenkorb zu. »Ist nicht gesund, gar nicht zu frühstücken.«

Tamara winkte ab und machte Jakob ein Zeichen. »Kann ich bitte noch einen Espresso haben?« Sie wandte sich wieder an Max. »Die Route!«

Max nickte. »Also Richtung Basel. Über den Rhein nach Frankreich. Muhlhouse, Belfort, Besançon, Chalon-sur-Saône, Lyon. Da beginnt die *Autoroute du Solei*. Dann …« Er rieb seine Nase und dachte nach. »Valence – und übernachten werden wir in Orange.«

Tamara sah ihn hingerissen an. »Das klingt so schön. Wie ein Gedicht.«

»Was?«

»Die Stationen, eine Kette aus französischer Poesie …«

Max lachte. »Stell dir das mal auf Deutsch vor: Hamburg, Bremen, Osnabrück …«

»Das ist nicht dasselbe.« Tamara stützte ihr Kinn in die Hand und wiederholte noch einmal träumerisch: »Belfort, Besan… irgendwas …«

»Besançon.«

»Und weiter?«

»Besançon, Chalon-Sur-Saône …«

In dem Moment stellte Jakob den Espresso vor Tamara und fuhr fort: »Lyon, Valence, Orange …«

Tamara lachte. »Können alle Männer neuerdings Französisch?«

»Nein, aber Landkarten lesen.«

Jakob schien kurz zu zögern, dann fragte er: »Ihr wollt also auf die *Autoroute du Soleil?*«

»*Oui,* Monsieur!«, rief Tamara fröhlich.

Max deutete neben sich auf die Bank. »Setzen Sie sich gern zu uns.« Er sah sich im leeren Frühstücksraum um. »Ist doch nichts los.« Als Jakob sich neben ihm niederließ, fragte Max: »Sie kennen sich aus?«

»Ich war als Kind ein paarmal mit meinen Eltern zum Campen in der Nähe von Nizza. Wollen Sie in Orange übernachten?«

»Wir haben Zimmer in einem hübschen Hotel in der Altstadt reserviert.« Max grinste. »Ebenfalls ohne Fahrstuhl. Man muss sich Herausforderungen suchen. Warten Sie, ich zeige es Ihnen auf der Karte …« Er sah sich um. »Wo ist meine Tasche?« Seine Stimme klang besorgt. Hektisch drehte er sich hin und her und versuchte unter die Bank zu gucken, auf der er saß.

»Tamara, hilf mich doch mal. Wo ist meine Tasche?«

»Die Lufthansa-Tasche?«

»Ja, natürlich, welche denn sonst? Wo ist sie?«

»Die ist schon im Auto. Alles in Ordnung.«

»Nichts ist in Ordnung. Wer hat dich gebeten, meine Tasche rauszutragen?« Seine Stimme war scharf.

Tamara sah ihn erschrocken an. »Sorry, Max. Die stand an deiner Tür, da habe ich sie genommen. Ich hab es nur gut gemeint.«

Max schüttelte ärgerlich den Kopf. So hatte Tamara ihn noch nie erlebt. Er stand mühsam auf und hielt sich am Tisch fest. »Und wo ist mein Stock?«

Tamara schlug sich an die Stirn. »Den habe ich auch mitgenommen. Automatisch. Wie dumm von mir. Warte, ich hole ihn.«

»Ich hab's ja vorhin auch ohne geschafft.« Max wollte sich wütend auf den Weg machen, schwankte aber schon nach wenigen Schritten und geriet ins Stolpern. Jakob sprang geistesgegenwärtig auf und hielt ihn fest. Widerstrebend ließ sich Max von Jakob zu seinem Stuhl führen. Während er sich setzte, zischte er Tamara zu: »Gut gemeint ist manchmal das Gegenteil von gut!«

»Mannomann, beruhige dich. Ich hol dir schnell alles.« Selbst in ihren eigenen Ohren klang Tamara wie ein Teenager, und sie nahm sich vor, bei weiteren Auseinandersetzungen mit Max auf ihren Tonfall zu achten. Hatte Sie zu viel Zeit mit Finn verbracht und sich seine Art angewöhnt, auf jeden Vorwurf wie ein schlecht gelauntes Kind zu reagieren?

»Bin gleich wieder da.«

Tamara lief zum Auto und brachte nach kurzer Zeit Tasche und Stock an den Tisch. Max öffnete sie, wühlte darin herum und suchte offensichtlich vergeblich nach etwas. Dabei wurde er immer unruhiger und nervöser. Schließlich räumte er den gesamten Inhalt auf den Frühstückstisch. Karten, Papiere, Tempotaschentücher, Medikamente, einen Kugelschreiber, eine Taschenlampe. Aber er fand offensichtlich nicht das, was er suchte. Tamara und Jakob tauschten ratlose Blicke und beobachteten ihn schweigend. Den Tränen nahe, lehnte sich Max schließlich zurück.

»Weg.«

Tamara räuspert sich und fragte vorsichtig: »Was suchst du denn?«

Max sah sie mit Augen an, die sie an ein Haus mit toten schwarzen Fenstern denken ließen. »Ach, ich hab da so … also, ein kleines Ledersäckchen.«

»Ledersäckchen?«

»Ja, früher habe ich immer meinen Tabak darin aufbewahrt.«

»Und heute?«

Max sah sie so traurig an, dass Tamara verstummte. Sie legte kurz ihre Hand auf seine und fragte: »Wo und wann hast du es denn zuletzt gesehen?«

Max dachte nach. »Gestern Abend in meinem Zimmer.« Er rieb sich unruhig die Hände. »Aber ich hab es sicher zurück in die Tasche gelegt.«

»Und was, wenn nicht? Wir müssen in deinem Zimmer nachschauen.«

»Aber ich hab doch schon ausgecheckt!« Max sagte das so verzweifelt, als ob es nie mehr eine Möglichkeit gäbe, in das Zimmer zu kommen.

Tamara und Jakob lachten. Jakob sagte: »Ich gehe schnell rauf und schaue nach.«

Max und Tamara blieben schweigend zurück. Nach kurzer Zeit kam Jakob zurück und schwenkte das Ledersäckchen wie eine Trophäe.

»Ist es das?«

Max lächelte. »Ja!« Er öffnete die Lederkordel und hielt seine Nase kurz an die Öffnung. Er zog die Kordel wieder zu, steckte das Säckchen in die Tasche und hängte sie sich um.

Tamara rieb sich zufrieden die Hände. »Na, also! Alles halb so schlimm. Jetzt kannst du dich wieder entspannen. Mannomann!« Jakob begann den Tisch abzuräumen, während Tamara, die Augen in gespielter Fassungslosigkeit verdrehend, wieder nach ihrer Espressotasse griff. Doch im nächsten Moment schlug Max seinen Stock mit einem lauten Knall neben ihr auf dem Tisch. »Von wegen ›entspannen‹! Wenn ich entspannt bin, bin ich tot!«

»Na, Max, vorher kommt ja wohl noch die Pflegestation …«, sagte Tamara lachend und versuchte so, der Situation die Schärfe zu nehmen.

Doch Max ließ sich nicht darauf ein. »Tamara, ist dir schon mal aufgefallen, dass die Pflegestation in der Seniorenresidenz am Park wie ein dunkles Geheimnis behandelt wird? Von uns wird sie nur die ›Vergessene Station‹ genannt. Keiner kommt von dort wieder zurück. Im Katalog wird sie nicht erwähnt, es gibt davon keine Bilder, nur die von vitalen, braungebrannten Menschen mit strahlend weißem Gebiss. Alles Lüge! Und jetzt sag mir noch einmal, dass ich mich ent-spannen soll!« Er warf ihnen einen wütenden Blick zu und stapfte schwer auf den Stock gestützt, aber entschieden aus dem Raum.

Tamara und Jakob sahen einander an. Schließlich sagte Jakob: »Da hat aber jemand schon lange etwas mit sich herumgetragen.«

Tamara nickte. Jakob sah, dass sie Tränen in den Augen hatte. Sie stand auf. »Danke für den Espresso. Bekommen Sie noch Geld von uns?«

Er schüttelte den Kopf und streckte spontan seine Hand aus. »Ich heiße Jakob.«

Tamara sah ihn erstaunt an. »Ja?«

»Nur so. Ich weiß ja jetzt, dass Sie Tamara heißen. Und Max … Man sagt doch immer, dass man sich im Leben zweimal trifft.« Er wies auf den Tisch. »Sie wollten doch für die Fahrt noch Brote machen.«

Tamara zuckte mit den Schultern. »Du kannst gern du zu mir sagen. Und verkneif dir den Zuckerguss.« Ihr Grinsen missglückte, deshalb fuhr sie leise fort: »Ich glaub, das mit den Stullen lass ich jetzt lieber. Mir ist der Appetit gründlich vergangen. Und Max will bestimmt schnell weg.« Sie warf Jakob niedergeschlagen einen Blick zu. »Tschüss, Jakob.«

»Tschüss, Tamara.« Er sah sie sinnend an.

»Ist noch was?«

Jakob biss sich auf die Lippen. »Weißt du was? Es ist zwar komisch, aber ich hätte große Lust, mit euch zu fahren. Was würdest du dazu sagen? Ich hab hier Work & Travel gemacht. Heute war meine letzte Nachtschicht. Ich bin wieder ein freier Mann.«

Tamara sah ihn entgeistert an. Dann hakte sie nach: »Und da willst du gleich mitkommen? Stehst du etwa auf durchgeknallte Opas, die mit ihren Stöcken rumfuchteln, oder warum?«

Jakob kratzte sich am Kopf. »Weil ich nichts Besseres vorhabe.«

»Und was ist mit Utrecht?«

Sein Gesicht nahm für einen Moment einen abweisenden Ausdruck an.

Tamara zuckte zusammen. Hatte sie einen wunden Punkt berührt? Aber Jakob lächelte auf einmal. »Das kommt noch früh genug.« Er legte den Kopf schief. »Aber du willst nicht, dass ich euch begleite?«

Tamara hatte sich von ihrer Überraschung erholt. »Blödsinn. Aber wir müssen natürlich erst Max fragen.« Sie überlegte. »Es wäre vielleicht sogar schön, auch einen jungen Herrn an Bord zu haben.«

»Warum?«

Tamara, deren Herz bei der Vorstellung, zu dritt weiterzureisen, auf einmal leicht wurde, lächelte geheimnisvoll. »Das wirst du schon sehen. Bei Max' tausendster Pinkelpause.« Sie hob den Daumen. »Also, von mir aus gern.«

Jakob reichte ihr den Brötchenkorb. »Vielleicht doch ein bisschen Proviant? Ich muss noch eben packen und mir mein Geld holen.«

»Geht das denn so schnell? Musst du dich nicht noch verabschieden?«

»Das hab ich gestern schon getan. Das Geld liegt im Büro. Die Chefin ist heute auf einer Messe. Die kommt erst am Abend wieder.« Er hielt noch einmal inne und fragte: »Es geht mich ja nichts an, aber Max nimmt sehr viele Medikamente, oder?«

»Hab ich auch vorhin gesehen. Was der alles in seiner Tasche hat! Das muss ich mir später mal genauer vornehmen, wenn er mich lässt. Was war denn in diesem hochwichtigen Säckchen?«

Jakob zuckte mit den Achseln. »Ich hab nicht reingeguckt, hat sich aber nur angefühlt wie Tabakkrümel. Warum er sich wohl so aufgeregt hat?«

»Vielleicht ging es ihm ja gar nicht um den Inhalt, sondern um das Täschchen selbst. Hat vielleicht jemand für ihn genäht.«

Jakob sah, wie sich Tamara mühte, die Brötchen in Papierservietten einzuschlagen. »Warte, ich hole aus der Küche ein paar Tüten.«

Als Tamara und Jakob eine halbe Stunde später auf dem Parkplatz erschienen, hatte Max sich für die nächste Etappe eingerichtet und saß angeschnallt und mit seiner Karte auf den Knien auf dem Beifahrersitz.

Er war froh gewesen, dass er mit erhobenem Kopf den Raum verlassen und ohne Hilfe ins Auto hatte einsteigen können. Ihm tat sein Ausbruch inzwischen leid, und er hatte sich geschworen, sich in der verbleibenden Reisezeit mehr zusammenzunehmen. Man durfte die jungen Leute nicht so erschrecken und die Gegenwart nicht mit der Zukunft belasten. Jeder musste sich in seinem Jetzt zurechtfinden. Die Probleme von morgen ließen sich nicht im Heute lösen, und vorbeugen konnte man ihnen schon gar nicht.

Dass Tamara mit Jakob zum Auto kam, gefiel Max. Er mochte den jungen Holländer, und als die beiden ihn fragten, ob es ihm recht sei, wenn Jakob mit ihnen fuhr, stimmte er gern zu. Zufrieden sah er, wie Tamara und Jakob sich darüber freuten.

Die Männer schüttelten einander ebenfalls die Hände, und als Jakob Max das Du anbot, willigte dieser sofort ein.

Jakobs Rucksack passte problemlos noch in den Kofferraum, und auch seine schmale, längliche Tasche.

»Was ist denn da drin?«, forschte Max interessiert. »Bist du Architekt und hast gerollte Bauzeichnungen dabei?«

»Nein, meine Yogamatte.«

»Yoga? Machen das nicht nur Frauen? So eine Art Damengymnastik?« Max ließ keinen Zweifel darüber aufkommen, dass er Yoga ausgesprochen unmännlich fand.

Aber Jakob lachte nur. Er entblößte seine muskulösen Arme und ließ seinen Bizeps spielen. »Guck mal, alles durch Yoga.« Er hockte sich blitzschnell hin, legte die Hände flach vor sich auf den Boden und die Oberschenkel auf die Oberarme. Dann lehnte er den Körper nach vorn, so dass er in dieser gehockten Position nur auf den Händen stand.

»Diese Figur heißt die Krähe!«, verkündete er stolz, als er sich wieder aufrichtete.

»Und wenn es ein Truthahn wäre …« Max lachte ratlos. »Auf was für Ideen ihr heute kommt!«

Jakob drohte ihm mit dem Zeigefinger. »Solltest du auch mal ausprobieren. Gerade nach langen Fahrten. Dein Rücken wird es dir danken.«

»Ja, ja«, murmelte Max.

Tamara, die der Vorführung stumm zugesehen hatte, dachte nun, dass dieser Tonfall bei allen Eltern dieser Welt »Was du da nur redest, du hast doch keine Ahnung« bedeutete. Aber sie hielt natürlich den Mund und wartete nur, bis Jakob auf der Rückbank Platz genommen hatte. Dann steckte sie den Schlüssel ins Schloss, und wenig später erhob sich die Göttin langsam und majestätisch und brachte sich per »Hydro-pneu-matik«, wie Tamara nun schon flüssig betonte, in Startposition. Jakob winkte ein letztes Mal zum Landgasthof Riegel am Kaiserstuhl, und die Göttin segelte Richtung Autobahn.

Zehn Minuten später setzte sie jedoch schon wieder zum Sinkflug an.

»Jetzt ist der Frühstückstee durchgelaufen. Wenn ihr aber auch so lange braucht, um ein paar Brötchen zu schmieren …«, beschwerte sich Max scherzhaft, als er bereits beim Anzeigeschild der Raststätte Schauinsland-West ein menschliches Bedürfnis verspürte. Jakob erklärte sich solidarisch, und Tamara grinste, als sie die Männer Richtung Toilette gehen sah. Jakob hielt sich dicht neben Max, ohne ihn zu bedrängen, und passte seinen Schritt dem Stock-Rhythmus an. Der Typ schien in Ordnung zu sein. Außerdem hatte er einen hübschen Hintern. »Ich bin ja noch nicht blind«, murmelte sie gutgelaunt vor sich hin.

Sie biss in eines der Käsebrötchen, denn auf einmal verspürte sie einen Bärenhunger.

Die Männer ließen sich Zeit. Was machten sie nur so lange? Tamara packte ein zweites Brötchen aus. In dem Tempo würden sie es erst nächste Woche nach Frankreich schaffen.

Sie entschied sich, in der Raststätte eine Zeitung zu kaufen, und stieg aus. Gemählich schlenderte sie hinüber. Sie hatte das Gebäude beinahe erreicht, als aus der Tür ein Junge gerannt kam, und ihm auf den Fersen Jakob. Von Max war nichts zu sehen.

»Hey, hallo!«, hörte sie Jakobs Stimme. »Bleib stehen!« Der Junge hielt seinen Rucksack fest vor den Bauch gepresst und versuchte Jakob zu entkommen. Die beiden liefen direkt auf Tamara zu. Als der Junge an ihr vorbeisprinten wollte, griff Tamara geistesgegenwärtig nach dem Kind. Die Wucht des Zusammenstoßes riss sie beide von den Füßen, doch Tamara ließ nicht los. Der Junge versuchte sich aus ihrem Griff zu winden, und er trat um sich, doch bevor es ihm gelang, ihr zu entwischen, war Jakob da. Es gab ein Gerangel, der Junge wollte nicht aufgeben, doch Jakob war stärker. Endlich hörte der Kleine auf zu zappeln. Jakob hielt ihn mit einer Hand fest, mit der anderen half er Tamara auf.

»Was sollte das denn?«, fragte Tamara wütend und begutachtete die Abschürfungen an ihren Unterarmen, die sie sich auf dem Asphalt zugezogen hatte. Jakob hielt nun mit beiden Händen den Jungen, der sich aber nicht mehr wehrte, sondern sie mit großen, verweinten und verängstigten Augen ansah. Er war ziemlich klein, hatte eine hellbraune Haut und schwarze kurze Haare, die erstaunlicherweise nass waren.

»Dieser kleine Dieb hat Max die Geldbörse geklaut, als wir beim Händewaschen waren.«

Der Junge schüttelte den Kopf.

Jakob nahm ihm mit der linken Hand den Rucksack ab und warf ihn Tamara zu. »Guck mal rein, er hat was mitgehen lassen.«

Tamara sah in den Rucksack. Ein Handy, ein wenig Kleidung, ein kleines Fotoalbum. Eine Geldbörse fand sie nicht – stattdessen eines der Brötchen, das sie selbst in Riegel für Max geschmiert und ihm noch auf dem Parkplatz vor dem Gasthof gegeben hatte.

Sie hob es hoch. »Ein Käsedieb!«

Der Junge stammelte, überraschenderweise auf Deutsch: »Ich bin kein Dieb! Ich habe … Hunger.«

Jakob und Tamara sahen einander an. Tamara fasst sich als Erste. »Wo sind denn deine Eltern?«

Der Junge schwieg.

»Bist du weggelaufen? Wie alt bist du?«

Der Junge senkte seinen Blick und versuchte erneut, sich unter Jakobs Hand wegzuducken. Der aber hielt ihn eisern fest.

Tamara tat der Kleine leid. Außerdem hatte er Hunger. Sie gab ihm das Brötchen. »Hier, iss erst einmal was.«

Der Junge sah sie ebenso ungläubig wie Jakob an. Jakob schüttelte den Kopf, aber er lockerte seinen Griff. »Du darfst aber nicht weglaufen, okay?« Der Kleine nickte und grub seine Zähne in das Brötchen.

In diesem Moment trat Max zu ihnen. Er war außer Atem. Resolut fragte er: »Warum bist du weggelaufen, Luis?«

Tamara und Jakob fragten wie aus einem Mund: »Luis?«

Max nahm den Jungen bei der Schulter und führte ihn zur nächsten Bank. Tamara und Jakob folgten ihnen.

»Jetzt erzähl mal der Reihe nach«, forderte Tamara Max auf.

»Das sollte lieber Jakob tun.«

»Ich?« Jakob sah ihn erstaunt an.

»Ja, du! Ich stand mit Luis am Waschbecken, wir hatten uns gerade ein wenig unterhalten, und ich wollte ihm meinen Kamm leihen. Die Haare hat er sich schon nass gemacht, aber bevor er sich ordentlich kämmen konnte, kamen erst sein Hunger und dann du, Jakob, dazwischen. Den Jungen so anzublaffen …«

»Er wühlte in deiner Tasche!«

»Weil ich es ihm gesagt hatte. Er sollte sich ein Brötchen nehmen.«

»Und warum ist er dann abgehauen?« Jakob war nicht so schnell von der Unschuld des Kindes zu überzeugen.

Max schüttelte den Kopf. »Was würdest du tun, wenn sich ein wütender Holländer auf dich wirft? Und ungefähr zweimal so groß ist wie du?«

Luis sagte beim Kauen: »Ich war schneller.«

Jakob zeigte ihm einen Vogel. »Aber wir haben dich doch erwischt.«

Luis wischte sich die Hände an seinem fleckigen T-Shirt ab. Dann fragte er Tamara: »Wie heißt du?«

»Tamara.«

Max sagte: »Luis kommt aus Hannover und will nach Orange. Das hatten wir gerade geklärt, als unser holländischer Supermann dazustieß.«

Tamara lachte verblüfft. »Wo sind denn seine Eltern? Sollten die sich nicht um ihn kümmern?«

Max sah Luis an. »Ja, wo sind deine Eltern?«

»Mein Vater ist Ecuador und meine Mutter in Spanien. Da fahre ich jetzt hin.«

»Warum? Und wieso allein?« Tamara hockte sich besorgt vor Luis. Der Junge sah sie ernst an und stellte eine Gegenfrage: »Seid ihr von der Polizei?«

Die Erwachsenen lachten. »Nein, natürlich nicht«, beruhigte Tamara ihn. Luis sah hinüber zu Jakob. »Der auch nicht?«

»Nein, der auch nicht.«

Luis nickte, immer noch ernst. Er dachte nach. Schließlich sagte er: »Wir müssen immer aufpassen, weil wir keinen Pass haben.«

»Und dann bist du den ganzen Weg von Hannover bis hierher allein …« Max sah Luis mitfühlend an. »Was ist passiert?«

Luis murmelte kaum hörbar: »Sie haben Mama erwischt und nach Spanien geschickt.«

Jakob sagte: »Wahrscheinlich ist deine Mama über Spanien nach Deutschland eingereist. Wer ohne Papiere auffällt, wird dorthin abgeschoben, von wo er eingereist ist.«

Luis machte ein so ernstes Gesicht, als ob er die Sachlage verstünde.

»Mich haben sie nicht erwischt«, verkündete er stolz. »Mama hat mir schon vor langer Zeit für den Notfall ein Handy gegeben. Als sie nicht nach Hause kam, habe ich Carlos angerufen.«

»Wer ist Carlos?«, fragte Max.

»Mein großer Bruder. Er arbeitet in Orange. Er bringt mich zu Mama.«

Tamara fragte: »Luis, wie alt bist du?«

»Acht.«

»Und wie lange lebst du schon in Hannover?«

Luis legte die glatte Kinderstirn in Falten. »Keine Ahnung? Vier Jahre, fünf Jahre, schon immer.«

»Sprichst du auch Spanisch?«

»Ja, aber Mama sagt, in Hannover ist es wichtiger, Deutsch zu sprechen.«

»Und Carlos?«

»Der spricht auch Deutsch.«

Tamara lächelte. »Wie alt ist denn Carlos?«

»Achtzehn.«

»Aber warum lässt dich dein großer Bruder denn ganz allein in der Weltgeschichte herumreisen? Warum ist er nicht gekommen, um dich zu holen?«

Luis schüttelte den Kopf. »Das kann er nicht. Er hat doch auch keinen Pass, keine Papiere! Wenn sie ihn schnappen, bin ich allein.«

»Und wenn sie *dich* schnappen?«

Luis verschränkte seine Arme vor dem schmächtigen Brustkorb. »Komm ich erst ins Heim, dann gibt's ein Ver… Verfahren. Dann muss ich zurück nach Ecuador.« Er hörte sich viel älter an, als er war.

Dass ein Junge in seinem Alter Worte wie Verfahren kennt, dachte Tamara erschrocken. Hier war etwas deutlich nicht in Ordnung. Kleine Jungen sollten über Drachen und Dinosaurier, über Skateboards und Fußball nachdenken. Und über das, was sie sich zum Geburtag wünschten.

Laut sagte sie: »So schlimm kommt es bestimmt nicht.«

Luis schob trotzig die Unterlippe vor. »Sie kriegen mich nicht. Ich bin schnell und ich kann mich verstecken.«

Tamara studierte seinen entschiedenen Gesichtsausdruck. Dann fragte sie: »Hast du Durst?«

Als Luis nickte, gab sie Jakob ein Zeichen. »Im Auto ist noch Wasser.«

Während Jakob das Gewünschte holte, wandte sich Tamara an Max. »Und jetzt? Was sollen wir deiner Meinung nach denn nun tun?« Sie fühlte sich überfordert. Zwar stand außer Frage, dass ein Kind in diesem Alter nicht allein unterwegs sein sollte, aber gleichzeitig schwirrten Erinnerungen an Horrorgeschichten durch ihren Kopf, die die Boulevardzeitungen genüsslich auf ihren Titelblättern auswalzten. Gerade jetzt, wo sich Flüchtlingsströme über ganz Europa ergossen und Millionen Menschen auf der Flucht waren. Da war von kriminellen Kindern die Rede, die ahnungslose Touristen ausraubten, oder von Banden, die Kinder als Vorhut nutzten. Andererseits wirkte dieser junge Junge hier schüchtern und vorsichtig und überhaupt nicht abgebrüht.

»Er sagt, dass sein Bruder ihn erwartet. Ich dachte, wir nehmen ihn mit nach Orange. Einen Platz haben wir doch noch.«

Jakob, der inzwischen mit dem Wasser zurückgekommen war, lachte und klatschte mit Luis ab, als ob sie Teamkameraden einer Fußballmannschaft wären. Na, die beiden hatten ihr gegenseitiges Misstrauen aber schnell abgelegt, dachte Tamara erleichtert. Sie bemerkte, dass alle sie gespannt ansahen. Doch ihr gefiel nicht, dass ihre Mitreisenden so taten, als sei sie allein für die Entscheidung zuständig. Das mussten doch alle miteinander entscheiden. Und es musste gründlich bedacht werden. Also fragte sie: »Machen wir uns damit nicht strafbar?«

Max sah sie fassungslos an. »Typisch, die Preußin!«

»Aber das wird man doch wohl noch fragen dürfen!«

Statt einer Antwort stand Max stöhnend auf. Er nahm Luis an die Hand, und gemeinsam gingen sie zur Göttin hinüber, die ihnen entgegenstrahlte. Jakob und Tamara schlossen sich ihnen an.

»Das ist dein Auto?«, kiekste Luis begeistert. »So was hab ich mal als Spielzeug gesehen!«

»Es ist ja auch ein Spielzeug – für große Jungs«, erwiderte Max und ließ sich ächzend auf den Beifahrersitz fallen.

»Komm, Junge, steig hinten ein.«

Luis öffnete blitzschnell die Tür und kletterte auf den Platz hinter ihm. Max blickte von Tamara zu Jakob, die jetzt auch beim Wagen angekommen waren.

»Wisst ihr, so haben wir uns das damals nicht vorgestellt, als wir nach dem Krieg wieder angefangen haben. Wir wollten ein friedliches Europa ohne Grenzen, nicht ein Europa, das sich einmauert, niemanden reinlässt und eines Tages noch an seinem Reichtum ersticken wird. Wohin uns das gebracht hat, sehen wir ja. Kleine Kinder schlagen sich allein durch. Der Junge ist acht Jahre alt, Tamara. Acht! Den können wir nicht alleinlassen. Das ist unverantwortlich.«

Tamara öffnete den Kofferraum und wühlte in ihrer Tasche. Sie holte ein buntes T-Shirt heraus. »Hier! Das ist bestimmt zu groß, aber es ist sauber.« Mit diesen Worten reichte sie Luis das Shirt ins Auto, der sich sofort daranmachte, sich umzuziehen. Tamara lehnte sich an die Beifahrertür.

»Max, dass wir ihn nicht alleinlassen können, weiß ich doch auch, und das will ich auch nicht. Aber trotzdem – müssen wir das nicht der Polizei melden?«

»Warum? Zu seiner Mutter käme er so jedenfalls nicht. Für lange Zeit nicht.«

Max blinzelte Tamara von unten an. »Befürchtest du vielleicht, dass er uns belügt und uns doch noch bestehlen wird? Denkst du, dass sein krimineller Bruder in Orange auf uns wartet, um uns auszurauben und umzubringen?«

Tamara fühlte sich ein wenig ertappt, aber sie winkte ab. »Unsinn!«

Jakob war mittlerweile auch eingestiegen. Er half Luis, der sich in dem zu großen T-Shirt verfangen hatte, und sagte dann lachend: »Wer weiß, die Welt ist schlecht!« Er stupste Luis an. »Hast du so was etwa vor?« Der Junge riss erschrocken seine Augen auf. »Nein!«

»Er ist erst acht Jahre alt«, wiederholte Max.

»Fast neun!«, rief Luis triumphierend.

Tamara lachte. »Na, das ändert natürlich alles!« Sie setzte sich hinter das Lenkrad und startete den Motor.

Eine Weile lang fuhren sie schweigend. Luis saß gerade und aufmerksam und hielt seinen Rucksack fest. Tamara suchte seine Augen im Rückspiegel. Sie fragte: »Wenn du wieder nach Ecuador geschickt würdest, würdest du wieder zu deinem Vater kommen?«

Er schüttelte den Kopf. »Das denken die hier. Aber Papa hat ja keine Zeit für mich. Der arbeitet.«

»Wo?«

»Überall. Bei Bauern auf dem Feld, als Fahrer. Überall, in der Stadt. Mama sagt: Papa hat keinen Platz für Kinder. *Ir o morir.*« Tamara runzelte die Stirn. »Was heißt das?«

Jakob mischte sich ein. »Gehen oder sterben. Stimmt's, Luis?«

Der Junge nickte. »Das sagen die zu Hause. Weil es keine Arbeit gibt. Sterben zu Hause oder weggehen. Mama ist weggegangen. Mit mir und Carlos. Mama hat Geld nach Hause geschickt.« Er lächelte scheu. »Irgendwann haben wir ein Haus in Ecuador. Und da wohnen wir alle. Papa, Mama, Carlos und ich.«

»Was macht Carlos in Frankreich? Wie ist der überhaupt dahin gekommen?«

Luis sah sie mit einem schwer zu deutenden Gesichtsausdruck an. »Er hat einen Freund da, er hat Arbeit. Ich soll kommen. Wenn ich bei ihm bin, fahren wir zu Mama. Sie wartet auf uns.«

Tamara begriff, dass das Leben von Luis nicht mit ihren Maßstäben gemessen werden konnte. Sie hätte schon bei der Vorstellung, dass ihr achtjähriger Sohn allein durch Hamburg lief, einen Nervenzusammenbruch bekommen. Aber diese Mutter hatte keine Wahl gehabt, als dem Glück zu vertrauen. Dem Glück oder anderen Menschen, dachte Tamara und spürte eine starke Verbindung zu der unbekannten Frau. Wäre sie selbst in einer solchen Lage, würde sie sich nichts mehr wünschen, als dass ihr Sohn anständige, gute Menschen treffen würde. Der Gedanke an Finn, der so weit entfernt in den USA war, so weit weg wie Luis von seiner Mutter, trieb ihr Tränen in die Augen. Sie schämte sich, dass sie Bedenken gehabt hatte, Luis mitzunehmen. Und sie tröstete sich mit dem Gedanken, dass Max und Jakob da wären, falls ihnen der Bruder von Luis doch seltsam vorkäme.

Sie drehte sich kurz zu Luis um und rief: »Nächster Halt Orange – Frankreich!«

»Super!« Luis strahlte über das ganze Gesicht, und Max und Jakob intonierten spontan die französische Nationalhymne. *»Allons enfants de la Patrie, le jour de gloire est arrivé!«* Tamara zwinkerte Luis im Rückspiegel zu und sagte: »Sie sind netter, als sie singen!«

Als die Grenze näherkam, wurden die Erwachsenen stiller. Natürlich wussten Max, Jakob und Tamara, dass sie in einem Europa ohne Grenzen ohne Passkontrolle nach Frankreich fahren durften. Aber in letzter Zeit hatten die europäischen Länder aufgrund der Flüchtlingszuwanderung verstärkt ihre Grenzen wieder besetzt, und natürlich konnten sie jederzeit aus Überprüfungsgründen angehalten werden.

Max suchte in seiner Lufthansa-Tasche nach seinem Ausweis. »Ich bereite ihn einfach mal vor, kann doch sein, dass die was sehen wollen.« Er dreht sich um. »Vielleicht sollte Luis sich lieber klein machen?« Luis rutschte schon in den Fußraum, doch Jakob zog ihn wieder hoch. »Das ist Quatsch. Damit machen wir uns erst recht verdächtig. In dieses Auto kann jeder reingucken. Wenn Luis einfach auf dem Rücksitz sitzt, erregt er weniger Aufmerksamkeit.«

Luis schob sich wieder neben Jakob und umklammerte seinen Rucksack. In angespanntem Schweigen fuhren sie auf die Grenzstelle zu. Einige Uniformierte standen müßig im Sonnenschein und winkten die Autofahrer durch.

»Das sieht doch problemlos aus«, freute sich Tamara. Doch als die DS am letzten Beamten vorbeifahren wollte, hielt der seinen Arm in die Höhe und bedeutete Tamara, anzuhalten. Im Auto waren alle wie erstarrt. Jakob legte seine Hand beruhigend auf Luis' Bein. Das Kind war aschfahl geworden.

»Kein Wort!«, zischte Max nach hinten, während Tamara das Fenster herunterkurbelte.

»Bonjour, Madame!«, sagte der Grenzpolizist mit einem breiten Lächeln.

Tamara lächelte verkrampft zurück. Max beugte sich leutselig vor: *»Bonjour, Monsieur!«*

Der Grenzbeamte trat nahe an das Auto heran, er sah in den Innenraum, streifte Max, Jakob und zuletzt Luis mit seinen Blicken. Dann klopfte er leicht, fast zärtlich auf das Dach des Autos und sagte auf Deutsch: »Ich wollte Ihnen ein Kompliment für das schöne Auto machen. Das sieht man selten. Eine DS! Ich bin damit aufgewachsen.« Er sah wieder Luis an. »Gefällt dir das Auto, *mon petit*?« Ohne eine Antwort abzuwarten, wandte sich der Mann an Tamara und bekannte im vertraulichen Tonfall: »Leider habe ich mich mit meinem Vater zerstritten. Ich weiß noch nicht einmal, ob er unsere DS noch hat.«

Tamara sagte mitfühlend: »Sie sollten ihn anrufen. Unbedingt. Am besten noch heute.«

Der Beamte nickte Tamara zu, streichelte noch einmal über die Karosserie und gab den Weg frei.

Kapitel 4

Max rechnete aus, dass sie rund sechs Stunden bis Orange brauchen würden.

»Wir könnten uns doch die Fahrt aufteilen – dann musst du nicht immer am Steuer sitzen«, bot Jakob beim nächsten Halt Tamara an.

Tamara schwankte. Einerseits wäre es eine Erleichterung, nicht allein die komplette Strecke zu fahren. Andererseits empfand sie Eifersucht.

»Ich weiß nicht«, sagte sie zögerlich und fügte rechtfertigend an: »Ich hab mich schon so ans Fahren gewöhnt.« Sie musste selbst zugeben, dass ihre Worte lahm klangen.

Aber zu ihrer Überraschung lächelte ihr Max zu. »Verständlich, bei euch war es ja Liebe auf den ersten Blick.«

Seine Augen strahlten und ließen Tamara an den blauen Herbsthimmel über Berlin denken. In Hamburg räumte der Wind von der See die Wolken oft völlig vom Himmel und polierte ihn glatt, leer und unendlich, in Berlin dagegen schien der Himmel weniger hoch, und das Blau besaß einen strukturierten lebendigen Schimmer. Am Berliner Himmel konnten sich Engel hinter den Wolken verstecken.

Wie liebenswert und besonders Max war, hatte Tamara bis vor zwei Tagen nicht einmal geahnt. Und jetzt erspürte er ihre geheimen Gefühle und stand ihr bei einer lächerlichen, eifersüchtigen Gefühlsregung zur Seite.

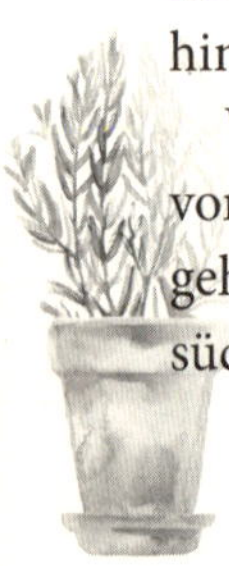

Sie holte ihre Sonnenbrille aus der Tasche in der Fahrertür. »Also gut, aber ich übernehme wieder nach der nächsten Pause.«

Endlich saßen alle wieder, und Jakob ließ die Göttin an. Max sah von den Reiseunterlagen hoch und warf einen Blick auf seine Armbanduhr.

»Wenn wir gut durchkommen, landen wir genau zur Abendbrotzeit!« Er stieß Jakob an. »So ein ordentliches Steak, na, was meinst du?«

Jakob schüttelte den Kopf. »Ich hätte lieber einen großen Salat mit Tomaten, Avocados und Gurken und frischen Kräutern und einem leckeren Dressing. Darin sind die Franzosen doch bekanntlich Meister.«

Max sah ihn misstrauisch an. »Du bist doch nicht etwa Vegetarier?«

Jakob schüttelte wieder den Kopf. »Nein.«

Max stieß einen zufriedenen Grunzer aus. »Na, da bin ich ja beruhigt. Neumodischer Kram!«

Jakob sah in den Rückspiegel und zwinkerte Tamara zu, die sich mit Luis die Rückbank teilte. Dann sagte er: »Also, Vegetarier bin ich nicht. Ich lebe vegan.«

»Vegan?« Max sah ihn abschätzend an. »Was heißt das?«

Tamara mischte sich ein: »Kein Fleisch, keine Milch, keine Eier, oder?«

»Genau.«

Max verstand die Welt nicht mehr. »Aber Käse kannst du doch essen?«

Jakob grinste. »Max, ich *kann* alles essen. Aber ich möchte nicht.«

»Aber was ist denn schlecht an Käse?«

Max war offensichtlich unzufrieden, dass sein neuer Freund sich jetzt als gesellschaftlicher Außenseiter outete.

»Nix ist schlecht an Käse. Ich finde nur die Produktionsbedingungen zum Kotzen.«

Max nickte. »Ja, ich weiß. Massentierhaltung und so.« Er schwieg. Eine Weile lang sagte keiner etwas. Jakob lenkte die Göttin ruhig über die Autobahn und pfiff leise vor sich hin.

»Fehlt dir der Käse denn nicht?«, fragte Max schließlich.

»Ich habe in meinem Leben so viel Käse gegessen, das reicht für drei.«

Max versank wieder ins Grübeln. Nach einer Weile murmelte er: »Aber so gar kein Käse ...«

Jakob zuckte mit den Schultern. Er wusste, dass seine Entscheidung immer noch bei vielen Menschen Verunsicherung hervorrief. Er hatte es sich abgewöhnt, seine Beweggründe wortreich zu erklären oder mit medizinischen und wissenschaftlichen Ergebnissen zu garnieren. Jeder konnte sich heutzutage informieren und jeder war für sein Leben verantwortlich. Die Welt wartete nicht darauf, dass Jakob de Jong sie zu seinem Lebensstil bekehrte, aber Jakob de Jong war dankbar, dass die Welt ihm seinen eigenen Lebensstil ließ.

Als Max jetzt noch einmal nachfragte: »Aber, was isst du denn dann?«, antwortete er freundlich: »Du wirst dich wundern, warte nur ab. Übrigens: Nudeln mit Tomatensoße gehen immer.« Max' Gesicht erhellte sich. »Ja, Nudeln mit Tomatensoße.« Er lächelte. »Die isst Luis doch bestimmt auch gern, oder?«

Er versuchte sich umzudrehen und Luis anzusehen, musste aber einsehen, dass es ihm wegen des Gurtes nur sehr schwer möglich war. Also erhob er seine Stimme und sprach zur Windschutzscheibe.

»Luis, magst du Spaghetti?«

»Ja, gern!«

»Na fein.«

Max dachte nach. Er drehte wieder den Kopf und fragte: »Sag mal, Luis, weißt du, wo in Orange dein Bruder wohnt?«

Luis schüttelte den Kopf. Tamara gab ihm einen kleinen Schubs. »Max sieht dich doch nicht. Du musst laut sprechen!«

Luis rief: »Nein! Carlos hat gesagt, wenn ich in Orange bin« – er sprach den Städtenamen deutsch aus – »soll ich ihn anrufen.« Er gähnte mit offenem Mund, wühlte in seinem Rucksack und holte das abgegriffene Handy heraus. Mit der einen Hand umklammerte er das Gerät, mit der anderen hielt er die Riemen seines Rucksacks fest. Dann lehnte er sich unbefangen an Tamara, und sie erinnerte sich an die Zeit, als Finn so klein gewesen war. Luis' Handgelenke waren kaum dicker als ein Gartenschlauch.

»Deine Mutter macht sich sicherlich große Sorgen.«

Luis nickte und biss sich auf die Lippen. Tamara verstand. »Du machst dir auch Sorgen um sie, stimmt's?«

Wieder nickte das Kind.

Tamara sah, wie seine Finger das Handy noch stärker umklammerten.

Er sagte leise etwas. Sie beugte sich zu ihm. »Wie bitte?«

»Mama und ich haben einen Stern.«

»Einen Stern? Wo?«

Unverständnis lag in den dunklen Kinderaugen, als Luis erwiderte: »Am Himmel. Wo denn sonst?«

Tamara zuckte mit den Achseln.

»Sterne gibt es doch überall. Auf Kirchtürmen, an Denkmälern, als Anstecker ...«

Luis schüttelte entschieden den Kopf. »Nein, einen echten Stern haben wir. Am Himmel. Den siehst du aber nur sehr früh am Morgen. Mama hat mir gesagt: Wenn du den siehst, das ist, als ob ich dich morgens wecke.« Er gähnte. »Als ich unterwegs war, habe ich ihn jede Nacht gesehen. Immer kurz bevor es hell war.« Ihm fiel etwas ein. »Und dann haben wir auch noch den Mond zusammen.«

Tamara runzelte die Stirn. Sie wiederholte: »Den Mond?« Aber Luis gab ihr keine Antwort.

Er gähnte noch einmal, und gleich darauf fielen seine Augen zu. Mond und Sterne, Tamara fielen Kinderlieder ein, die sie mit und für Finn gesungen hatte. »Weißt du, wie viel Sternlein stehen …« oder »Der Mond ist aufgegangen, die goldnen Sternlein prangen«. Es tröstete sie, dass in all der Unordnung, die in Luis' Kinderleben herrschte, Bilder eine Ordnung vorgaben, die den Bildern nicht unähnlich waren, mit denen sie Finn erzogen hatte.

Tamaras und Jakobs Blicke trafen sich wieder im Rückspiegel. »Ein tapferer kleiner Kerl«, sagte Tamara. Jakob lächelte, und Max stimmte ihr zu: »Unglaublich, er hat es von Hannover bis zur französischen Grenze geschafft. Allein. Also, lebenstüchtig ist er. Das Furchtbarste für Kinder ist es, wenn sie merken, dass ihre Eltern Angst haben und die Orientierung verlieren.«

Jakob warf nachdenklich ein: »Man weiß einfach nicht, wer in den anderen Autos sitzt. Wie viele Menschen ohne Papiere jetzt wohl gerade auf deutschen Autobahnen unterwegs sind? Oder überhaupt in Europa.«

»Und wie mutig die sind. Was die alles auf sich nehmen. Ein Irrsinn.« Tamara löste vorsichtig die Riemen aus Luis' Händen und schob ihm den Rucksack unter den Kopf. Sie sah über seine dunklen Haare hinaus auf die Autobahn. Auf der Gegenseite überholte ein Reisebus einen Transporter. Eine Gruppe Motorräder zog an der Göttin vorbei. Die bunten Helme der Fahrer leuchteten im Sonnenschein. Es war still im Auto, der Motor der

Göttin brummte gleichmäßig. Wie eine riesige Hummel, dachte Tamara und amüsierte sich eine Weile über diese Vorstellung. Pit hatte solche Gedanken und Ideen von ihr immer »die kleine Tamara« genannt. Tamara grinste. Pit hatte sie eben so genommen, wie sie war. Wenn sie ihm von der Vorstellung, ein alter Citroën sei eine Hummel, erzählt hätte, hätte er den Faden weitergesponnen. »Wären wir Wichtel, könnten wir uns auf ihren Rücken setzen und mit ihr durch die Gegend fliegen.« Tamara nahm sich vor, Luis nachher von der Riesenhummel zu erzählen. Kinder verstanden so etwas. Sie beugte sich nach vorn zwischen die Männer und sagte: »Das Auto klingt wie eine große Hummel, oder?« Jakob lachte, und Max schien nicht im mindesten überrascht. »Stimmt. Eine Riesenhummel.« Er lächelte Tamara vergnügt an. Tamara ließ sich wieder zurücksinken. Sie war sich bewusst, dass sie zum ersten Mal seit Monaten wieder glücklich war.

Luis neben ihr bewegte sich im Schlaf und zuckte unruhig mit der linken Hand. Tamara hielt sie fest und legte ihre eigene fest darauf. Sie flüsterte ihm zu: »Schlaf weiter, mein Kleiner. Alles wird gut.« Luis sagte irgendetwas, das sie nicht verstand. Sie lehnte sich näher zu ihm und roch seinen scharfen, aber nicht unangenehmen Kindergeruch. Zärtlich strich sie ihm eine vorwitzige Strähne aus der Stirn. Als sie sich wieder aufrichtete, spürte sie den Blick von Jakob im Rückspiegel auf sich. Sie wollte Luis nicht wecken, deswegen sagte Tamara nichts, aber während sie in Jakobs Augen sah, wusste sie, dass er genauso wie sie über die Welt nachdachte. Die Welt, die an diesem Tag mit Luis in ihr Auto gefallen war. Diese Welt, durch die andere als Touristen reisten, in Hotels schliefen und das Leben genossen, war auf verwirrende, gleichzeitige Weise dieselbe, in der Menschen wie die aus Luis' Familie auf der Flucht waren, vor den Behörden, dem Hungertod oder Verfolgung. Tamara dachte mit schlechtem Gewissen an die elegante Handtasche und wie albern ihre Probleme waren im Vergleich dazu, was Luis durchmachte. Worüber hatte sie sich aufgeregt? Über einen verschobenen Urlaub! Sie sah wieder das schlafende Kind an und spürte Zuneigung und Verantwortung in sich aufwallen. Er war noch so klein. Wie gut, dass er auf Max und Jakob gestoßen und jetzt in ihrer Obhut war. Sie konnte nur hoffen, dass sie das Richtige taten, indem sie ihn mitnahmen.

Kapitel 5

Immer wieder winkten Fahrer und Beifahrer anderer Wagen lachend, wenn sie den alten Citroën sahen. Manchmal winkte Tamara oder Jakob zurück. Max jedoch zog es vor, den Bewunderern nur huldvoll zuzulächeln.

»Schläft er immer noch?«, erkundigte sich Jakob nach zweieinhalb Stunden Fahrt. »Ich würde mir gern ein wenig die Beine vertreten.«

Max nickte. »Gute Idee, ich könnte auch schon mal wieder eine Toilette besuchen.«

»Ja, lass uns eine Pause machen!«, sagte Tamara. »Der Kleine schläft später sicher wieder ein, wenn er noch Schlaf braucht.«

»Habt ihr Kinder?«, fragte Jakob.

»Einen Sohn. Finn, er ist fünfzehn.«

»Und du, Max?«

Max räusperte sich. »Zwei. Eine Tochter und einen Sohn.« Ihm gefiel das Thema nicht, und deshalb machte er Jakob auf ein Schild aufmerksam. »Der übernächste Parkplatz hat einen Spielplatz. Da kann der Kleine ein bisschen toben.«

Jakob fragte nicht weiter, und Tamara dachte daran, dass sie weder den Sohn noch die Tochter von Max jemals in der JVA Abendsonne gesehen hatte. Kein Wunder, dass er nicht darüber reden will, dachte Tamara. Sie schlug Jakob vor: »Nach der Pause bin ich wieder dran.«

Dann zupfte sie Luis sanft am Ohr. »Hey, Schlafmütze.« Der Junge schlug die Augen auf und war sofort hellwach. »Sind wir da?«

Zwanzig Minuten später fuhr Jakob auf den Parkplatz. Nur wenige Autos standen unter den Bäumen. Die Luft war warm und sanft und »französisch«, wie Luis sagte. Alle waren froh, nicht mehr sitzen zu müssen. Max warf sich seine Lufthansa-Tasche über die Schulter und machte sich auf den Weg zur Toilette. Louis sang: »Französische Luft, französische Luft!« Tamara lachte. »Was ist denn französisch an der Luft?«

»Sie ist irgendwie … so … wie ein Stoff.« Luis hopste auf einem Bein, sein Rucksack hopste mit. »Du meinst weich?«

Luis runzelte die Stirn und hielt kurz inne. »Vielleicht. Eben französisch!« Er rannte hinter Max her und schob seine Hand in seine.

Tamara setzte sich auf eine Bank unter einem Baum. Aufatmend dehnte sie ihre langen Beine, schlüpfte aus den Turnschuhen und hielt die nackten Zehen in die Sonne.

Währenddessen holte Jakob seine Yogamatte aus dem Wagen und rollte sie auf der Rasenfläche neben dem Spielplatz aus. Auch er zog seine Schuhe aus, stellte sie sorgfältig neben die Matte und streckte sich lang aus. »Ah, das tut gut!«

Tamara beobachtete ihn unter halb geschlossenen Lidern. Sie merkte, wie sie müde wurde. Der Verkehr rauschte gleichmäßig vorbei, die Sonne schien warm auf ihre Haut.

Auf einmal wurde sie geschüttelt. Luis stand vor ihr und lachte sie an. »Schlaft ihr alle?«

Tamara gähnte. »Wenn nicht kleine Nervensägen mich wecken würden, würde ich schlafen.« Luis kicherte.

»Willst du nicht schaukeln?«

Der Junge drehte sich zum Spielplatz um. »Doch!« Er rannte über den Sand und kletterte auf eine der Schaukeln. »Guck mal!« Mit Schwung flog er nach oben.

Tamara klatschte in die Hände. »Großartig!«

Jakob streckte die Beine in die Luft und stützte mit beiden Händen seinen Rücken ab.

»Wir haben das früher Kerze genannt!« Max war zurückgekehrt und sah stirnrunzelnd auf Jakob. Dann setzte er sich neben Tamara auf die Bank.

»Sarvangasana!«, quetschte Jakob heraus. »Schulterstand.«

»Wenn es dir guttut …«, war Max' knappe Antwort. Aber er schaute dennoch interessiert zu, als Jakob noch eine Reihe von Übungen machte, die in Tamaras Augen mehr nach Akrobatik aussahen als nach Yoga. Tamara hatte noch nie Yoga gemacht, sie hatte auch noch nie darüber nachgedacht, einen Yogakurs zu belegen. Warum nicht?, fragte sie sich jetzt, während Jakob eine Brücke machte und seinen nackten braunen Bauch unter dem rutschenden T-Shirt gen Himmel streckte. Sie hatte das bisher immer als esoterischen Kram abgelehnt und konnte sich nicht vorstellen, dass sie auf Dinkelkissen zwischen anderen Frauen in Räucherstäbchen-Schwaden gymnastische Verrenkungen machte. Doch Jakob glitt mit souveräner Leichtigkeit von einer Position in die andere. Es sah überhaupt nicht lächerlich aus, sondern bewundernswert gelenkig. Sie blinzelte Max zu, der Jakobs Bewegungen mit kritischer Miene verfolgte.

»Kein Fleisch essen, und jetzt auch noch turnen«, brummelte er, als er bemerkte, dass sie ihn ansah.

»Sieht gut aus, finde ich«, gab Tamara zu bedenken.

Max stimmte widerwillig zu. »Ist vielleicht nur ein bisschen ungewohnt. So eine … yoganische Lebensweise.« Er rieb sich den Rücken. »Vielleicht hätte ich auch mit so was anfangen sollen, bevor ich meine Rückenschmerzen bekommen habe.«

Jakob stand jetzt kerzengerade vor ihnen, einen Fuß seitlich an die Innenseite des anderen Knies gedrückt. Er presste die Hände vor der Brust zusammen.

Max dachte: Wie ein Storch im Salat. Tamara dachte: Wie hält er nur das Gleichgewicht?

»Wollt ihr auch mal? Tut euch bestimmt gut.«

Max winkte ab. »Ich bin auch so alt und bucklig geworden.«

»Eben. Bucklig.« Jakob rollte die Matte wieder ein, verstaute sie in der Tasche und zog seine Schuhe an. Er warf die Tasche in den Kofferraum und setzte sich zu Max und Tamara auf die Bank.

Gemeinsam blickten die drei zum Spielplatz hinüber, wo Luis immer noch hingebungsvoll schaukelte.

Tarama räkelte sich zufrieden. »Das ist doch das Tollste, einem Kind beim Spielen zuzusehen. Das ist wie bei einem Kamin. Ins Feuer gucken ist auch so schön. Immer bewegt sich was und verändert sich.« Sie applaudierte Luis, der so hoch schwang, dass man fast denken konnte, die Schaukel würde sich überschlagen.

»Super Luis! Aber nicht so wild!«

Max und Jakob sagten gleichzeitig. »Lass ihn doch.«

Tamara verdrehte die Augen. »Der Klassiker. Lass ihn doch! Typisch Mann. Und wenn das Kind von der Schaukel fliegt, wer darf die Pflaster draufkleben?«

Max und Jakob antworteten wieder unisono: »Na, du.« Max lachte.

Luis hatte sich mittlerweile auf die Schaukel gestellt und schaukelte im Stehen. Er holte immer wieder Schwung, ging dabei in die Knie und flog durch die Luft, während er sich aufrichtete. Tamara zog nervös den Atem ein und sprang auf. »Luis, mach mal ein bisschen ruhiger! Außerdem müssen wir jetzt weiter.«

Die Erwachsenen sahen dem Jungen entgegen, der zielstrebig, aber lustlos durch den Sand auf sie zuwatete.

Jakob schlug vor: »Ich lade euch zu einem Eis ein, bevor wir weiterfahren!« Luis' Gesicht erhellte sich, und er griff nach der Hand von Max, als sie zur Gaststätte gingen.

Doch als als sie wieder in den Wagen stiegen, wollte Luis unbedingt, dass Tamara mit ihm hinten saß. Jakob blinzelte Tamara zu. »Wahrscheinlich kann man besser mit dir kuscheln.« Luis sah Tamara so flehend an, dass sie nicht das Herz hatte, seine Bitte abzulehnen. Also krabbelte sie auf die Rückbank. Genüsslich streckte sie sich auf den Polstern aus, die passend zur Farbe der Karosserie in einem matten Hellblau gehalten waren. Sie legte den Kopf zurück. Sollte sie Luis jetzt von der Hummel erzählen, mit der sie die DS verglichen hatte? Finn hätte mit acht – »fast neun!« – Jahren dieses Bild als »Kleinkinderkram« abgetan. Also sagte sie stattdessen: »Hör mal, das Auto klingt, als säßen wir in einem Flugzeug, oder? Stell dir mal vor, wir würden jetzt zu deiner Mama fliegen.«

»Diese Fahrgeräusche sind typisch für die DS«, ließ sich Max vernehmen.

Luis flüsterte Tamara zu: »Scheint heute Nacht der Mond?« Offensichtlich wollte er nicht, dass Max und Jakob ihn hörten. Tamara flüsterte zurück: »Ja, der scheint jede Nacht. Nur dass wir ihn manchmal nicht sehen.«

»Können wir ihn heute sehen?«

»Ich denke schon, warum?«

»Meine Mama hat gesagt, unser Stern, der soll mich in den neuen Tag begleiten. Aber nachts … sie hat gesagt, dass ich nur zum Mond hinaufgucken muss, wenn ich zu ihr will. Weil sie nämlich auch immer zum Mond guckt und an mich denkt.« Er wühlte in seinem Rucksack und zog ein schmuddliges, zusammengefaltetes Stück Papier hervor. Er öffnete es. »Das ist Mama, und das bin ich. Da oben ist der Mond.«

Tamara fühlte, wie ihre Augen feucht wurden. »Und die roten Linien, die von euch zum Mond gehen, das sind eure Gedanken?«

Luis nickte. »Ihr funkt also über den Mond?« Luis nickte wieder. »Wenn du willst, kannst du auch mitmachen«, flüsterte er großzügig. Er holte einen Filzstift aus dem Rucksack. »Ich mal dich dazu. Dann wissen wir immer, dass wir an uns denken.« Er sah Tamara an. »Du denkst doch an mich, oder?«

Tamara streichelte vorsichtig seinen Arm. »Natürlich.«

Max dreht sich um. »Alles in Ordnung da hinten?« Er sah, dass Luis seinen Stift und das Papier schnell in seinen Rucksack steckte. »Ich hoffe, du hast keine Flecken auf dem Polster gemacht?«

Tamara beruhigte ihn. »Es ist nichts passiert.«

»Tamara, hast du Kinder?«, wollte Luis wissen.

»Weißt du, ich habe einen großen Sohn, fast so groß wie dein Bruder. Er heißt Finn. Er ist sehr weit weg in Amerika und fehlt mir sehr.«

Luis fragte: »Muss er auch arbeiten?«

»Nein, er geht dort zur Schule.«

»Guck mal!« Luis zeigte aus dem Fenster. Ein Kombi überholte sie, und ein Bernhardiner, der im hinteren Teil des Wagens saß, sah zu ihnen herüber.

»Magst du Hunde?«, fragte Tamara.

»Ja, aber ich darf keinen haben. Mama sagt, er macht Dreck und Arbeit. Außerdem muss man in Deutschland dafür zahlen. Und du?«

»Ich mag sie sehr. Ich mache vielleicht sogar eine Ausbildung zur Hundetrainerin.«

Ihr blieb bei diesen Worten fast das Herz stehen. Noch nie hatte sie irgendjemandem von dieser Idee erzählt. Max drehte sich lächelnd zu ihr um, und Tamara wusste, dass er jetzt an die kleine Promenadenmischung dachte. Wenn ihr Vater sie doch einmal in ihrem Leben so angesehen hätte! Tamaras Vater, Kuno Finke, hatte bei einem Spediteur gearbeitet, war an den Wochenenden zu Herta-BSC-Spielen verschwunden und hatte, wenn er zu viel Bier getrunken hatte, freigiebig Kopfnüsse an Frau und Kinder verteilt. Kurz vor der Rente war er nach einer ausgedehnten Silvesterparty beschwipst unter einen Wagen der Berliner Stadtreinigung geraten und totgefahren worden. In Kuno Finkes Leben war kein Platz für verständnisvolle Blicke zu seiner einzigen Tochter oder seinen vier Söhnen gewesen. Und Hunde hatte er aus vollem Herzen verabscheut. Als er erfuhr, dass Tamara nach der Schule mit den Hunden der Reinickendorfer Nachbarschaft gegen ein Taschengeld Gassi ging, war sein einziger Kommentar gewesen: »Alle Tölen gehören in die Wurst.« Tamara machte den Alkohol dafür verantwortlich, dass er bei diesem Ausspruch offensichtlich Dinge und Bezüge verwechselte.

»Hundetrainer?«, fragte Jakob jetzt. »Braucht man dafür eine Ausbildung?«

»O ja, sogar eine ziemlich kostspielige«, erwiderte Tamara, die noch immer nicht fassen konnte, wie selbstverständlich sie auf einmal ihr langgehegtes Geheimnis besprach. Aber es fühlte sich gut an. »Ich wollte das schon ewig machen, ich kann gut mit Hunden umgehen. Aber es ist eben noch zu teuer. Ich spare darauf.« Dabei dachte sie wieder mit schlechtem Gewissen an die teure Handtasche und ihren Inhalt. Als sie sie vom Schreibtisch der Maier-Schmidt genommen hatte, war ihr das nur gerecht vorgekommen. Aber jetzt? Schnell verscheuchte sie den Gedanken.

»Ich werde auf jeden Fall nicht in Schockstarre dasitzen, wenn Finn irgendwann auszieht. Vielleicht mache ich dann meine eigene Hundeschule auf.«

Luis hatte offenbar genug vom Thema Hunde. Er beugte sich nach vorn und tippte Max auf die Schulter.

»Hast du auch Kinder?«

»Ja.«

»Auch einen Jungen?«

»Ja.«

»Ist der auch in Amerika in der Schule?«

»Nein, der ist ja schon groß. Er arbeitet in Indien.«

Luis lehnte sich zurück. Nachdenklich fragte er: »Was ist ein wütender Holländer?«

Kapitel 6

Sie hatten noch eine ordentliche Strecke vor sich, aber die Zeit im Auto verflog erstaunlich schnell. Die Erwachsenen bemühten sich, Luis die lange Fahrt so angenehm zu gestalten wie möglich. Fast hatte Tamara das Gefühl, dass alle es genossen, für Luis das eigene Kind in sich noch einmal heraufzubeschwören.

»Wer zuerst Pferde sieht!«, schlug sie vor, und Jakob sang mit ihnen »Old MacDonald had a farm«. Max wollte »Ich sehe was, was du nicht siehst« spielen, und sie stellten fest, dass die vorherrschenden Farben im Autoverkehr Weiß, Silbergrau und Schwarz waren.

»Früher gab es doch auch bunte Autos?«, wunderte sich Max.

»Als ich noch klein war, hat Mama immer mit mir am Fenster gestanden, wir haben auf die Straße geguckt und Mama hat auf die Autos gezeigt und gesagt: Blau, Gelb, Rot. So habe ich die Farben gelernt«, erzählte Luis. Tamara fragte nicht, wo Luis und seine Mutter aus dem Fenster gesehen hatten. War das noch in Ecuador gewesen? Oder in Hannover?

»Tja, heute gibt es da nicht mehr so viel zu lernen«, witzelte Jakob und schlug vor, Reisebusse zu zählen. »Wer als Erstes zwanzig hat, hat gewonnen.«

Max versuchte, ihnen »Ministerstürzen« beizubringen, ein kompliziertes Klatsch- und Zählspiel, kriegte aber die Spielregeln nicht mehr zusammen. Bei der nächsten Pause machte Jakob mit ihnen Yogaübungen, die von viel Gelächter begleitet

wurden. Anfangs stand Max skeptisch daneben, aber als er sah, wie Tamara oder Jakob mit Luis auf dem Boden herumkugelten, gab er seine Zurückhaltung auf.

»Kannst du mit mir altem Kerl überhaupt noch etwas anfangen?«, fragte er Jakob leise, und Tamara beobachtete, wie der junge Holländer Max wie selbstverständlich seine Yogamatte hinschob. »Streck dich doch einfach mal aus.« Er bemerkte den nervösen Blick des alten Mannes. »Hab keine Angst, ich helfe dir, dich hinzulegen – und auch wieder aufzustehen.«

Luis rief dazwischen: »Wir helfen dir alle. Guck mal, ich liege schon! Und Tamara auch!«

Tamara gefiel die unaufgeregte Art von Jakob, und sie folgte ihm, indem sie so tat, als würde sie Max nicht beachten. Um Luis von neugierigen Fragen abzuhalten, animierte sie ihn, seine Füße in die Luft zu strecken. Dabei hatte sie Max immer im Augenwinkel. Sie kannte sich gut aus mit den Ängsten alter Menschen. Sie verstand ihre ständigen Befürchtungen, zu fallen, zu stolpern, die Kontrolle über den schwachen Körper zu verlieren. Doch Max war mutiger, als sie gedacht hatte. Tamara streckte sich auf dem Handtuch aus, das sie als Mattenersatz unter sich gelegt hatte, und blinzelte durch die halb geschlossenen Lider. Dabei fiel ihr einmal mehr der muskulöse Bizeps von Jakob auf, der in seinem Bemühen, Max unfallfrei in die Horizontale zu bringen, viel Kraft einsetzen musste.

»Man könnte meinen, sich auf den Boden zu legen sei das Einfachste von der Welt«, jammerte Max. »Aber ich weiß gar nicht mehr, wann ich das zum letzten Mal getan habe. Ich glaube, dabei habe ich mir das Handgelenk gebrochen.«

»Besser als den Oberschenkelhals«, witzelte Jakob.

Max sah ihn erschrocken an und spürte einen Anflug von Besorgnis in sich. Er blickte noch einmal auf das Rasenstück, dann auf Jakobs Arm und ließ sich quälend langsam mit seiner Hilfe nieder.

»Jetzt mal die Arme so weit nach oben strecken, wir ihr könnt«, leitete sie Jakob an.

»Versucht einmal genau zu spüren, wo euer Körper auf dem Boden aufliegt.«

Tamara Finke sah den Wolken nach, die langsam über den Himmel zogen, sie nahm den Atem von Max neben ihr wahr und sah, mit welchem Ernst Luis versuchte, den Ansagen von Jakob zu folgen.

Was für eine merkwürdige Truppe sie waren! Opa Max, Hüpfer Jakob und Floh Luis. Und sie: zu jung für Max, zu alt für Jakob, am ehesten noch als Mutter für Luis denkbar. Aber als sie dort so lag und die vom Fahren verspannten Glieder streckte und dehnte, dachte sie, ist doch wurscht, wie alt wir sind oder wie verschieden, und spürte dem Gefühl nach, das vom Magen warm in ihren Körper strömte. Es fühlte sich immer noch wie Glück an.

Max Engel wiederum wunderte sich an diesem Frühsommertag über seinen eigenen Mut. Oder besser, er verstand nicht mehr, wieso er gerade noch Angst gehabt hatte, sich auf den Boden zu legen. Wieso hatte er überhaupt in seinem Leben immer so viel Angst gehabt? Angst, zu versagen. Angst, nicht gut genug zu sein. Angst, andere zu enttäuschen. Wann hatte das angefangen? Schon vor dem Einzug in die JVA Abendsonne? Mit Inges Tod? Die JVA trug natürlich ihren Teil der Schuld, mit ihren rollstuhlgerechten Schrägen, den Aufzügen, all den Vorrichtungen, die jegliche Herausforderungen zunichtemachten. Nach einem Monat in der Seniorenresidenz hatte er jeden Bordstein, jede Treppenstufe und jedes unbefestigte Stück Straße als Gefahrenquelle gesehen. Kein Wunder, dass die anderen am liebsten im Haus blieben. Ihm fiel sein Sportlehrer ein, der damals immer gepredigt hatte: »Muskeln wachsen am Widerstand.« Aber Seniorenresidenzen waren nicht an Muskeln und nicht an Widerstand interessiert. Max holte tief Luft. Er fühlte sich erstaunlich wohl auf der Yogamatte. Es tat gut, sich einmal so lang zu machen. Der Schwindel, der ihn häufig begleitete, war verschwunden, und mit einem Eifer, der ihn amüsierte, hob er seine Arme über den Kopf, wie Jakob es vorschlug. Vielleicht sollte er mit Yoga anfangen. Es gab da manchmal einen Kurs in der JVA. Oder er suchte sich außerhalb der Residenz eine Gruppe. Wenn er ehrlich zu sich war, wusste er, dass die Worte »ich kann nicht« meist »ich will nicht« bedeuteten. Wenn er aus Frankreich zurückkam, würde er vieles noch einmal zu bedenken haben. Wenn er überhaupt zurückkam …

»Komm, Max«, drang Jakobs Stimme in seine Gedanken. »Jetzt ziehen wir mal das rechte Knie zur Brust. Vorsichtig.« Max hob sein Bein, und es gelang ihm, sein Knie zu erwischen und etwas an den Oberkörper heranzuziehen.

»Großartig, spürst du, wie die Wirbelsäule sich dehnt? Lass jetzt mal den Fuß kreisen.«

»Das haben wir auch schon gemacht!«, rief Luis.

»Super, aber es geht noch weiter. Greif mal um deinen Oberschenkel und versuch das Bein so gerade wie möglich zu machen …«

Max Engel stöhnte. Ob aus Anstrengung oder aus Wohlbefinden hätte er nicht sagen können. Jakob hörte ihn und tröstete: »Das machst du toll! Jetzt langsam das Bein sinken lassen. Spürt mal, wie das eure Bauchmuskeln beschäftigt.«

Tamara kicherte. »Welche Bauchmuskeln?«

Max grunzte zustimmend, aber Jakob schüttelte den Kopf. »Solange man Muskeln hat, kannst du sie aufbauen. Es ist nie zu spät. Oder was denkst du, Max?«

Doch Max behielt seine Gedanken für sich. Und die Gefühle tief in ihm drin erst recht. Er konnte keinem von der Aufregung und dem Herzklopfen berichten und von der zitternden Freude, die in seinem Bauch flatterte wie ein gefangener Schmetterling in einem Glas. Seitdem sie über die Grenze gefahren waren, seit die von Luis als »französisch« beschriebene Luft seine Lungen füllte, war er ein anderer geworden. Max Engel, Herr seines eigenen Schicksals. Ich gehe, wohin ich will. Ich bin zusammen mit den Menschen, die ich mir ausgesucht habe, dachte er. Neben der Seligkeit, die seinen Körper erfüllte, lauerte jedoch auch die kalte Angst, dass er zu spät kommen würde. Wenn sie nun … Er wagte nicht, den Gedanken weiterzudenken. Stattdessen streckte er sich noch einmal nach dem freudigen Empfinden aus, und es gelang ihm, es in seine Seele hinüberzuziehen und die Furcht an den äußersten Rand zurückzudrängen. Er lag auf der Matte, dehnte nun auch sein linkes Bein und spürte eine Energie in seinen Muskeln, Nerven und Knochen, die er seit langem vermisst hatte. Es hieß doch immer: Es ist nie zu spät. In diesem Moment war Max Engel geneigt, diesen Kalenderspruch zu glauben.

»Was für ein Hotel hast du denn diesmal für uns ausgesucht?«, fragte Tamara, als sie ungefähr noch eine Stunde von Orange entfernt waren.

Max kramte in der Lufthansa-Tasche. »Es nennt sich selbst ›*Hotel de charme*‹.« Er holte einen zerknitterten Zettel hervor und las: »Hotel L'herbier d'Orange.«

Luis rieb sich den Schlaf aus den Augen. »Was heißt das?«

Max zuckte mit den Achseln. »Ich weiß es nicht genau, es muss etwas mit Kräutern zu tun haben. *Herbes* heißt doch Kräuter, oder?«

»Genau«, fiel Tamara ein. »*Herbes de provence* – Kräuter der Provence. Die habe ich getrocknet in einem Glas.«

»Ich erinnere mich, dass wir damals in der Schule ein Herbarium basteln mussten. Mit gepressten Blättern und so. Luis, hast du schon einmal Blätter gepresst?«

Luis legte seine Arme auf die Rückenlehne von Jakob und sah Max verständnislos an.

»Was denn für Blätter?«

»Na, Kastanienblätter. Oder Eichenblätter. Die Blätter von Bäumen halt.«

»Wozu macht man das? Und wie presst man denn Blätter?«

»Man sammelt erst einmal besonders schöne und legt sie zwischen Papier. Dann stellt man etwas Schweres darauf und wartet, bis das Papier die Feuchtigkeit aus den Blättern gesogen hat und die Blätter getrocknet sind.«

Luis sah sie mit großen Augen an. »Wir haben uns Bäume und Blätter im Computer angesehen.«

»Das ist nicht dasselbe«, sagte Max. »Du wolltest doch wissen, was ein Herbarium ist. Also, die gepressten Blätter halten sich sehr lange, und du kannst sie in ein Heft oder auf ein Stück Papier kleben. Diese Sammlung nennt man Herbarium.«

»Gibt es so ein Heft mit getrockneten Kräutern in dem Hotel?«

Tamara schüttelte den Kopf. »Natürlich nicht, du kleiner Schlaumeier. Aber in der Gegend, wo das Hotel liegt, in Südfrankreich, wachsen besonders viele Kräuter. Max, du hattest doch so schöne Postkarten.«

»Richtig, einen Moment.«

Max öffnete seine Lufthansa-Tasche und reichte ihr den Stapel.

Luis sah sie aufmerksam an. Tamara erklärte: »Diese gelben Blumen hier sind Mimosen. Und das sind Oliven.«

Luis zeigte auf die nächste Postkarte. »Was ist das?«

»Das ist Rosmarin.«

Max sagte: »Wenn du in Orange bist, wirst du Rosmarin sehen und riechen können. Er wächst überall in Südfrankreich. Für mich ist sein Duft Frankreich. «

»Kann man den Rosmarin auch pressen?«

Max drehte sich zu dem Jungen um, und seine Stimme zitterte ein wenig, als er antwortete: »Nein, mein Kleiner. Rosmarin kann man nicht pressen. Leider.«

Tamara hob den Kopf, denn Max klang so ernst. Auch Luis schien den Stimmungsumschwung zu spüren. Er rutschte zurück und lehnte seinen Kopf leicht an Tamaras Oberarm.

Max sah aus dem Fenster. Er räusperte sich und wiederholte: »Rosmarin kann man nicht pressen. Er wird trocken, und irgendwann zerbröselt er.«

Tamara spürte, dass es besser war, das Thema zu wechseln, und wandte sich rasch an Luis: »Vielleicht rufst du jetzt deinen großen Bruder an? Er muss ja ein bisschen Zeit haben, um zu unserem Hotel zu kommen.«

Luis nickte begeistert und holte sein Handy aus dem Rucksack. Es dauerte nicht lange, bis sein Bruder das Gespräch annahm. Aufgeregt redete Luis Spanisch und fragte Tamara dann: »Wie heißt das Hotel noch mal?«

»Also, das Hotel heißt, Hotel ...« Sie hielt ratlos inne. »Max, wie spricht man das aus?«

»Hotel l'herbier d'Orange.« Max reichte eine Broschüre nach hinten. Luis versuchte den Namen des Hotels zu nennen, aber Carlos verstand nicht, was Luis ihm sagen wollte. Den Tränen nahe versuchte er es immer wieder, war aber so aufgeregt, dass er ständig Deutsch und Spanisch durcheinanderbrachte. Max drehte sich schließlich um, nahm ihm das Handy sanft ab und sprach mit Carlos. Kurz darauf verabschiedete er sich von ihm und reichte wieder Luis das Telefon. »Ich bin beeindruckt, sein Bruder spricht auch sehr gut Deutsch«, sagte er zu Tamara und Jakob.

Dann beobachtete er Luis, der noch immer gestikulierend telefonierte, und ein zärtliches Lächeln huschte über seine Züge. »Der Kleine wird mir fehlen.«

»Si, si!«, rief Luis. Er schaltete das Handy aus und lachte Tamara an.

»Jetzt hat er verstanden! Er holt mich ab.« Jakob hob seine rechte Hand und machte ein Victory-Zeichen. »Super, Champ!«

Max sah ihn von der Seite an und drängte: »Jetzt aber los. Du kannst die Göttin ruhig mal ein wenig fliegen lassen. Carlos soll doch nicht auf uns warten müssen.«

Sie fuhren von der Autobahn ab und wurden von dem Navigationssystem auf Jakobs Handy durch die Stadt gelotst, bis sie an einer Straßenkreuzung standen, der man getrost das Prädikat »typisch französisch« hätte geben können. Ein kleines Stück weiter entdeckten sie den Vorplatz des alten Hotels, das sich schmal und dreistöckig über zwei Plantanenbäume erhob.

»L'herbier d'Orange«, sagte Jakob triumphierend und fuhr die Göttin durch eine kleine Gasse neben dem Hotel auf den Hotelparkplatz.

Luis schnallte sich ab und konnte es kaum erwarten, aus dem Auto zu steigen. »Wo ist Carlos?«

Er blickte sich suchend um. Alle Fröhlichkeit war aus seinem Gesicht verschwunden, und er stand kurz davor, in Tränen auszubrechen.

»Der kommt bestimmt gleich!«, versuchte Tamara das Kind zu trösten.

Jakob zog den Schlüssel aus dem Zündschloss und gab ihn Tamara. »Ich such mir mal eine Bleibe«, sagte er. »Da hinten war ein Hinweis auf eine Jugendherberge.« Er schulterte seinen Rucksack und die Tasche mit der Yogamatte. Max, der gerade seinen Stock aus dem Auto zog, sah ihn irritiert an. »Was für eine Bleibe?«

Jakob zeigte auf das Hotel. »So einen Sterne-Schuppen kann ich mir nicht leisten. Ich stoße morgen wieder zu euch, wenn es weitergeht.«

In diesem Moment hielt mit quietschenden Bremsen ein rotes BMW-Cabrio an der Straße, und ein junger Mann stieg aus. »Carlos!«, schrie Luis und rannte auf ihn zu.

Tamara, Jakob und Max sahen einander überrascht an. Was hatten sie erwartet? Jedenfalls nicht diesen gepflegten jungen Mann, der sich mit großer Selbstsicherheit über den Platz bewegte, die goldumrandete Sonnenbrille in die gut geschnittenen dunklen Haare geschoben. Er trug ein makellos weißes Poloshirt, khakifarbene Bermudashorts und an den Füßen teure Sportschuhe. Jakob sah unauffällig auf seine eigene zerschlissene Jeans, das verwaschene Baumwollhemd und die ausgelatschten Sneakers.

»Er sieht aus wie ein verzogenes Millionärssöhnchen«, zischte er Tamara zu und verengte seine Augen missmutig.

Max, der beobachtete, wie Carlos und Juan sich umarmten, winkte ab. »Jetzt hör aber auf, wir kennen seine Geschichte doch gar nicht. Und eins steht fest: Der Mann ist Luis' Bruder.«

Tamara und Jakob mussten ihm recht geben. Die Freude, mit der der junge Mann den Jungen in die Arme schloss und küsste, war offensichtlich und unverfälscht. Dass dabei seine teure Sonnenbrille auf die Straße fiel, schien ihm nichts auszumachen. Er lachte und weinte und mochte Luis gar nicht mehr loslassen. Endlich trug er den zappelnden Jungen auf seinen Armen zu ihnen herüber.

»Lass mich runter, Carlos, lass mich runter!«, japste Luis, und Carlos stellte das Kind vor Max auf den Boden. Er streckte seine Hand aus und sagte: »Vielen Dank, dass Sie auf Luis aufgepasst haben. Vielen Dank, dass Sie ihn mir gebracht haben. Vielen, vielen Dank!«

Er schüttelte erst Max, dann Jakob und schließlich auch Tamara die Hand und machte sich nicht die Mühe, seine Bewegung zu verbergen. Ohne die angeberische Sonnenbrille sah er Luis sehr ähnlich und wirkte viel jünger. »Ich möchte gern mit Ihnen sprechen, aber wir müssen unbedingt erst unserer Mutter Bescheid sagen.«

Max sagte anerkennend: »Sie sprechen so gut Deutsch!«

Carlos grinste. »Sprachschule Migration!« Als die anderen ihn verwundert ansahen, erklärte er: »Dass man über sein Schicksal Witze machen kann, glauben die meisten nicht. Aber was soll ich anderes sagen? Ich bin in Ecuador geboren und quasi in Hannover aufgewachsen. Gesamtschule Hannover-Langenhagen.«

»Alles ohne Papiere?«

Carlos zückte sein Handy. »In Deutschland haben viele Menschen ein großes Herz. Es gibt viele Lehrer und Lehrerinnen, die uns unterrichtet haben, obwohl wir keine Papiere hatten.« Er schaltete sein Handy ein und wandte sich an Luis. »Mama hat eine neue Telefonnummer. Darum konntest du sie nicht erreichen.« Er sah sich nach einer ruhigen Stelle zum Telefonieren um.

Max öffnete die hintere Tür der Göttin. »Willkommen in unserer privaten Telefonzelle!« Carlos lächelte ihn dankbar an. Als die beiden Brüder im Auto saßen und Carlos sein Telefon Luis gab, standen Max, Tamara und Jakob unschlüssig neben ihrem Gepäck.

»Lass uns den Jungen gleich noch in Ruhe verabschieden«, schlug Max vor. Dann klopfte er mit seinem Zeigefinger auf Jakobs Stirn. »Aber du bleibst schön bei uns. Jugendherberge! Was denkst du dir nur? Du fährst uns stundenlang, und zum Dank musst du woanders übernachten?«

»Aber ich kann mir das Hotel nicht leisten.«

»Aber ich kann es mir leisten. Du bist mein Freund, und ich möchte, dass du bei uns bleibst. Basta! Wenn die kein weiteres Zimmer haben, musst du dir allerdings das Zimmer mit mir teilen.« Er knuffte Jakob auf den Arm. »Alles klar?«

»Alles klar.«

Alle sahen wieder zur Göttin. »Hier auf diesem Platz mit den Platanen im Hintergrund sieht sie besonders schön aus, oder?« Max war sichtlich stolz auf ihr Gefährt. Die anderen nickten, aber Tamara war mit ihren Gedanken noch bei Carlos.

»Zwar ein bisschen strizzihaft angezogen, aber ein netter Typ, dieser Bruder«, sagte sie. »Ob ihm das Auto gehört?«

Max schüttelte den Kopf. »Kann ich mir nicht vorstellen.«

In diesem Moment öffnete sich die Tür der Göttin, und Luis sprang heraus. Er rannte zu ihnen. »Tamara, Tamara, ich soll euch von meiner Mama grüßen. Ich soll *gracias, gracias, gracias* sagen. Wenn du nach Spanien kommst, will sie für dich kochen!« Er strahlte Tamara erwartungsvoll an. »Mama kocht am besten von allen auf der Welt!«

Tamara nickte ihm ernsthaft zu. »Das ist toll, Luis. Sag deiner Mama vielen Dank und dass ich mich auf das Essen freue!«

Max fragte Carlos. »Wann fahrt ihr denn nach Spanien?«

»Am Wochenende, hoffe ich.«

Carlos sah auf die Uhr, schob die Sonnenbrille wieder vor die Augen und gab Luis ein Zeichen. »Ich muss jetzt gleich leider los. Ich habe mir das Auto von meinem Boss ausgeliehen und muss es zurückbringen.«

»Sie arbeiten in Orange?«

»In einer Bar. Also, in einem Club.«

»Wohnen Sie auch in der Stadt?«

»Ja, mit mehreren Leuten. Nichts Großes, aber ich kann dort auch schlafen.« Er fing Tamaras Blick auf. »Für Luis ist ebenfalls ein Bett da. Machen Sie sich keine Sorgen.«

Tamara sah ihn entschuldigend an. »Verrückt nicht? Wir haben Luis erst heute Morgen kennengelernt, aber wir fühlen uns verantwortlich für ihn.«

»Dafür bin ich Ihnen auch dankbar, aber er ist jetzt bei mir, und sobald ich kann, fahre ich ihn zu Mama. Es gibt dort eine Menge Leute aus Ecuador, buchstäblich eine kleine Kolonie.«

Luis fragte: »Gibt es auch Kinder? «

»Ja, viele Kinder.« Carlos drückte seinen Bruder kurz an sich. »Hast du eine Tasche?«

»Ja, mein Rucksack! Wo ist mein Rucksack?« Er lief zum Auto und zerrte seinen Rucksack von der Hinterbank.

Er rief: »Hör mal, Carlos, ich kann eine Yamaha nachmachen!« Mit dem Klang eines startenden Motorrades sprang Luis aus dem Auto und umkreiste es einige Male. Carlos beobachtete ihn. Er wandte sich an Max. »Ich kann Ihnen gar nicht sagen, wie dankbar ich bin, dass er jetzt heil und gesund hier ist. Ich habe solche Angst gehabt. Und meine Mutter erst.«

Jakob fragte: »Wie geht es jetzt weiter mit dir und mit Luis?«

»Wir müssen abwarten, was die spanischen Behörden machen. Allerdings hat man in Spanien durch die Krise eigene Probleme. Viele Ecuadorianer gehen freiwillig aus Spanien zurück nach Hause, weil es auch in Spanien keine Jobs für sie gibt.« Carlos hob die Schultern. »Wir müssen irgendwo einen Status bekommen. Ich bin ja mit einem Freund, also dem Barbesitzer, schon nach Frankreich gegangen, bevor sie meine Mutter erwischt haben. Ohne Papiere ist das Leben sehr anstrengend.

Wir hatten gehofft, in Deutschland bleiben zu können, aber … Nun, auf jeden Fall müssen wir uns etwas ausdenken.«

Luis stand plötzlich neben ihm. »Aber dir fällt doch was ein, oder?«

Carlos presste die Lippen aufeinander und legte den Kopf auf die Seite. Luis sah ihn erschrocken an. »Carlos? Dir fällt doch was ein, oder? Bald haben wir ein Haus für Mama und Papa und uns. Ja?«

Tamara mischte sich ein: »Na klar fällt Carlos etwas ein. Wem, wenn nicht ihm?« Carlos lächelte ihr dankbar zu.

Nachdem sie Telefonnummern ausgetauscht hatten, verabschiedeten sie sich von Luis.

»Das wird aber langweilig für euch ohne mich im Auto!«, rief der Junge, nachdem er sich auf der Rückbank des Cabrios angeschnallt hatte. »Jakob schummelt beim Autoszählen.«

»Wir werden dich vermissen!«

»Bis bald!«

»Melde dich, wenn du bei deiner Mama angekommen bist«, sagte Tamara.

Luis sah zu ihr hinauf. »Bist du traurig?«

Tamara versuchte zu lächeln. »Nein, ich freu mich doch, dass du bei Carlos bist und deine Mutter bald siehst.«

»Aber deine Augen sind traurig.«

Und dann tat Luis etwas, womit Tamara nicht gerechnet hatte. Er zog sie zu sich herunter, legte sein Gesicht an ihres und flüsterte: »Du bist ja auf meinem Bild. Wenn ich jetzt zum Mond gucke, denke ich an Mama *und* an dich.«

Tamara drückte ihn an sich. »Das ist so lieb von dir.« Sie richtete sich auf und streichelte noch einmal über seine Wange.

»*Vamos!*«, rief nun Carlos, der in der Zwischenzeit eingestiegen war. »*Adios, adios!*«

Er gab Gas, und Luis winkte ein letztes Mal. Dann war er weg.

Einen Moment lang standen sie wortlos nebeneinander und sahen in die Richtung, in die der BMW verschwunden war.

Schließlich klatschte Max in die Hände. »Dann lasst uns mal unsere Zimmer ansehen und ein schönes Restaurant für das Abendessen suchen.«

Er justierte den Trageriemen seiner Lufthansa-Tasche und ergriff seinen Stock. Während sie auf das Hotel zugingen, fragte Max: »Stimmt das, Jakob? Du schummelst beim Autoszählen?«

Kapitel 7

Jakob wühlte in seinem Rucksack und zog ein Hemd heraus. Er hielt es gegen das Licht, roch daran und stopfte es kopfschüttelnd wieder zurück. Dann versuchte er, das zerknitterte Hemd, das er trug, ein wenig in Form zu zupfen.

»Du kannst ein sauberes von mir haben.« Max trat aus dem Badezimmer. Er hatte geduscht, und sein Gesicht glänzte frisch eingecremt. Er trug ein kurzärmeliges, rosafarbenes Hemd mit feinen weißen Streifen.

»Danke, das ist nett, aber es muss so gehen.« Jakob wedelte mit den Händen in der Luft, als wolle er einen aufdringlichen Fliegenschwarm vertreiben. »*Godverdomme!* Hast du in Aftershave geduscht? Da kriegt man ja eine Schnappatmung.«

Max lachte. »Lenk nicht ab. Meine Hemden gefallen dir nur nicht.«

Jakob grinste. »Na ja …«

»Aber ich hab auch ein weißes dabei. Frisch gebügelt.«

Er zeigte Richtung Bad. »Die Dusche funktioniert einwandfrei. Nach der Fahrt sehr empfehlenswert. Die Göttin ist ein wunderbarer Wagen – aber eine Klimaanlage hat auch Vorteile.« Jakob lächelte. »Stimmt, Aircondition wäre schon nett. Und duschen ist eine gute Idee.«

»Ich warte unten. Vielleicht ist Tamara ja schon fertig.« Max griff nach seiner Lufthansa-Tasche.

Jakob konsultierte noch einmal den Inhalt seines Rucksacks und zerrte schließlich ein verdrücktes graues T-Shirt heraus. Vor Max traute er sich nicht, das Kleidungsstück einem Riechtest zu unterziehen, aber er wusste, dass er das Shirt erst einmal getragen hatte, und musste es einfach darauf ankommen lassen. Es wurde ja auch schon dunkel, und vielleicht fiel den anderen gar nicht auf, was er anhatte.

Es war nicht so, dass Jakob de Jong sich nichts aus Mode machte, eher im Gegenteil. Auf seinen Reisen durch die Welt zu den unterschiedlichsten Arbeitsstellen hatte er sich zum Profi-Reisenden entwickelt. Zu seiner Grundausstattung gehörten neben zwei Jeans, einer Handvoll Hemden, Regenkleidung und Wanderstiefeln auch ein leichter Anzug und sogar eine Krawatte. Während der vergangenen Monate hatte er sich auch stets um die Instandhaltung der Kleidung bemüht, aber der Landgasthof Riegel am Kaiserstuhl war als Endpunkt geplant gewesen, und Jakob hatte darauf verzichtet, noch einmal seine Schmutzwäsche zu waschen. Er hatte vorgehabt, das in Holland im Haus seiner Eltern zu erledigen. Gestern hatte er ja noch nicht gewusst, dass er mit Tamara und Max nach Frankreich fahren würde.

Gestern … Wie weit weg das war. Er war froh über diese spontane Planänderung, obwohl ihm klar war, dass er irgendwann nach Utrecht zurückmusste. Schon allein, um endlich sein Studium anzufangen. Noch standen seine Eltern zu ihrem Versprechen, ihn zu unterstützen, aber auch ihre Geduld war nicht unendlich. Lange hatte es nicht nach dem richtigen Moment für seine Rückkehr ausgesehen, und er war von Job zu Job, von Land zu Land gezogen. In den letzten Monaten war wenigstens der Schmerz dumpfer geworden. Er hatte wieder geflirtet, und ein paarmal hatte er mit Mädchen geschlafen. Als sich seine

Zeit am Kaiserstuhl dem Ende zuneigte, hatte er beschlossen, endlich nach Hause zu fahren. Irgendwann musste er ihnen schließlich wieder ins Auge sehen, und vielleicht waren sie gar nicht mehr in Holland.

Piet hatte nach Indonesien gewollt. Er sah den Freund vor sich, wie er die Haartolle aus der Stirn warf. Jakob hatte lange nichts mehr von ihnen gehört, und er vemisste Piet sehr. Vielleicht war eine Versöhnung irgendwann einmal möglich? Doch immer, wenn er in seinen Überlegungen bei dieser Frage angekommen war, nahm ihm die Melange aus Wut und Enttäuschung, die in ihm hochschoss, den Atem.

Während er jetzt in seinem Rucksack wühlte, erinnerte er sich daran, wie Tamara sich am Morgen neben ihn gestellt und über das Tal gesehen hatte. Bereits in diesem Augenblick hatte er gewusst, dass er abermals eine Möglichkeit gefunden hatte, seine Rückkehr zu verschieben. Es würde sich ja nur um eine kurze Zeit handeln, versuchte er sich selbst zu überzeugen, und griff zu seiner Waschtasche. Er hätte Tamara heute Abend gern in einem Jackett überrascht. Er mochte es, wenn sie wie ein erstauntes Lämmchen die Augen aufriss und sich dabei auf die Unterlippe biss. Sie hatte kleine weiße Zähne und knabberte häufig an ihrer Unterlippe. Sie musste Anfang vierzig sein, doch erstaunlicherweise sah man ihr das nicht an. Er jedenfalls nicht. Allerdings musste er zugeben, dass er das Alter von Frauen nie gut schätzen konnte. Außerdem war das Alter nicht entscheidend, sondern ob ihm die Frau gefiel. Ob Tamara ihm gefiel, hatte er noch nicht entschieden. Konnte einem ernsthaft eine Frau gefallen, die Holzfällerhemden trug, deren größter Traum eine Hundeschule war und die einen Sohn hatte, der nur zehn Jahre jünger als er selbst war? Verwirrenderweise musste Jakob jede dieser Fragen mit ja beantworten. Denn, wie hätte Piet gesagt? »Du bist deutlich interessiert.« Deutlich, dachte Jakob und ertappte sich dabei, dass er vor sich hin grinste. Schade, dass er sie mit seinem Jackett nicht zu ihrem Lämmchenblick provozieren konnte. Doch auf der Party, zu der die Kollegen anlässlich seines Abschieds in die Riegeler Disco *New Life* geladen hatten, war der Alkohol in Strömen geflossen – auch über seinen Anzug, der jetzt verknittert und stinkend zuunterst in seinem Rucksack steckte.

Jetzt nickte er Max zu, der auf dem zweiten Bett saß und vorgebeugt ächzend seine Schnürsenkel band.

»Ich geh mal duschen.«

»Schwimm nicht so weit raus.«

Die Dusche funktionierte tadellos, und Jakob genoss den warmen Strahl auf seinen Schultern. Das Reisen hatte ihn aufmerksam für die vielen kleinen Dinge gemacht, die das Leben erleichterten: eine heiße Dusche, ein nicht zu weiches Bett, eine Klimaanlage, die man ausschalten, und ein Fenster, das man öffnen konnte.

Er trocknete sich ab und schlang sich das große Handtuch gerade um die Hüften, als er aus dem Zimmer einen dumpfen Schlag hörte. Es klang, als ob Max gestürzt oder ein Möbelstück umgefallen wäre. Jakob riss die Badezimmertür auf.

Max stand mit weit aufgerissenen Augen und hilfesuchend ausgestreckten Armen mitten im Zimmer. Sein Gesicht war blutüberströmt, sein Hemd voller Blutflecken. Der Schreibtischstuhl war umgekippt.

»Max! Was ist passiert?« Mit zwei großen Schritten war Jakob bei ihm und stützte ihn.

»Ich weiß nicht, mir wurde auf einmal heiß und flau und …« Max verstummte und versuchte vergeblich, mit einem Papiertaschentuch des Blutstroms Herr zu werden, der aus dem linken Nasenloch schoss.

»Setz dich erst mal hin, ich hole neue Taschentücher.« Jakob sah sich um. »Fragt sich nur, wo?« Er wollte zu seinem Rucksack, nahm aber eine Bewegung links von sich wahr und konnte Max im letzten Moment auffangen, ehe dieser seitwärts wegkippte.

»Tut mir leid, mir ist so schwindelig.«

»Kein Problem, nimm meinen Arm.«

Vorsichtig leitete er den alten Mann zu dem großen Sessel, der an der Wand zwischen den Betten stand.

»Dass hier auch alles weiß sein muss«, stöhnte Max und verrenkte sich in dem Bemühen, keine Flecken auf dem blütenreinen Bezug zu hinterlassen. »Ich mache alles schmutzig.«

Geistesgegenwärtig riss sich Jakob das Handtuch vom Leib, drückte es Max unter die Nase und half ihm, sich zu setzen. »Jetzt leg mal den Kopf zurück.«

»Ist bestimmt gleich vorbei. Allerdings ..« Er sah Jakob entsetzt an, und seine Angst traf den jungen Mann wie ein heftiger Windstoß. Er zwang sich, gleichmäßig zu atmen. Wenn er jetzt nervös würde, wäre das keine große Hilfe für Max. Dennoch konnte er nicht verhindern, dass seine Stimme zitterte, als er Max beschwor: »Du muss jetzt vor allem Ruhe bewahren.«

Max blieb stumm.

»Ich bin gleich wieder da.«

Jakob eilte nackt ins Badezimmer und hielt ein kleines Handtuch unter das fließende kalte Wasser. Er wrang es aus und legte es wenig später Max als kalte Rolle in den Nacken. »Das hilft bestimmt gleich.« Max griff nach Jakobs Hand. Jakob sah Tränen in seinen Augen und kniete sich neben ihn. So warteten sie schweigend ab, dass der Blutfluss schwächer wurde.

Endlich ließ Max Jakobs Hand los. Er suchte nach einer unbefleckten Stelle des Handtuchs, tupfte es prüfend auf seine Nase und inspizierte es wieder. »Das Schlimmste scheint vorbei zu sein.«

Jakob stand auf, erhaschte einen Blick von sich im Wandspiegel, erschrak erst und musste dann lachen. »Hoffentlich kommt jetzt keiner vom Hotel und will die Minibar kontrollieren. Da werden wir beide gleich verhaftet. Wir sehen ja aus, als ob wir hier ein Schlachtfest veranstaltet hätten. Mann, hast du geblutet!«

Er rieb angetrocknetes Blut von seiner nackten Brust. »Ich werde am besten gleich noch einmal duschen.« Er warf Max einen Blick zu. »Du solltest das vielleicht auch tun.«

»Eins nach dem anderen. Lass mich erst mal zur Ruhe kommen.«

Jakob duschte sich schnell ab und half nach einem verlegenen Augenblick auch Max in die Dusche.

»Muss dir nicht peinlich sein«, sagte Max, und es klang, als ob er zu sich selbst spräche. »Wer im Seniorenheim lebt, tut gut daran, auf seine Würde nicht allzu viel Wert zu legen.«

Jakob nickte schweigend. Er sah Max' alten Körper, die magere Brust, die schlaffe Haut an den Oberarmen und am Gesäß und fragte sich unwillkürlich, ob er auch eines Tages so aussehen würde.

Als Max sauber war, hüllte Jakob ihn in das zweite Handtuch.

»Am besten legen wir die blutige Wäsche in der Duschtasse in kaltes Wasser, und ich spüle das Blut raus«, schlug er Max vor, während er sich anzog.

Max seufzte zustimmend. »Gute Idee. Ich bitte nachher an der Rezeption darum, dass wir neue Handtücher bekommen.«

Das Saubermachen nahm einige Zeit in Anspruch. Max sammelte die blutigen Sachen ein, Jakob kniete vor der Duschtasse und zog die Tücher durch das kalte Wasser.

Schließlich war alles leidlich sauber und ausgewrungen. Jakob legte die nassen Tücher zusammen und stapelte sie ordentlich unter dem Waschbecken. Dann trocknete er sich die Hände an seinem grauen T-Shirt ab und bot es auch Max an. »Hast du so was oft?«

Max rieb sich die Hände trocken. »In letzter Zeit. Das kommt vom Bluthochdruck, denke ich.«

Jakob fielen wieder die Medikamente ein, die Tamara erwähnt hatte. »Nimmst du was dagegen?«

Max hob mit ironischem Gesichtsausdruck die Augenbrauen.

»Dagegen und …« Er zählte auf: »Gegen Diabetes, Arthrose, erhöhte Blutfettwerte, Prostatabeschwerden …« Genervt winkte er ab. »Irgendwann kommst du dir vor wie in einer Reparaturwerkstatt.«

»Aber die Medikamente helfen?«

»Mehr oder weniger.«

»Nimmst du das alles gleichzeitig?«

»Hintereinander.«

Jakob lachte. »Klar. Aber gibt es da nicht Wechselwirkungen?«

»Bin ich Mediziner?« Max zog sich eine frische Hose an. »Lass uns nicht länger davon reden.« Er straffte seinen Körper und stellt sich vor den Spiegel, um sein Hemd zuzuknöpfen. »Friedler hat mir ein hübsches Restaurant in der Nähe empfohlen. Und frag jetzt bitte nicht, ob du dir das leisten kannst. *Ich* kann es mir leisten.«

Jakob wischte einige übersehene Blutspritzer von der Fußbodenleiste.

»Wer ist dieser Friedler? Tamara hat auch schon von ihm erzählt. Gehört ihm die Göttin?«

»Ja, das Auto ist seins. Aber auf die Frage, wer Friedler ist, kann ich dir keine Antwort geben. Bei Friedler weiß man nie etwas genau. Für mich das Wichtigste: Er ist ein Freund. Und er ist der Neffe eines Jugendfreundes, den ich in Frankreich kennengelernt habe.«

»Ist er Franzose? Oder wieso kennt er sich mit Restaurants in Orange aus und hat ein französisches Klasseauto wie die Göttin am Start? «

Max grinste. »Nein, er ist mittlerweile Rechtsanwalt. Glaube ich jedenfalls. Vielleicht ist er auch Journalist? Es tut mir leid, ich habe nie so richtig aufgepasst, wenn er über seine Arbeit geredet hat.« Er hob entschuldigend die Schulter.

Jakob sah ihn skeptisch an. »Man könnte meinen, er sei Agent!«

»Zuzutrauen wäre es ihm. Ich könnte hier noch eine Handvoll anderer Berufe aufzählen, die er einmal ausgeübt hat. Er kommt von überallher, jedenfalls weiß ich nicht, wo er geboren wurde. Aufgewachsen in halb Europa, studiert hat er in Australien, Italien, was weiß ich. Jura war jedenfalls auch dabei. Ich meine, er wollte einmal Reiseschriftsteller werden. Gelesen habe ich noch nichts von ihm, allerdings gibt es wohl einen Sonettzyklus, der sogar in einem Schulbuch abgedruckt wurde, und ich weiß, dass irgendetwas mit einem Siegertitel des ESC zu tun hatte. Aber frag mich nicht, für welches Land.«

»So geheimnisvoll?«

»Das liegt bei Friedlers in der Familie. Schon über seinen Onkel, meinen alten Freund, gibt es die interessantesten Erzählungen, und bei Friedler jr. ist es nicht anders. Auf jeden Fall hat er mir für unsere Route einige Empfehlungen aufgeschrieben. Das Hotel ist auch einer seiner Tipps.«

»Und der Landgasthof Riegel?«

»Friedlers Tipp.«

»Scheint ein toller Typ zu sein.«

Max legte sich den Gurt der Lufthansa-Tasche über die Schulter. »Ich mag ihn. Vielleicht lernst du ihn ja mal kennen. Auf jeden Fall fand er einen Citroën für unsere Tour stilvoller als Tamaras Fiat.«

Jakob nickte nur. Wahrscheinlich würde Max als Nächstes von Friedlers Erfolgen bei Frauen berichten, und darauf verspürte Jakob wenig Lust. Ihm reichten die Weiberhelden, die sich in seine eigene Biographie mischten und ihm die Frauen stahlen, da konnte er auf Fabelwesen wie diesen Friedler verzichten. Er sah müßig über den Platz vor dem Hotel, der in einem sanften Abendlicht lag, und freute sich auf das Abendessen. Friedler hin oder her – nach den bisherigen Empfehlungen konnte man ein gutes Restaurant erwarten. Ihm fiel eine schlanke Frau in einem meergrünen Kleid auf. Sie hatte ein Tuch in derselben Farbe um den Kopf gewickelt. Tamara! Jakob trat näher an das Fenster heran und beobachtete, wie Tamara über den Platz ging. Sie drehte sich um und machte mit ihrem Handy Fotos von dem Hotel.

Er hob den Arm. Jetzt sah sie ihn und winkte zurück. Langsam schlenderte sie wieder auf das Gebäude zu. Jakob fielen ihre langen Beine auf. An den Füßen trug sie Sandaletten mit etwas Absatz. In Jeans und Turnschuhen war ihr Gang anders gewesen. Jetzt lief sie beschwingter – eine Bewegung, die direkt in seinen Unterleib zu zielen schien. Jakob wischte sich über die Augen.

Max stellte sich neben ihn. »Sag mal, ist das nicht Tamara?«

Jakob wunderte sich, dass sein Hals plötzlich so trocken war. Er rieb sich die Nase. »Findest du Tamara hübsch?«

Max sah ihn mit wachen, hellen Augen an. Jegliche Angst war wieder aus ihnen verschwunden, und er kniff sie jetzt ironisch zusammen.

»Du findest sie also hübsch?«

»Das habe ich nicht gesagt. Ich habe dich gefragt.« Wieso klang seine Stimme so aufgeregt?

Max winkte Tamara zu, die mittlerweile unter ihrem Fenster stand. »Wir kommen runter!«

Er sah Jakob an. »Ich habe bisher nicht darüber nachgedacht. Aber: Ja. Ja, ich finde Tamara Finke hübsch. Vor allem, wenn sie ein kurzes grünes Kleid trägt.«

Er ging zu seinem Koffer, nahm behutsam ein gebügeltes weißes Hemd heraus und warf es Jakob zu. »Mir ist es zu groß. Dir passt es bestimmt.«

Er hatte recht.

Das »Saveurs de Marche« war ein unprätentiöses Restaurant mit einer übersichtlichen Karte. Es war gut besucht, aber es fand sich schnell ein Tisch auf der Straße unter einem orangefarbenen Sonnenschirm.

»Hier ist schon Hochsommer«, staunte Tamara. Max lächelte ihr zu. »Jetzt verstehst du langsam, was ich gemeint habe?« Tamara sah in seine himmelblauen Augen und erinnerte sich an seine Worte: »Waren Sie jemals in Südfrankreich?« Sie nickte.

»Luis hat das heute sofort verstanden.« Die anderen lachten, und Jakob machte den Jungen nach: »Das ist so eine französische Luft.« Er griff nach der Karte. »Ich glaube, er hat einfach das gute Wetter gemeint. Hannover ist nicht gerade bekannt für mediterranes Klima, oder?«

»An der Leine kann man nicht von ›blauer Küste‹ sprechen«, pflichtete ihm Max bei, während er den freundlichen Kellner heranwinkte.

»*Vous-avez choisi, messieursdames?*«

Es stellte sich heraus, dass Jakob und Max beide leidlich Französisch sprachen, und so war man sich schnell über die Bestellungen einig.

»Kriegst du denn auch genug von deinem veganischen Kram?«, erkundigte sich Max besorgt.

Jakob antwortete lächelnd: »Wirst schon sehen.« Er wandte sich an Tamara. »Worauf hast du denn Lust? Fleisch, Fisch, Pasta?«

Tamara sah in die Karte. »Diese Nudeln mit … was heißt das?«

Jakob beugte sich zu ihr hinüber, und ihr frischer Duft stieg in seine Nase. »*Saumon* – das heißt Lachs.«

»Lecker, das möchte ich. Nudeln mit Lachs und davor irgendeinen Salat.«

»Tomaten?«

Sie lächelte ihn an, und Jakob fühlte ihr Lächeln wie einen Wärmestrahler auf seinen Zügen. »Tomatensalat ist großartig. Zu Hause versuche ich immer, sie nur in der Tomatensaison zu essen, weil sie vorher einfach nicht schmecken, aber hier sind sie wahrscheinlich früher lecker, oder?« Sie lächelte Jakob wieder an. »Also, Tomatensalat wäre fein.« Sie überflog noch einmal die Karte. »Und ein Rosé?«

»*Trés bien, Madame*«, ließ sich der Kellner hören, der die Unterhaltung aufmerksam verfolgt hatte. »*Pasta avec saumon et une salade de tomates pour Madame.*« Er sah Jakob an. »*Et Monsieur?*«

Max beugte sich interessiert vor. Jakob zeigte auf ein Gericht in der Karte und diskutierte kurz mit dem Kellner. Der Kellner notierte und nahm danach die Bestellung von Max auf, der sich für das klassische *steak frittes* und vorweg für eine Gemüsesuppe entschieden hatte.

»*À boire?*« Der Kellner sah Tamara an. »*Rosé pour Madame, et pour …*«

»*Rosé pour tous,* für alle«, entschied Max und sah Jakob um Zustimmung heischend an. Der nickte, und der Kellner verschwand.

Tamara blickte dem Kellner nach. »Bin ja mal gespannt, was er dir bringt. Was hast du mit ihm gesprochen?«

»Ob ich einen Salade niçoise auch ohne Thunfisch und Ei oder Sardellenfilet bekommen kann und ob die Pasta aus Hartweizengrieß ist – also ohne Eier.«

Max verzog das Gesicht. »Ist es nicht anstrengend, dauernd eine Extrawurst bekommen zu wollen?«

»Kein bisschen. Er war sehr nett, und sie haben tatsächlich Spagetti ohne Eier. Es war ein kurzes Gespräch und überhaupt nicht anstrengend.«

Max grunzte skeptisch.

Tamara lenkte ihn ab. »Ich musste gerade noch einmal an Carlos denken. Wie nett er von seiner Schule und seinen Lehrern gesprochen hat. Was für ein verrücktes Leben!«

Der Kellner brachte eine Karaffe Rosé und schenkte ihnen ein. »*Voilá!*«

Max erhob das Glas. »Auf unsere Reise.«

Tamara ergänzte: »Und auf Luis.«

Sie stießen an. Es war immer noch angenehm warm. Vom benachbarten Café erklang Akkordeonmusik, und Tamara flüsterte: »Ich komme mir vor wie in einem französischen Film.« Sie sah sich nach dem Akkordeonspieler um. »Das sind ja zwei!«, rief sie und zeigte aufgeregt wie ein Kind nach links. Dort saßen an einem Restauranttisch eine junge Frau und ein junger Mann. Beide hatten schimmernde Akkordeons vor dem Bauch und spielten mit konzentrierter Hingabe, einander hin und wieder zunickend. Passanten blieben stehen, Kinder staunten die großen Instrumente an, die Zuhörer klatschten. Das Paar stand auf und verneigte sich.

»*Encore, encore!*«, rief eine Gruppe junger Mädchen, die sich wie bei einem Konzert erwartungsvoll zu den Füßen der Musiker auf dem Boden niedergelassen hatten. Sie sahen aus wie Touristen, denn sie lehnten sich an ihre großen Rucksäcke, die augenscheinlich schon eine lange Reise hinter sich hatten.

»Sie bitten um eine Zugabe«, übersetzte Jakob für Tamara. Der junge Mann gab seiner Begleiterin ein Zeichen. Sie lächelte zustimmend und spielte eine schnelle Tonfolge.

»Ah, wunderbar«, kam es von Max. Jakob und Tamara drehten sich überrascht zu ihm um.

Er erklärte: »Das ist ›La foule‹ von Edith Piaf.«

»Über die habe ich mal einen Film gesehen!«

Jakob grinste Tamara an. »Du gehst oft ins Kino, was?«

»Klar, du nicht? Da wird einem das Leben doch am besten erklärt. Oder?«

Jakob sah sie erstaunt an. »Findest du?«

Tamara legte ihren Zeigefinger auf den Mund. »Ja, finde ich. Aber hör mal …« Sie zeigte auf Max, der leise vor sich hin sang. »Max du musst übersetzen, was du da singst!«

Max wiederholte langsam: »*Je revois la ville en fête et en délire … Suffoquant sous le soleil et sous la joie …* Ich sehe die Stadt in ihrer Feier und ihrer Trunkenheit, erstickend an … Wie soll ich das sagen … sonnengetränkter Fröhlichkeit …« Seine Stimme verlor sich, und er stimmte ohne Worte in die mitreißende Musik ein.

Französisch, dachte Tamara, auch so eine Sache, die ich doch irgendwann mal gelernt und komplett vergessen habe. Sie beugte sich vor und tippte Max auf die Schulter. »Und weiter?«

Max sagte langsam: »*La foule* heißt so etwas wie die Menschenmenge. Das Lied erzählt davon, wie sich ein Paar im Treiben findet und verliert.«

»So was wie Liebe auf den ersten Blick?«, fragte Jakob.

Max musterte ihn. »Ja, genau. Zwei Menschen, die einander auf der Straße begegnen, vielleicht bei einem Umzug, vielleicht bei einem Straßenfest. Sie halten einander für einen kurzen, glücklichen Moment an den Händen … und werden wieder auseinandergerissen. Wie im Leben, wo man einander trifft, einander liebt und manchmal einfach verliert. Hört mal …«

Er sagte: »*Nos deux mains restent soudées* … Unsere Hände sind miteinander verschlungen und …« Er lauschte wieder. »Wenn ich diese Musik höre, habe ich gleich Edith Piaf, die das Lied berühmt gemacht hat, im Ohr.«

Tamara hatte den Eindruck, dass dieses Lied für Max eine große Bedeutung hatte. Vielleicht hatte es in Max' Leben einmal ein solche Liebe auf den ersten Blick gegeben, und sein Freund in Südfrankreich wusste mehr darüber. Sie sah ihn unauffällig an. Es faszinierte sie, sich vorzustellen, dass alte Menschen einmal jung gewesen waren. Das Alter verwischte häufig die Züge, aber wenn in einem Menschen ein inneres Feuer brannte, war das auch noch zu erkennen, wenn er ein Greis wurde. Max war bestimmt ein hübscher junger Mann gewesen, er sah noch immer gut aus, mit seinen klaren Gesichtszügen und den wachen hellblauen Augen. Sie musste ihn unbedingt einmal nach einem Foto von seiner Frau Inge fragen. Aber …

Tamara blinzelte überrascht. Und wenn es gar nicht um Inge ging? Mit neu erwachtem Interesse betrachtete sie ihn. In diesem Moment hob er eine Hand und spitzte die Ohren.

»Wartet mal … das ist jetzt besonders schön. *Je crie de douleur, de fureur et de rage … Et je pleure …*«

Tamara sah ihn auffordernd an, aber Max schloss die Augen und verlor sich in der Musik.

Jakob sagte leise: »Ich schreie aus Schmerzen, aus Wut und Zorn … und ich weine.« Er wiederholte: »*Je pleure.*«

Er stubste mit seinem Zeigefinger in Tamaras Mundwinkel. »Jetzt mach mal nicht so ein trauriges Gesicht. Vor dem Abschied liegt ja das Kennenlernen … und der Tanz.« Ihm kam eine Idee. Er stand auf und hielt Tamara seine Hand hin. »Darf ich bitten?«

Tamara zuckte überrascht zurück.

»Tanzen? Hier?«

Sie versuchte, abweisend zu wirken, doch sie stand bei ihren Worten bereits auf.

Jakob zog sie auf den Gehsteig. »Das ist leicht. Ein wunderbarer Walzer!«, wollte er sie beruhigen. Doch er sah schnell ein, dass er sie falsch eingeschätzt hatte.

»Walzer ha' ick schon jetanzt, da biste noch mit der Rassel um'n Weihnachtsbaum jerannt!«, beschied sie ihm augenzwinkernd. Auf dem Gehweg schunkelten und tanzten bereits andere Paare, die Tamara von ihrem Platz aus nicht gesehen hatte. Auch die Mädchen waren aufgestanden, fanden sich zu zweit zusammen und drehten sich. Tamaras Gesicht verzog sich zu einem strahlenden Lächeln, sie legte ihre Hand in Jakobs und gab sich dem Rhythmus der Musik hin. Sie spürte Jakobs Hände auf ihrem Rücken, und ab und an streifte sein Atem, frisch und süß, ihr Gesicht.

Als die Musiker mit einem fulminanten Akkord das Lied beendeten, war der Applaus groß. Das Musikerpaar stand auf und verbeugte sich.

»*Encore, encore!*«, bettelten die Mädchen und andere Zuhörer. Aber die Musiker wiesen lächelnd auf das Essen, das ein

Kellner gerade vor ihnen auf den Tisch stellte, und räumten ihre Instrumente in Koffer, die neben ihren Stühlen standen.

»Unser Essen müsste auch gleich kommen«, sagte Jakob.

»Du tanzt gut«, bemerkte Tamara, während sie zurück zum Tisch gingen.

»Ich habe zwei tanzbegeisterte Schwestern und musste immer herhalten, wenn sie üben wollten. Du tanzt aber auch gut. Naturtalent, was?«

»Tja, bronzenes Tanzabzeichen, Tanzschule Keller, Kurfürstendamm!«, konterte Tamara. »Hab schon immer gern getanzt – gibt ja leider nicht so viele Gelegenheiten dazu.« Sie hielten einander immer noch an den Händen.

Max begrüßte sie mit angedeutetem Applaus. »Das sah wunderschön aus. Ist noch Platz auf deiner Tanzkarte? Ich war mal ein passionierter Tangotänzer.«

»Echt?«

Er schüttelte den Kopf. »Nein, leider überhaupt nicht. Ich habe das nur gesagt, weil die beiden Akkordeonspieler bestimmt auch argentinische Tangos im Programm haben. Kannst du Tango?«

Tamara lächelte. Ihr Kopftuch hatte sich gelockert, sie nahm es ab und legte es sich um die Schultern. Ihre feuerroten Haare standen keck in die Höhe. Sie besaß die zarte Haut rothaariger Menschen, und ihre Wangenknochen waren leicht gerötet, was im Kerzenschein braun wirkte. Max dachte an Jakobs Frage: »Findest du Tamara hübsch?«

Max hatte wahrheitsgemäß geantwortet, dass er sich über das Aussehen von Tamara Finke noch nicht viele Gedanken gemacht hatte. Aber er selbst dachte nun zum zweiten Mal an diesem Tag darüber nach, dass Tamara Funke eine sehr spezielle Attraktivität ausstrahlte. Es musste an ihrem leuchtenden Lächeln liegen, das ihre Umgebung in ein wärmeres Licht zu tauchen schien.

Max freute sich, dass er der Drahtzieher hinter diesem Lächeln war. Denn wenn er sie nicht gefragt hätte, ob sie ihn begleiten wollte, säße sie jetzt nicht hier. Ihn hatte Frankreich bei seinem ersten Besuch auch verzaubert. Jetzt würde es vielleicht seine letzte Reise in dieses schöne Land sein, und Max fragte sich, wie er es all die Jahre ausgehalten hatte, statt nach Frankreich in dänische Ferienhäuser zu fahren. Inge hatte Dänemark geliebt, und so hatten sie mit ihrem Sohn jeden Sommer in hübschen dänischen Ferienhäusern verbracht, und Max war es zufrieden gewesen. Hatte er geglaubt. Während er sich scheinbar konzentriert seinem Steak widmete, dachte er abermals, was er den Tag über schon häufiger gedacht hatte: Dänemark mit Inge war eine Lüge gewesen. Erst jetzt, als er in diesem französischen Restaurant saß, der Duft von Kräutern und Rosé ihn umhüllte, ein Fluidum in der Luft lag, für das er keine Worte fand, spürte er, wie sehr er diese Geräusche, diese Gerüche, diese Welt vermisst hatte.

»Glaubt ihr an Wunder?«, fragte Tamara.

Max sah erstaunt von seinem Steak hoch. »An Wunder?«

»Ja. Meint ihr denn nicht, dass es ein Wunder war, dass Luis ausgerechnet euch in der Herrentoilette begegnet ist?«

Jakob wischte mit einem Rest des Baguettes die Tomatensoße von seinem Teller.

»Herrentoiletten und Wunder – passt in meinen Ohren nicht zusammen.«

»Lass Herrentoilette weg und ersetze sie durch Autobahnraststätte.« Tamara legte ihr Besteck zusammen. »Im Ernst, wie viele Autos halten da täglich an? Wie viele nette Menschen, wie viele nicht so nette Menschen? Und da trefft gerade ihr auf Luis!

Ist das Glück? Schicksal? Er hätte doch an schreckliche Leute geraten können. Kinderhändler, die Polizei, was weiß ich.«

Einen Moment lang dachten sie alle an den kleinen Jungen mit den großen dunklen Augen und dem scheuen Lächeln.

Max sagte: »So ein freundlicher kleiner Kerl.« Er nickte Tamara zu. »Ja, vielleicht hast du recht. Vielleicht war es ein Wunder.« Er hob sein Glas. »Und wir waren mittendrin.«

Jakob hob ebenfalls sein Glas. »Auf unser Wunder.«

Keiner der Männer erwähnte das Nasenbluten. Max war es gelungen, die Sache an der Rezeption zu erklären, ohne dass Tamara davon etwas mitbekommen hatte. Tamara, das ahnten beide instinktiv, würde das nicht auf sich beruhen lassen, sondern besorgt Nachforschungen anstellen, die wahrscheinlich damit enden würden, dass Max eine Nacht in der nächstgelegenen Klinik verbrachte.

So saßen sie in der anbrechenden Nacht, plauderten und feierten das Leben und die wundersame Begegnung mit einem besonderen Kind. Hin und wieder kreuzten sich die Blicke von Tamara und Jakob und lösten in ihren Körpern eine beglückende Empfindung aus.

Max Engel beobachtete die Schwingungen zwischen den beiden mit vorbehaltloser Sympathie. Er konnte nur hoffen, dass sie einander nicht verletzen würden, wie es so häufig zwischen Menschen der Fall war, die ihre eigenen Sehnsüchte mit der Liebe verwechselten.

Kapitel 8

Max’ Befürchtungen waren nicht unberechtigt. Doch Tamara und Jakob waren sich der Probleme bewusst, die aus ihrer gegenseitigen Anziehung erwachsen konnten. Jakob fragte sich, warum die erste Frau, die ihm seit langem wieder gefiel, ausgerechnet im Alter seiner Mutter sein musste, während Tamara sich fragte, ob ihr eine Affäre mit Jakob am Ende nicht nur Kummer bringen würde.

Tamara hatte Schwierigkeiten, in den Schlaf zu finden. Die Akkordeonmusik sang weiter in ihr, und wenn sie die Augen schloss, wiegte sie sich mit Jakob im Tanz. Sein Gesicht war so nah, und Tamara fühlte die verführerische, angenehme Schwäche, das aufregende Loslassen, das einem ersten Kuss vorausgeht. Sie hätte Jakob gerne geküsst, aber wie sollte es danach weitergehen, und was sollte daraus werden?

»Erst mal könnte Sex daraus werden, du Nuss!«, sagte sie leise und musste in der Einsamkeit ihres Bettes über sich selbst lachen. »Wäre ja nicht das Übelste, besser als gar nischt!«, murmelte sie, während sie ihr Kissen aufschüttelte. Ihr Sexleben war nicht der Rede wert. Wie auch? Vielleicht wäre es ja an der Zeit, das einmal zu ändern. Schließlich war sie ja noch nicht tot. Und Jakob war hübsch und vor allem sehr nett. Der Altersunterschied interessierte sie nicht. Solche Kriterien waren ihr immer schon spießig vorgekommen. Als ob man Menschen auf Jahres-

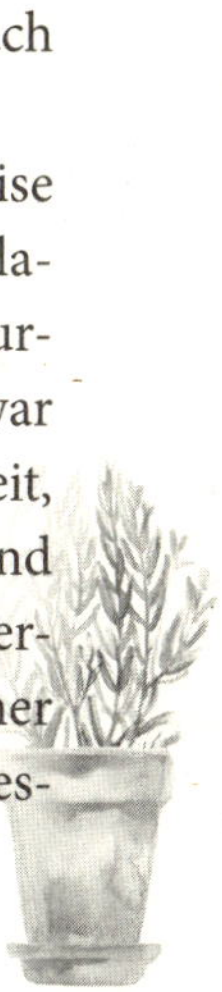

zahlen reduzieren könnte. Klar, sie war fast zwanzig Jahre älter als Jakob, aber sie gestand sich nicht uneitel ein, dass sie sich noch nicht runzelig oder verbraucht fühlte und bestimmt auch nicht so aussah. Schönheit oder Jugend war keine Voraussetzung für die Liebe. »Sonst hätte ich ja nie einen abgekriegt«, flüsterte Tamara selbstkritisch in die Dunkelheit. »Körperliche Schönheit ist nicht gerade mein hervorstechendstes Merkmal.« Dazu war ihr Mund zu groß, ihr Busen zu klein, waren ihre Beine zu dünn. Männer mochten an ihr ihre Direktheit, ihren Humor und ihren Sinn für das Praktische. »Ich wusste sofort, du bist die Frau, mit der ich mir zutrauen würde, auf einer einsamen Insel zu bleiben …« Mit diesen Worten hatte Pit sie damals gebeten, mit ihm nach Hamburg zu gehen. Ich wäre bis ans Ende der Welt mit dir gegangen, dachte Tamara jetzt. Der Gedanke an Pit beruhigte sie und half ihr, ihre Gefühle für Jakob einzuordnen als das, was sie waren: ein Flirt. Pit hatte seine Ex-Freundinnen und One-Night-Stands einmal mit den Worten beschrieben: »An einem heißen Sommerabend bringt einen auch Sekt auf Eis manchmal in Champagnerlaune.«

Tamara setzte sich in ihrem Bett auf, lehnte den Kopf an die Wand und sah durch das geöffnete Fenster hinauf zu dem Mond, der über dem Haus gegenüber stand. Jakob und der heutige Abend, das Tanzen, die Berührungen, die Blicke, das Lächeln und die Zärtlichkeit, das war ein kühler Sekt auf Eis, der der Zunge schmeichelte, der prickelte und der einem zu Kopf stieg. Hauptsache, der junge Mann träumte nach seinen vielen Weltreisen nicht von Familienanschluss und einem ruhigen Hafen! Wie sollte sie sich in diesem Fall verhalten? »Nun mal langsam mit den jungen Pferden«, ermahnte sie sich. »Reihenfolge einhalten! Du denkst schon vor dem ersten Kuss über Trennungsgründe nach, und bevor du weißt, was er überhaupt will, legst du dir Strategien zurecht. Am besten wartest du ab und guckst, ob das heute Abend nicht nur eine besondere Stimmung war, die morgen früh schon verflogen ist.«

Am nächsten Morgen duschte Tamara nach dem Aufstehen ausgiebig. Während das warme Wasser auf sie niederprasselte, überdachte sie noch einmal ihre Situation. Max hatte den perfekten Moment abgepasst, sie aus der Residenz zu holen. Finn war im Auslandsjahr, es gab keinen, auf den sie Rücksicht nehmen musste, sie lag im Clinch mit der Königskobra und empfand keinerlei Skrupel, die Heimleitung mit einem zerschredderten Dienstplan sitzenzulassen.

Tamara sah Max' blaue Augen vor sich und lächelte. Den Gedanken an die elegante Handtasche verdrängte sie, während sie sich mit der exotisch duftenden Hotelseife einschäumte. Einen Moment streiften ihre Gedanken auch Luis. Wo er wohl heute Morgen aufgewacht war, und wann sein Bruder ihn wohl nach Spanien bringen würde? Sie spülte das Shampoo aus ihren Haaren. Es hatte keinen Sinn, sich Sorgen zu machen. Sie hatten getan, was sie tun konnten. Das erleichterte Lachen im Gesicht des kleinen Jungen, als er seinen Bruder erkannt hatte, stand ihr vor Augen. Das musste als Antwort reichen, dachte sie, während sie das Wasser abdrehte und sich mit einem weichen, weißen Handtuch energisch abrubbelte. Dabei bemerkte sie ein angenehmes Hungergefühl und eine unbändige Lust auf frischen Kaffee.

Kurze Zeit später trat sie nach draußen. Der Platz vor dem Hotel lag friedlich im Sonnenschein. Zwei Mütter mit kleinen Kindern überquerten ihn, eine alte Frau mit einer Einkaufstasche plauderte mit der Verkäuferin des Gemüseladens, im Café gegenüber herrschte schon Betrieb. Es sah alles so hübsch und pittoresk aus, die Sonnenschirme vor dem Café leuchteten, die Menschen wirkten freundlich, die Luft war warm. »Französisch«, wie Luis sagen würde. Tamara fuhr sich mit beiden Händen durch die fast trockenen Haare und schlenderte zum Café hinüber. Am Abend zuvor hatten sie sich nur darauf verständigt, dass sie spätestens um die Mittagszeit weiterfahren wollten.

Einige der Tische vor dem Café waren noch leer, aber Tamara erkannte mit einer Mischung aus Freude und Nervosität, dass Jakob bereits mit einem Espresso dort saß. Als er sie sah, winkte er. Tamara ging zu ihm, und sie begrüßten einander mit vorsichtigen Wangenküssen. Beiden war diese Verlegenheit peinlich, weil sie nichts mit dem zu tun hatte, was sie füreinander empfanden, und weil sie nicht zu der vertrauten Innigkeit passte, die sie beide gestern Abend gespürt hatten.

»Gut geschlafen?«, erkundigte sich Tamara und setzte sich zu ihm.

»Max hat beim Schnarchen Geräusche gemacht wie ein kaputter Ofen.« Jakob winkte der Kellnerin. »Was möchtest du? Auch einen Espresso? Ich hab gerade Baguette mit Marmelade bestellt. Croissants sind ja mit Butter.«

Tamara runzelte fragend die Stirn, dann erhellte sich ihre Miene. »Ach ja, wegen vegan. Das hatte ich schon wieder vergessen.« Sie zwinkerte ihm zu. »Aber ich kann doch einen Milchkaffee trinken, oder stört dich das?«

Jakob winkte ab. Er wandte sich an die Kellnerin. »Einen Milchkaffee, bitte. Und ein Croissant.«

Die Kellnerin murmelte *»D'accord«* und brachte bald darauf das Gewünschte.

Max hatte in Wirklichkeit nicht besonders laut geschnarcht, und wenn Jakob ehrlich war, war die Aufregung, die sich jedes

Mal in ihm ausbreitete, wenn er Tamara ansah oder zufällig berührte, verantwortlich für seinen unruhigen Schlaf. In der Nacht waren ihm zwei Dinge klargeworden: Er wollte auf keinen Fall Tamara verletzen oder falsche Erwartungen in ihr wecken. Er wollte auch keinesfalls der neue Vater ihres Teenagersohns in Hamburg werden. Er wollte nur gern wissen, wie sich Tamara anfühlte und wie ihre Lippen schmeckten. Bei diesem Gedanken wurde ihm heiß, und er versuchte krampfhaft, nicht in ihre Richtung zu blicken. Am besten wäre wahrscheinlich, so zu tun, als ob es den gestrigen Tanz und das Funkeln zwischen ihnen nicht gegeben hätte, und sich bei der nächsten Autobahnraststätte eine neue Mitfahrgelegenheit zu suchen.

»Was hast du denn? Bist du sauer?«

Jakob schreckte aus seinen Gedanken auf. »Nein. Wie kommst du darauf?«

»Du bist so still.«

»Hm.«

»Das war ein schöner Abend gestern, oder?«

Tamara legte ihre Hand auf seinen nackten Unterarm, und diese Berührung fuhr Jakob durch den gesamten Körper. Er musste unwillkürlich lächeln, weil ihm Tamaras Anblick buchstäblich den Atem nahm. Sie war … so anziehend. Diese leicht schiefen, weißen Zähne, ihre sympathischen Sommersprossen, die feinen Fältchen um ihre strahlenden Augen, die volle Unterlippe, an der sie wieder nervös knabberte, und vor allem dieses zärtliche Lächeln. Er beugte sich zu ihr hinüber, atmete Frische und Sauberkeit und etwas Verheißungsvolles, Weibliches ein und warf in dieser Sekunde alle seine Bedenken über Bord. Wie in Zeitlupe nahm er wahr, dass sie ihm entgegenkam, dass ihre Augen sich erst weiteten und dann schlossen. Jakob spürte ihren Atem und ihre weichen, kühlen Lippen, und dann küssten sie sich. Sein Herz raste, und bei aller Aufregung war in seinem aufgewühlten Inneren noch Platz für ein befreites Aufatmen. In ihrem Kuss, das spürte Jakob, war keine falsche Emotion, es war ein Kuss zwischen Mann und Frau, auf Augenhöhe, eine erregende Begegnung im Niemandsland. Er zog sie enger an sich und genoss, wie sie seine Umarmung erwiderte, und als er ihr kurz in die Augen sah, begegnete sie seinem Blick selbstbewusst und gänzlich ohne Verlegenheit oder Scheu. Die Fremdheit zwischen ihnen war mit einem Schlag verschwunden. Schon war die Art, wie Tamara seinen Hinterkopf berührte, Jakob vertraut, schon erkannte Tamara Jakob in den vielen kleinen atemlosen hingehauchten Berührungen der Lippen. Jakob fragte sich, wie er ernsthaft hatte glauben können, einfach zu verschwinden, bevor er Tamara geküsst hatte.

Endlich mussten sie Atem holen. Tamara fand als Erste die Sprache wieder. »Puh! Das wünsche ich mir schon seit gestern Abend.«

Jakob lachte verblüfft. »So hat noch nie eine Frau darauf reagiert, dass ich sie geküsst habe.«

Tamara lächelte ihn an. »Ist aber doch ein schönes Kompliment, oder?«

»Ein sehr schönes Kompliment.«

Sie küssten sich noch einmal. Tamaras Magen knurrte. Sie mussten beide lachen.

»Jetzt iss erst mal.« Jakob schob Tamara den Teller mit dem Croissant zu, ohne ihre Hand loszulassen. Tamara hob ihre verschlungenen Hände kurz an ihren Mund, küsste Jakobs Handrücken. Diese Geste rührte Jakob so, dass er schlucken musste. Er hatte noch nie eine Frau wie Tamara kennengelernt. Bezaubert verfolgte er, wie Tamara nun mit Appetit in das Croissant biss.

»Wo ist Max?«, brach Tamara das Schweigen und hob das Glas mit dem Milchkaffee an die Lippen.

»Als ich runterging, kam er gerade vom Duschen.«

Jakob griff nun auch nach seinem Baguette. »Wie hängt ihr zusammen, du und Max?«

»Ich arbeite in dem Altenheim, in dem Max lebt.«

»Max ist im Altenheim? Das hätte ich nie gedacht. Er wirkt gar nicht so.«

Tamara lachte. »Man muss nicht im Rollstuhl sitzen, um im Altenheim zu landen.« Sie sah Jakob an. »Das kommt noch. Irgendwann macht der Körper nicht mehr mit. Oder der Geist verabschiedet sich. Alter ist nicht gerade ein Hit.«

Jakob dachte an Max' Nasenbluten und seine Schilderungen. Er erwog einen Moment, Tamara davon zu erzählen. Aber es kam ihm wie ein Verrat an Max vor. Stattdessen wechselte er das Thema. »Vermisst du deinen Sohn?«

»Natürlich. Aber es ist ja nicht so, dass Finn noch ein Kleinkind ist. Er ist fast sechzehn und sehr darauf bedacht, unabhängig zu sein. Er macht es mir also sehr leicht.«

»Habt ihr oft Kontakt?«

»Am Anfang haben wir häufiger geskypt, aber mittlerweile machen wir das nur noch einmal im Monat.« Sie lachte. »Ich bin froh darüber, weil das immer so fremd ist, und ich weiß oft auch nicht, was ich ihn fragen soll oder was ich erzählen soll.«

»Fährst du zu ihm?«

Tamara schüttelte den Kopf. »Das kann ich mir nicht leisten. Ich weiß, dass das sehr viele Eltern tun. Aber ich möchte, dass Finn seine eigenen Erinnerungen an diese Zeit hat, ohne dass seine Mutter seine Erzählungen korrigieren kann.« Sie wischte sich den Milchschaum von der Oberlippe. »Verstehst du das? Ich bin da vielleicht merkwürdig. Aber natürlich ist es nicht so, dass es mich nicht interessiert, wie er dort lebt.« Sie sah Jakob ratlos an, als ob sie auch von ihm Kritik deswegen erwartete.

Aber Jakob nickte verstehend. »Finde ich total vernünftig. Schließlich macht er das Auslandsjahr, um eigene Erfahrungen zu machen. Sonst könntet ihr ja gleich gemeinsam in Urlaub fahren.«

»Ich fürchte, darauf legt ein Sechzehnjähriger auch nicht mehr viel Wert.«

Jakob nahm wieder ihre Hand, die sie ihm bereitwillig überließ. »Macht dich das traurig?«

Tamara drückte seine Hand. »Na klar. Manchmal schon. Damit stirbt Pit noch ein wenig mehr.« Im nächsten Moment riss sie erschrocken die Augen auf und bemerkte, dass auch Jakob sie entsetzt ansah. Schnell sagte sie: »Pit ist Finns Vater. Er ist tot.«

Jakob zuckte zusammen. Er wusste nicht, was er sagen sollte. Schließlich stammelte er: »Das tut mir leid.«

Tamara zog ihre Hand aus seiner, und Jakob fühlte die Kühle auf seiner Haut wie einen Verlust.

»Danke. Es ist schon fünf Jahre her.« Sie schwiegen beide. Jakob tat Tamara leid. Ihr Schicksal traf ihn zwischen Milchkaffee und Marmelade, ohne dass er eine Wahl gehabt hätte. Aber auch sie selbst war getroffen von ihrer Offenheit. Wieso erzählte sie seit neuestem Dinge, die sie sonst für sich behielt? Erst die Geschichte mit der Hundeschule, jetzt Pits Tod. Diese Offenheit war ihr bei sich selbst fremd.

Sie fuhr mit ihrem Zeigefinger über Jakobs besorgt gerunzelte Stirn, und ihr fiel auf, wie sehr seine Haut der ihres Sohnes glich: noch weich und glatt wie Kinderhaut.

»Mach nicht so ein Gesicht. Es ist schon eine Weile her.«

Jakob flüsterte: »Aber es ist immer noch traurig.«

Froh über seine Sensibilität lächelte sie. »Das stimmt. Es wird auch traurig bleiben.«

Jakob fragte: »Wie war er?« Tamara hob erstaunt den Kopf. Sie versuchte sich zu erinnern, wann jemand diese Frage zuletzt gestellt hatte. Dabei war das doch mit die wichtigste Frage, wenn man jemanden neu kennenlernte.

Sie sah Jakob an. »Er war großzügig und liebevoll. Mutig und lebenslustig. Klug und charmant. Er war ein guter Vater und ein verlässlicher Freund. Er war der Richtige für mich.« Tränen schossen in ihre Augen. Jakob zog sie an sich und drückte ihren Kopf an seine Schulter. Tamara lehnte sich an ihn, und zum ersten Mal seit langer Zeit tröstete sie eine Umarmung. Oft hatte sie stocksteif die Umarmungen von anderen ertragen, die weniger sie, die Witwe, trösten wollten, als vielmehr ihr eigenes Unwohlsein hinter emotionalem Aktivismus verstecken. Den meisten Menschen war es unangenehm, wenn sie von Pits Tod erfuhren. Sie wussten nicht, wie sie sich benehmen sollten. Also mieden sie das Thema. Aber damit treibt ihr Pit in die Vergessenheit, hatte Tamara so oft gedacht und sich gewünscht, von Pits Humor erzählen zu können. Von seiner großen Liebe zu Menschen und Tieren. Von seinem Lachen und seinem Gerechtigkeitssinn. Aber auf diese Weise wurde über Tote selten gesprochen. Es war, als ob ihre Eigenschaften mit ihnen verschwunden waren.

Folglich war sie nach und nach verstummt und hatte nicht mehr über Pit gesprochen. Allen hatte das gefallen, und sie hatten immer wieder gelobt, wie schnell und gut Tamara über »diese Sache hinweggekommen war«. Sie hatten keine Ahnung, dachte Tamara und küsste Jakob leicht auf die Wange. Aber Jakob, von dem sie vor zwei Tagen noch nichts gewusst hatte, verstand sie und vermochte ihr so nahe zu kommen.

Sie sah auf ihre Hände, und ihr fiel etwas auf. »Guck mal« – sie hob ihren Zeigefinger vor seine Augen – »ich habe mich am Montag beim Apfelschälen in den Finger geschnitten.« Jakob sah sich den Schnitt an, der gut verheilt war. »War aber nicht schlimm, oder?«

»Nein, aber stell dir mal vor, zu dem Zeitpunkt kannte ich dich noch nicht. Das ist doch irre, oder?«

Jakob verstand sie sofort. »Unvorstellbar, dass es eine Zeit gab, in der wir einander nicht kannten.«

Er lachte sie an, und die dunkle Stimmung war verflogen. Jakob winkte der Kellnerin und bestellte Kaffee nach.

»Max lässt sich aber Zeit.« Tamara schlüpfte aus den Schuhen und streckte ihr nackten Zehen in die Sonne.

»Was will Max eigentlich in …«

»Tanneron. Das ist im Esterel-Gebirge, hat er mir gestern erklärt. Da macht sein Freund Honig.«

»Und deswegen fahrt ihr dorthin?«

»Wohl kaum. Max hat nur gesagt, dass sein Freund nicht mehr viel Zeit hat.« Sie zuckte mit den Achseln. »Vielleicht ist er krank, und Max will ihn noch einmal sehen.«

»Das heißt, dass du es nicht genau weißt?«

»Nö.«

Jakob dachte einmal mehr, dass er eine Frau wie Tamara noch nie kennengelernt hatte.

»Du fährst den langen Weg von Hamburg bis ans Mittelmeer und weißt nicht, warum?«

Tamara lächelte ihn an. »Spätestens seit heute Morgen weiß ich, warum.«

Er sah sie fragend an, und sie beugte sich zu ihm. Sein Herz raste schon wieder und strebte ihrem entgegen, als ob es von einer Schnur gezogen würde. Sie küsste ihn auf den Mund. »Darum.«

Er grinste. »Danke schön.«

»Oh, bitte schön.«

Tamara konnte nicht genau erklären, warum sie auf einmal so ausgelassen war. Sie verstand es selbst nicht. Hier auf diesem französischen Platz in der Morgensonne mit einem Mann zu frühstücken, der nur halb so alt war wie sie, mit diesen ungewöhnlichen Reisebegleitern in unbekannte Mission unterwegs zu sein – das alles erfüllte sie mit einem kribbeligen Wohlgefühl, das sie lange nicht verspürt hatte.

Kapitel 9

Max hatte gut geschlafen, obwohl Jakob einige Male sehr laut geschnarcht hatte. Aber als er am Morgen die Augen aufgeschlagen und sich vorsichtig geräkelt hatte, tat ihm nichts weh. Sein Rücken machte überraschenderweise keinen Mucks, und trotz des langen Sitzens im Auto war er in der Nacht von Wadenkrämpfen verschont geblieben. Vielleicht war ja an den Yoga-Verrenkungen doch etwas dran. Noch mit diesem Gedanken beschäftigt, hatte er bemerkt, wie Jakob von seiner Seite des Doppelbetts aufstand. Unter halb geschlossenen Lidern hatte er Jakob beobachtet, der fast lautlos vor dem Fenster seine Yogamatte ausrollte und sich im Schneidersitz auf ihr niederließ. Anfangs hatte er dort nur mit geschlossenen Augen gesessen, und Max war in der Stille wieder eingenickt. Als er aber das nächste Mal zu Jakob hinübergeblinzelt hatte, stand dieser erstaunlicherweise auf dem Kopf und glitt vom Kopfstand in eine Position, die Max aus dem Sportunterricht als »Brücke« kannte. Regelrecht akrobatisch sah das aus. Anerkennend hatte Max im Stillen einräumen müssen, dass diese Übungen Muskeln und Körperbeherrschung erforderten und nichts mit dem Weiberkram zu tun hatten, als den er Yoga immer abgetan hatte. Er hatte viel zu wenig darüber gewusst und sich dennoch eine Meinung gebildet. Nein, schlimmer noch: Er hatte verurteilt, ohne beurteilen zu können. Typisch Max Engel, dachte er beschämt. Nichtwissen fördert bekanntlich die Mei-

nungsfindung. Er war noch in diesen selbstkritischen Gedanken versunken, als Jakob bereits im Badezimmer verschwunden war.

Max war froh, dass er sich gegen eines dieser preiswerten Autobahnhotels entschieden und ein kleines, hübsches Stadthotel ausgewählt hatte. Man durfte nicht am falschen Ende sparen, und jeder Euro, den er für Tamara und Jakob ausgab, war eine gute Investition. Begleitet von Jakobs Geräuschen aus dem Badezimmer war er in Gedanken noch einmal die Route des Tages durchgegangen. Von Orange mussten sie der Autobahn über Aix-en-Provence Richtung Fréjus folgen. Von dort würde es in die Berge gehen. Er hoffte nur, dass Tamara nicht empfindlich war, denn auf der Karte hatte der letzte Streckenabschnitt nach Serpentinen ausgesehen. Aber falls Tamara nicht schwindelfrei war, würde Jakob die Göttin bestimmt sicher lenken. Heute würden sie in Tanneron ankommen, dem vorläufigen Ende ihrer Reise. In Tanneron, diesem kleinen Bergdorf, das sich im Hinterland von Cannes in den Schiefer krallte. Wo angeblich Schwärme von Schmetterlingen über die Macchiesträucher und wilden Mimosen flatterten. Tanneron … Sein Magen hatte sich ängstlich zusammengezogen. Seitdem er wusste, wohin die Reise gehen würde, hatte er alles gelesen, was er im Internet und in der Bibliothek darüber finden konnte. Gleichzeitig befürchtete er tief in seinem Innersten, dass ihm dieses Wissen im entscheidenden Moment wenig nutzen würde. In wenigen Stunden würde er dem Menschen zum ersten Mal wieder gegenüberstehen, der sein Leben für immer verwandelt hatte. Und Max hatte ihn dennoch verraten. Seinem Mund war in diesem Moment ein leiser Schmerzenslaut entschlüpft, sein Herz hatte zu schnell geschlagen, und seine Hände waren feucht geworden. Er hatte keine Luft mehr bekommen und sich zwingen müssen, gegen den Druck auf seiner Brust zu atmen. Nach einem kleinen Kampf gegen seine noch steifen Glieder hatte er sich aufgesetzt und nach seinem Pillencontainer getastet. Während er zwei Betablocker mit Wasser hinunterspülte, hatte Jakob im Badezimmer auf einmal angefangen zu summen. Max war überrascht, denn Jakob intonierte, zwar ohne Worte, aber deutlich erkennbar, Beethovens »Ode an die Freude«. Um sich von seiner Atemnot abzulenken, kramte er in seiner Erinnerung und brachte tatsächlich einige Zeilen hervor. »Freude, schöner Götterfunken, / Tochter aus Elysium …«

Jakobs Stimme war leicht schief aus dem Bad gedrungen. Er sang zwar abwechselnd »dududu« und »lala« und summte dazwischen die Melodie, aber Max in seinem Bett förderte weitere Worte aus seinem Unterbewusstsein: »Wem der große Wurf gelungen, / eines Freundes Freund zu sein / wer ein holdes Weib errungen, / mische seinen Jubel ein!« Sein rasendes Herz beruhigte sich, der Atem löste sich wieder, ihm wurde leicht auf der Brust. Wer hatte das geschrieben? Darauf kam er nicht. Aber ihm gefielen die Worte. Freude schöner Götterfunken. Freude. Auch in seinem Leben war Freude einmal keine Lüge gewesen, sondern die Wahrheit. Wer Freude empfindet, emfindet Glück. Ohne Glück war kein Leben möglich. Ohne Glück funktionierte man höchstens.

Ich habe gut funktioniert, dachte Max, begleitet von Jakobs Gesang. Ich habe für die Familie gesorgt, bin meinen Verpflichtungen nachgekommen, habe Verantwortung übernommen. Sein Leben war nicht schlecht gewesen, die Zeit war vergangen, aber er hatte viele Fehler gemacht, große Fehler. Heute würde sich für ihn vielleicht die letzte Möglichkeit ergeben, noch einmal etwas richtig zu machen, etwas vielleicht wiedergutzumachen. Der erste Schritt war getan.

Unvermittelt hatte ihn das Bedürfnis überkommen, aufzustehen und auch zu duschen. Als Jakob mit einem Handtuch um die Hüften pfeifend die Badezimmertür aufriss, saß Max mit seiner Kulturtasche und einem Handtuch schon wartend auf dem Bett. Er hatte gefragt: »Du magst Beethoven?«, aber Jakob hatte ihm erklärt, dass er die Melodie aus der Werbung kannte. »Ich wusste gar nicht, dass das von Beethoven ist.«

Dann hatte sich Jakob in Windeseile angezogen und war mit den Worten aus dem Zimmer gestürzt, er habe einen Bärenhunger und man sähe sich gleich beim Frühstück im Café. »Vielleicht ist Tamara ja schon unten.«

Max hörte, wie sich Jakobs Schritte auf dem Korridor entfernten, und erinnerte sich mit schmerzhafter Intensität an die Freude, eine Frau wiederzusehen, von der man eine lange Nacht geträumt hatte.

Er erhob sich, stellte seinen Stock in die Ecke direkt neben der Badezimmertür und tastete sich zum Duschvorhang vor. Zwar hielt er sich mit beiden Händen am Mischventil fest – aber er sang. Leise und vergnügt. »Freude, schöner Götterfunken …« Er duschte, bis sich die Haut seiner Finger wellte. Schließlich stellte er das Wasser ab, kletterte vorsichtig aus der Duschtasse und nahm einen der beiden Bademäntel vom Haken. Auf der Toilette sitzend genoss er das luxuriöse Gefühl seines sauberen Körpers. Mit einem Handtuch über dem Arm und auf seinen Stock gestützt, ging er zum Fenster, wo er sich die Haare abrubbelte. Der Platz belebte sich. Max folgte mit seinen Blicken einem Mann, der wie in einer Touristenwerbung mit einem Baguette unter dem Arm unterwegs war, und einer Gruppe Jugendlicher, die lärmend miteinander Fangen spielten. Als er zum Café schaute, sah er Jakob und Tamara sofort. Sie saßen unter einem Sonnenschirm und küssten einander. Eigennützig hoffte er, dass der Flirt der beiden nicht ihr gemeinsames Reisen beeinträchtigen würde. Liebe war ein vermintes Terrain, da konnte man vieles falsch machen.

Er ging hinüber zum Kleiderschrank, in den er sorgfältig seine Hemden gehängt hatte. Später würde er alle Hemden wieder ordentlich zusammenlegen und in seinem Koffer verstauen. Je älter man wurde, desto wichtiger war es, gepflegt zu sein. Für die Außenwelt, aber vor allem vor sich selbst. Und heute musste er einen besonders guten Eindruck machen.

Er warf einen Blick in den Wandspiegel und war ausnahmsweise zufrieden mit dem, was er sah. Allerdings – beim nächsten Friseurbesuch musste er auch seine Augenbrauen einmal kürzen lassen, dachte er selbstkritisch und freute sich gleichzeitig über diesen Anfall von Eitelkeit. Wer über sein Aussehen nachdenken konnte, dem ging es gut. Ernsthaft Kranke interessierte ihr Aussehen wenig. Das Bild von Inge, die am Ende nur noch Haut und Knochen gewesen war, huschte durch seinen Kopf. Sie hatte sich mit Sicherheit damals keine Gedanken mehr über ihr Aussehen gemacht. Trotzdem war sie ihm, vielleicht zum ersten Mal in seinem Leben, auf eine einzigartige Weise schön erschienen. Max sah Inge in ihrem Bett im Sterbezimmer liegen. An jenem Abend hatte sie erstaunlich fest nach seiner Hand gegriffen. Ihre Augen waren weit geöffnet und klar gewesen, und unversehens tauchten weitere Bilder von Inge in seinem Kopf auf. Die junge Inge, mit der er über den Rathausmarkt geschlendert war und die von einem Auto für die Familie geträumt hatte. Die erschöpfte Inge, die ihm das Baby Mariele, frisch geboren, rot und runzlig, entgegenhielt. Inge verzweifelt und hoffnungslos auf dem Friedhof. Inge, rund und fröhlich, bei der Einschulung von Florian. Sie hatten gute und schlechte

Tage gehabt, und für die schlechten Tage war meistens er verantwortlich gewesen. Trotzdem schien Inge mit ihrem Leben zufrieden gewesen zu sein. An ihrem letzten Lebenstag hatte sie ihn angelächelt und geflüstert: »Danke, Max. Danke, dass du bei mir geblieben bist.« Der junge Assistenzarzt, der in diesem Augenblick das Zimmer betreten hatte, war gerührt gewesen. »Ihr Mann kann über Nacht bleiben, wenn Sie mögen, Frau Engel.« Aber Max hatte gewusst, dass Inge nicht sein Bleiben im Krankenhaus gemeint hatte. Es waren ihre letzten Worte, kurz danach fiel sie ins Koma. Max hatte die Nacht an ihrem Bett verbracht und ihren rasselnden Atemzügen gelauscht, die in den frühen Morgenstunden immer weniger geworden waren und schließlich aussetzten.

Im Stillen bat er auch an diesem Morgen in Orange Inge um Verzeihung, wie er es zeit ihres Lebens getan hatte. Aber sie hätte seine Fahrt nach Frankreich nicht verstanden, und wäre sie noch am Leben, wäre er jetzt nicht unterwegs. So zwang er sich, kein schlechtes Gewissen mehr zu empfinden. Er war noch am Leben, und was er jetzt nicht unternahm, würde er nie tun.

Mutig wählte er ein farbenfrohes Hemd aus und kam dabei zu dem Schluss, dass es ihm tatsächlich besser ging, als sein Arzt glaubte. Dass Max sich gegen diese Herzoperation entschieden hatte, würde der Arzt schon merken, wenn er nächste Woche nicht zur nächsten Untersuchung erschien. Aber Max wusste, dass eine Operation seinem Herzen nicht geben würde, was es brauchte.

Er zupfte den Kragen seines Hemds in Form und fuhr mit dem Kamm abschließend über seine Haare. Dann lächelte er seinem Spiegelbild zu und trat an das Fenster. Tamara und Jakob saßen noch immer am Cafétisch und unterhielten sich angeregt. Jakob hatte das Kinn in die Hand gestützt, Tamara lachte und warf dabei ihren Kopf in der für sie charakteristischen Art nach hinten. Max spürte wieder einmal Zuneigung für Tamara in sich aufwallen. An jenem ersten Abend in der Seniorenresidenz hatte Tamara ihn mit Feingefühl, einem Glas Rotwein und einer Zigarette davor bewahrt, in ein schwarzes Loch zu fallen und von Einsamkeit und Angst verschlungen zu werden. Er presste die Lippen zusammen und berührte sein frisch rasiertes Kinn. Der Duft seines Rasierwassers stieg ihm prickelnd und belebend in die Nase. Ein Mann konnte vielleicht alt sein, aber es musste ihm immer erlaubt sein, ein Mann zu bleiben. Das Grausame am Heim war, dass man ihm dort die Männlichkeit nahm. Er schlug die Bettdecke zurück und legte den Pyjama zusammen.

Sollte er eine Jacke mitnehmen? Die Sonne schien zwar, aber es lag noch ein Hauch von Morgenfrische in der Luft. Nach einigem Nachdenken zog Max die helle Strickweste aus der Tasche, die Inge ihm vor Jahren für den Sommerurlaub in Dänemark gestrickt hatte. Tamara und Jakob behandelten ihn nicht wie einen Greis, nicht wie einen Seniorenheimbewohner, sondern wie einen normalen Mann, einen Freund. Zwischen Freunden spielt das Alter keine Rolle. Freunde sind alterslos. Vorsichtig beugte er sich jetzt nach vorne. Er wollte auf keinen Fall ein weiteres Nasenbluten riskieren. Aber diesmal ging alles gut, und während Max seine Schuhe zuband, gelang es ihm, seine Gedanken in eine schlüssige Formel zu gießen. Es konnte nicht gut sein, die Kinder in Ganztagsbetreuungen zu organisieren und die Alten in Heime wegzusperren, während die Generationen dazwischen sich in den Burn-out ackerten. Ihm fielen Luis und das Schicksal seiner Familie ein. Es lag so viel in der Welt im Argen, dachte er, doch er beschloss, heute den Problemen der Welt einmal keine Beachtung zu schenken. Komm,

Max Engel, sagte er zu sich selbst. Lass uns einen Pakt abschließen: Freu dich nur heute einmal ausschließlich an dem Schönen, das dich umgibt. An der »französischen Luft«, der Begleitung, dem Lachen.

Ächzend richtete er sich wieder auf und war erleichtert, dass ihm dabei nicht schwindelig wurde.

Er griff nach seinem Stock, verließ das Zimmer und bewältigte langsam und konzentriert die Treppe ins Erdgeschoss, wo er wartete, bis sich sein Atem wieder normalisierte. Langsam ging er über den Platz hinüber zu dem Café, wo ihm Tamara und Jakob entgegensahen.

Max hatte sie beinahe erreicht, als ihn ein junger Mann im Anzug überholte. Er hatte es augenscheinlich sehr eilig und wühlte trotz seines Tempos suchend in seiner Aktentasche. Dabei geriet er ins Stolpern und stieß Max unabsichtlich an. Schon im Weiterlaufen drehte sich der junge Mann um, fing Max' überraschten Blick auf, lächelte ihn entschuldigend an und rief: »*Pardon,* Monsieur!«

Max, der sich sofort wieder gefangen hatte, antwortete: »*C'est pas grave.*«

Der junge Mann lachte ihm zu, hob dankbar seinen Daumen und eilte weiter.

Max sah ihm nach. Das Erlebnis hatte ihn nicht erschreckt, und die höfliche Reaktion des jungen Mannes freute ihn. Dieser kurze Blickkontakt war von einer eigentümlichen Intensität gewesen, musste er später denken, aber das lag vielleicht daran, was dieser Begebenheit folgte. Obwohl die nächsten Sekunden nicht langsamer oder schneller vergingen als die davor oder danach, sah Max alles, was nun geschah, wie in Zeitlupe, während Tamara und Jakob immer wieder beteuern würden, dass es furchtbar schnell gegangen war.

Max beobachtete, dass der junge Mann im Weiterlaufen wieder in der Aktentasche kramte. Er schien zwar nicht zu finden, was er suchte, drosselte aber sein Tempo und nutzte eine Pause im fließenden Verkehr, um über die Straße zu laufen. In der Mitte der Straße schien ihm etwas einzufallen, und er kehrte um. Damit hatte der Fahrer des Busses, der sich in zügigem Tempo näherte, nicht gerechnet. Es gelang ihm nicht mehr, zu bremsen. Der junge Mann wurde von dem Bus erfasst und einige Meter durch die Luft gewirbelt, bevor er auf den Asphalt stürzte, wo er in einer eigentümlich verdrehten Weise liegenblieb.

Die Gäste im Café und die Passanten schrien erschrocken auf, der Bus kam mit quietschenden Bremsen zum Stehen, der Verkehr stoppte. Danach war es für eine Weile völlig still. »Es müssen Minuten gewesen sein«, sagte Max hinterher, doch Jakob widersprach: »Es waren ein paar Sekunden, der Krankenwagen war ja sofort zu hören.« Und Tamara ergänzte: »Es war auch nicht völlig still. Die Leute schrien, dieser Arzt kam aus dem Haus an der Ecke, und die Kellnerin bekam einen Weinkrampf.«

Erschrocken beobachteten Jakob, Tamara und Max, wie der Arzt den jungen Mann untersuchte und ihn versorgte, bis der Krankenwagen kam. Obwohl er aus einer Wunde im Gesicht stark blutete, war er bei Bewusstsein. Über die Schwere seiner Verletzungen konnten sie nichts erfahren, er wurde von zwei Sanitätern vorsichtig auf eine Trage gehoben und in den Krankenwagen geschoben. Bevor sich die Tür des Krankenwagens schloss, lief einer der Jugendlichen zu dem Sanitäter und reichte ihm einen Schuh des Verletzten, den dieser bei dem Sturz verloren hatte. Aus irgendeinem Grund berührte die Szene Max fast mehr als der Unfall.

Er atmete hörbar ein, und es klang wie ein Schluchzen.

»Bestimmt geht es ihm bald wieder gut«, sagte Tamara beruhigend, obwohl auch ihre Hände zitterten. Jakob sah es und legte den Arm um ihre Schultern.

»Vielleicht hat er innere Verletzungen.«

»Das werden sie im Krankenhaus rausfinden.«

Sie sahen einander bekümmert an und beobachteten dann, wie ein Mann mit einem Wasserschlauch Blutflecken von der Straße spritzte. Ein dunkler Schatten war auf den schönen Morgen gefallen.

»Was er wohl gesucht hat?« Max rieb sich über die Augen. »Vielleicht sein Mobiltelefon. Vielleicht ist ihm eingefallen, wo er es vergessen hat, und da ist er umgekehrt«, sagte Tamara.

»Wir werden es nie erfahren«, erwiderte Max. »Jedenfalls lebt er noch. So schnell stirbt man nicht.«

»Manchmal doch. Manchmal ist es in Sekunden vorbei.«

Jakob sah, dass Tamara Tränen in den Augen hatte. Sie war eben doch viel sensibler, als ihre oft ruppige Schale vermuten ließ.

Er hielt ihr ein Glas Wasser hin. »Trink mal was, du bist sehr blass.«

Eine Weile schwiegen sie. Schließlich sagte Max: »Man sollte nie auf halber Strecke umkehren.«

Kapitel 10

Es war schon nach Mittag, als Tamara die Göttin wieder auf die Autobahn lenkte.

»Wer achtet ab jetzt wie Luis darauf, dass wir uns regelmäßig ablösen?«, fragte sie und versuchte vergeblich, im Rückspiegel Jakobs Blick zu erwischen. Doch Jakob hatte sich auf der Rückbank ausgestreckt, schien vor allem den gewonnenen Platz zu genießen und keinen Gedanken mehr an ihren kleinen Mitfahrer zu verschwenden.

»Aus den Augen, aus dem Sinn!«, kommentierte Tamara sein Schweigen witzelnd und kurbelte das Fenster ein wenig herunter, um frische Luft hereinzulassen. Sie blickte nun Max auffordernd an. Aber auch Max reagierte nicht, sondern starrte stumm vor sich hin.

Tamara musterte ihn besorgt. Seit dem Unfall war Max auffällig still. Der Umstand, dass er mit dem Mann wenige Sekunden, bevor dieser in den Bus gelaufen war, Blickkontakt gehabt hatte, hatte ihn wohl maßlos erschreckt. Unauffällig sah sie noch einmal zu ihm hinüber. Max saß genauso angespannt neben ihr wie vorgestern, als er ihr im Auto aufgelauert hatte. Die Schultern verkrampft, seine Hände um die Lufthansa-Tasche gekrallt. Tamara hätte ihn gern gefragt, ob er Schmerzen hatte oder Angst. Es hätte sie auch interessiert, ob er seine Medikamente genommen hatte. Doch die vergangenen Stunden hatten ihre berufliche Verbindung, die all diese Fragen erlaubt hätte, in Freundschaft verwandelt. Freundschaft war viel zarter gesponnen. Da konnte man nicht einfach solche Fragen stellen – jetzt musste sie abwarten, ob Max selbst etwas erzählte. Aber Max schwieg. Sie ahnte, dass am Vortag irgendetwas zwischen Max und Jakob geschehen war, das sie bisher nicht erfahren hatte. Das hatte sie schon gestern Abend gewusst, als sie auf die beiden wartete. Sie hatten sehr lange benötigt, bis sie zum Essen heruntergekommen waren, beide mit noch feuchten Haaren. Bei ihrer Rückkehr ins Hotel hatte Tamara im oberen Flur mehrere Wäschebeutel auf einem Hoteltrolley gesehen, auf denen ein Zettel mit der Aufschrift »Chambre 12« gelegen hatte. Zimmer 12 – das war das Zimmer von Max und Jakob. Tamara brauchte ihre Phantasie nicht sonderlich anzustrengen, um sich mögliche Szenarien vorzustellen, die zu einer Extraladung Schmutzwäsche führen konnten. Dank ihrer Arbeit in der Seniorenresidenz war ihr nichts Menschliches fremd. Aber solange Max und Jakob gewisse Dinge nicht für erwähnenswert hielten, musste sie das akzeptieren. Außerdem, so musste sie nach kurzem Nachdenken zugeben, hielten die beiden auf diese Weise Peinliches und Unangenehmes von ihr fern. Und, das kam noch hinzu und gefiel ihr ebenfalls: Beide behandelten sie als Mitreisende, als Freundin, als Frau – und nicht als Pflegerin.

Doch dass Max jetzt so gedrückt neben ihr saß, stimmte sie traurig. Dabei fiel ihr das Lachen im Moment selbst noch schwer. Der Unfall hatte den Kuss zwischen Jakob und ihr weit nach hinten geschoben, fortgedrängt von dem Eindruck des Blutflecks auf dem Asphalt. War beides tatsächlich heute Morgen geschehen? Wie auf Verabredung hatten Tamara und Jakob ihre unverbindliche Kumpeligkeit wieder aufgenommen, als sie vom Frühstückstisch aufstanden.

Max hatte bezahlt, und sie hatten ihr Gepäck wieder in der Göttin verstaut. Und jetzt waren sie auf der Autobahn und würden in wenigen Kilometern bei Fréjus auf die Landstraße wechseln.

»Luis wäre jetzt wütend.« Tamara versuchte noch einmal, ein Gespräch in Gang zu bringen. Diesmal schien es zu klappen, denn Max fragte: »Wieso?«

Tamara lächelte ihm zu, denn sie sah, dass er nur antwortete, um ihr eine Freude zu machen. »Na, weil Fréjus vorerst unsere letzte Mautstation ist. Das wäre das letzte Mal für einige Zeit gewesen, dass er unser Klimpergeld in den Korb pfeffern dürfte.«

»Oder daneben!«, erinnerte Jakob sie von der Hinterbank.

»Hallo, da bist du ja wieder!«

Jetzt trafen sich ihre Augen im Rückspiegel. Jakob zwinkerte ihr zu, und Tamara verstand, dass alles in Ordnung war, der Kuss war in Ordnung gewesen und auch, dass sie hinterher nicht darüber gesprochen hatten. Sie entspannte sich. Was auch immer mit Jakob geschehen würde, es gab keinen Anlass, sich darüber Sorgen zu machen. Zu schweigen war genauso in Ordnung wie zu küssen.

Jakob setzte sich auf, um besser mit Max und Tamara sprechen zu können.

»Hier, Max.« Er reichte eine Wasserflasche nach vorn. »*Gazeuse*, also mit Kohlensäure, wie du's magst. Hab ich vor dem Frühstück schon im Wagen deponiert.«

Max nahm die Flasche mit einem dankbaren Nicken, aber er war in Gedanken noch bei Luis. »Was Luis jetzt wohl macht? Was für ein Abenteuer für den kleinen Kerl! Hoffentlich sieht er seine Mutter bald wieder.« Er öffnete die Flasche mit einem kleinen Zischen und trank einen Schluck. »Wir werden bestimmt noch von ihm hören, er hat ja meine Telefonnummer«, sagte Tamara.

»Ihr habt euch jedenfalls sehr gut verstanden. Das war ein Gewisper und Getuschele auf der Rückbank!«

Tamara erzählte den Männern von dem Bild und dem Mond. Max war noch immer voller Bewunderung für den Jungen.

»Er hat seinem Instinkt vertraut. Auch wenn sie vielleicht noch keine große Menschenkenntnis haben, besitzen Kinder, glaube ich, ein untrügliches Gespür.«

»Du meinst, dass wir harmlos waren, hat er gespürt?«, fragte Jakob.

Tamara zuckte mit den Achseln. »Vielleicht. Von euch beiden gehen ja freundliche Signale aus. Wenn ich ein kleiner Junge in einer Raststättentoilette wäre, würde ich mich auch an euch wenden.«

Jakob lachte. »Das könnte ich bei einer Bewerbung prima als Referenz erwähnen. Und deine Telefonnummer dazu!«

»Aber es stimmt. Kinder verfügen über gute Antennen. Die kriegen alles mit.«

»Wie Hunde«, pflichtete Tamara bei.

Max schraubte die Wasserflasche wieder zu. »Apropos: Was war das noch mal mit deiner Hundeschule? Soll das Fusselchen aus dem Tierheim dein erster Schüler werden?«

Tamaras Gesicht wurde rot. »Ja und nein. Mal sehen.«

»Hast du schon immer Hunde gehabt?«, mischte sich Jakob ein.

»Immer gern gehabt. Ich hatte als Kind mal ein paar Tage einen Pflegehund und bin auch immer wieder für andere mit ihren Hunden Gassi gegangen. Finn, mein Sohn, wollte natürlich früher einen haben, aber als er jetzt in die USA gegangen ist, war ich erleichtert, dass wir ihm das nicht erlaubt haben.«

»Warum denn nicht?«

»Unser Leben war nicht danach. Das habe ich jedenfalls damals geglaubt. Heute weiß ich gar nicht, was uns gehindert hat.

Ist alles eine Frage der Organisation. Und weil die Ausbildung zur Hundetrainerin so teuer ist, fange ich jetzt mit diesem Fusselchen erstmal an.«

»Wer ist Fusselchen?«

Tamara warf einen Blick in den Rückspiegel. »Eine Promenadenmischung aus dem Tierheim. Allerdings hatte ich vor, den Kleinen Emil zu nennen. Nach ›Emil und die Detektive‹, dem Lieblingsbuch von Finn.«

Eine Weile fuhren sie schweigend und hingen ihren Gedanken nach. Tamara dachte darüber nach, dass ihr Leben mit der kleinen Promenadenmischung eine Wendung erhalten würde. Sie wäre wieder für ein anderes Wesen verantwortlich, und sie würde einen äußerst geregelten Tagesablauf mit viel frischer Luft haben. *Fusselchen* – sie schüttelte amüsiert den Kopf, denn sie ahnte, dass es doch bei diesem Namen, den Max dem Hundejungen gegeben hatte, bleiben würde. Bei der Erinnerung an den Welpen pfiff sie leise vor sich hin.

Jakob streckte sich wieder auf der Rückbank aus und ließ vor seinem inneren Auge noch einmal den Morgen mit Tamara ablaufen. Jedes Mal, wenn er an ihren Mund dachte, schlug sein Herz schneller. Er fragte sich, was sie wohl bei ihren Küssen empfunden hatte und was sich seitdem geändert hatte. Bildete er sich ein, dass ihr Umgang seitdem ein wenig kühler geworden war, oder lag das an dem Unfall, den sie hatten ansehen müssen? Der Blickwechsel mit ihr im Rückspiegel hatte ihn etwas beruhigt. Sie war ebenso unsicher wie er und versteckte das nicht. Dazu ein wenig unbeholfen, ein wenig erotisiert, ein wenig … Er zögerte, das Wort zu denken, tat es aber doch. Ein wenig *verliebt.* Er schloss die Augen, und sofort war Tamara wieder da, wie sie sich zu ihm beugte und ihre Lippen auf seinen Mund legte. Ein Glücksgefühl durchzuckte ihn. Ihm war aufgefallen, dass Tamara weder erwähnte hatte, woran ihr Mann gestorben war, noch wie ihr Sohn Finn darauf reagierte hatte. Warum reiste sie als Altenpflegerin mit Max an die Côte d'Azur und benahm sich dabei fast wie seine Tochter? Jedenfalls stand sie nicht mit Tabletten hinter Max, ermahnte ihn oder kümmerte sich besonders um ihn, was man vom Pflegepersonal doch erwarten würde. Und was war mit Max los? War er krank oder einfach nur alt? Nach dem Nasenbluten gestern Abend schien er sich wieder gefangen zu haben, doch seit dem Unfall wirkte er gestresst. Am rätselhaftesten erschien Jakob jedoch seine eigene Situation und dass er sich in Begleitung von Tamara und Max so wohl und sicher fühlte. Als ob sich Mitglieder einer auseinandergerissenen Familie endlich wieder gefunden hätten und nicht jede Frage, jedes Problem sofort gelöst werden musste, weil man sowieso zusammengehörte und sich das irgendwann ergab, dachte er. Auf den Ledersitzen weich geborgen, verwirrten sich seine Gedanken immer mehr, und dann schlief Jakob ein.

Max hingegen war hellwach. Ihn erfüllte eine beunruhigende Mischung aus Angst und Vorfreude. In wenigen Stunden würde über sein weiteres Leben entschieden werden. Er hoffte inständig, dass der Unfall heute kein Zeichen gewesen war, das die Vergeblichkeit seiner Reise vorwegnahm. Immer wieder sah er die Augen des jungen Mannes vor sich. Warum er es wohl so eilig gehabt hatte? Hatte er aus letztlich unwichtigen Gründen wie einem verspäteten Bürotermin sein Leben aufs Spiel gesetzt? Seit seiner Pensionierung wusste Max, dass das halbe Berufsleben aus Selbstdarstellung und Wichtigtuerei bestand. Das große Ganze stellte sich wohl erst im Angesicht des Todes heraus. Da wurde einem erst klar, dass es im Leben um Liebe und Treue ging. War man geliebt worden? Hatte man geliebt? Hatte jemand fraglos zu einem gestanden? Hatte man selbst jemanden loyal unterstützt? Max grübelte, ob er selbst etwa auch wie der junge Mann war und zu einem Termin fuhr, der diese Dringlichkeit, den Aufwand nicht verdiente … Was würde ihn in Tanneron erwarten?

Unruhig öffnete er seine Lufthansa-Tasche. Er musste sich beschäftigen und durfte sich jetzt nicht von negativen Gefühlen den Mut nehmen lassen.

»Guck mal!« Er hielt Tamara einen Prospekt hin.

»Was ist das?«

»Unser Hotel in Tanneron.«

Er las vor: »Das Hotel heißt Le Champfagou. Keine Ahnung, was das bedeutet.«

»Klingt mächtig französisch!«

Max lächelte. »Alles andere würde mich wundern.« Er zeigte nach vorn. »Da ist auch schon die letzte Mautstation.«

Er holte sein Portemonnaie aus der Tasche und suchte das Kleingeld zusammen.

»Was meinst du, ist Tanneron ausgeschildert?«

Max konsultierte seine Aufzeichnungen. »Irgendwann schon, sicher. Aber jetzt musst du erst einmal der Beschilderung nach Les Adrets folgen. Hier.«

»Was ist mit Jakobs Navi?«

»Unsinn, da verkümmern doch alle unsere Sinne.« Max schüttelte den Kopf. »Wir haben eine Karte, wir haben Informationen, das schaffen wir mit der Göttin auch allein. Also bitte, Tamara! Außerdem …«

Tamara verdrehte die Augen. Max sah sie von der Seite an und meinte pfiffig: »Auf Jakobs Navi-App können wir immer noch zurückgreifen.« Er hielt ihr einen Zettel hin. »Wir machen das jetzt erst mal altmodisch. Mal sehen, wie weit wir kommen.

Hier, Les Adrets. Das ist auf der anderen Seite vom Lac de Saint-Cassien.«

»Lac?«

»Heißt See auf Französisch. Der Lac de Saint-Cassien ist ein riesiger Stausee, der wohl heute auch als Badesee genutzt wird. Er ist fünfzig Meter tief, und ich habe gelesen, dass man da nicht nur surfen, segeln und schwimmen kann, sondern auch toll angeln. Wenn wir es nicht so eilig hätten, könnten wir einen kleinen Abstecher machen und mal hineinspringen.«

»Das wäre echt eine schöne Abwechslung! Warum haben wir es denn so eilig?«

Max wand sich unbehaglich im Sitz. Als er Tamaras Blick auf sich spürte, murmelte er: »Wir haben es eilig, weil ich endlich ankommen will.«

Tamara linste neugierig zu ihm hinüber, aber Max sagte nichts mehr. Sie drosselte die Geschwindigkeit und fuhr langsam über das Gelände der Mautstation an eine freie Schranke. »Voilà!« Sie nahm Max das Kleingeld aus der Hand und warf es in den Korb.

»Schönen Gruß von Luis!«

»Sind wir schon da?«, ließ sich Jakob jetzt vernehmen. Er räkelte sich, gähnte und steckte seinen Kopf zwischen die Vordersitze. »Hab ich was verpasst? Soll ich übernehmen?«

Tamara lehnte ab. »Auf keinen Fall! Und mich um den Triumph meiner Bestimmung bringen?«

Jakob wuschelte ihr spontan von hinten durch die Haare. »Deine Bestimmung?«

»Na, Max hat mich ja mitgenommen, damit ich ihn nach Tanneron bringe.« Sie zog grinsend ihren Kopf weg. »Und zerstör mir nicht meine Frisur!«

»Das nennst du Frisur?«

Jakob streichelte noch einmal sanft über ihre Haare. Er verstand sich selbst nicht. In einem Moment zweifelte er an seinen Gefühlen, im anderen konnte er seine Hände nicht von Tamara lassen und hätte sie am liebsten von oben bis unten abgeküsst. Weil das aber schlecht möglich war, ließ er sich wieder auf die Rückbank sinken.

»Was ist mit diesem See, über den ihr gesprochen habt?«

»Kommt heute nicht in Frage«, stellte Tamara knapp fest, die gerade nicht nur damit beschäftigt war, die französischen Schilder zu lesen, sondern den Aufruhr der Gefühle in den Griff zu bekommen, den Jakobs Streicheln bei ihr ausgelöst hatte. Es war tröstlich, dass die Hormone bei ihr noch funktionierten. Tamara konnte nicht verhindern, dass ihre Gedanken abschweiften. Sie sah Jakob und sich in den Fluten eines klaren Bergsees, er würde ihr über die Haare streichen, ihre vom Wasser kühlen Glieder würden sich ineinander verschlingen und …

»Stopp! Da steht Les Adrets, also hier raus!«

Max' aufgeregte Stimme riss sie aus ihrem Tagtraum. Sie zog die Göttin nach rechts und schaffte es im letzten Moment, von der Autobahn abzufahren. Dass sie dabei einen Kleinbus schnitt, dessen Fahrer empört hupte und mit den Armen wedelte, tat sie mit einem Schulterzucken ab.

»Mädchen, wo bist du nur mit deinen Gedanken?« Max fasste sich an die Stirn.

Tamara senkte schuldbewusst den Kopf. »Ach, das willst du gar nicht wissen, Maxe!«

Aber ihre Miene strafte ihre Worte Lügen, und sie zwinkerte im Rückspiegel Jakob wieder so schelmisch zu, dass dieser nicht anders konnte als, von einem neuerlichen Glücksgefühl überwältigt, grinsend aus dem Fenster zu starren.

Hinter der Ausfahrt bogen sie links ab und fuhren eine Weile neben dem in der Sonne glitzernden Lac de Saint-Cassien entlang. Doch schon wenig später ließ die Hochstimmung nach, als sie auf eine schmale Nebenstraße voller Schlaglöcher abbogen, die sich steil aufwärts durch Olivenhaine schlängelte. Anfangs nahm Tamara die Herausforderung noch mit Humor und witzelte weitaus launiger, als sie sich innerlich fühlte: »Steigeisen raus, der Berg ruft!«

Doch mit der nächsten unübersichtlichen Kurve ließ ihre gute Laune endgültig nach. Jeder Gegenverkehr würde hier einen Unfall verursachen, dachte sie. Schweiß sammelte sich auf ihrer Stirn, sie umklammerte das Lenkrad so fest, dass die Knöchel an den Fingern weiß hervortraten. Die Göttin kämpfte mit der Serpentinenstrecke.

»Soll Jakob fahren?«, fragte Max, der bei einer erneuten Haarnadelkurve vom Schwung leicht an das Fenster gedrückt wurde und nun zwischen Neugier und Sorge schwankend in den Abgrund äugte.

»Unsinn!«

»Na, ich meine ja nur. Da hinten wird es noch steiler. Wenn du Höhenangst hast …«

Tamara versuchte durchzuatmen, musste sich aber eingestehen, dass die Panik, die sie erfasste, sich nicht mehr zurückdrängen ließ. Jakob spürte die Anspannung, zog aber vor zu schweigen, während Max versuchte, Tamara mit Geplauder zu entspannen.

»Tja, für alpine Touren ist unser technisches Wunderwerk auf vier Rädern nicht gemacht. Großstadtpflaster, nasser Asphalt – das ist ihr Element. Aber eine Göttin ist halt keine Heidi. Ihr fehlt einfach die Schubkraft. Ist nur ein Vierzylinder und …«

»Max! Bitte! Sei still.«

Tamara starrte mit weit aufgerissenen Augen nach vorn. »Wie weit ist es noch?« Max sah auf die Uhr.

»Nur noch eine Viertelstunde, denke ich.«

Tamaras Atem ging noch schneller, der kalte Schweiß rann ihren Rücken hinunter, sie wagte nicht, den Griff ihrer Hände am Lenkrad zu lockern. Sie presste fast tonlos heraus: »Eine Viertelstunde.«

Max fragte: »Das schaffst du doch, oder?«

Tamara bekam kaum noch Luft.

Da legte sich überraschend Jakobs Hand auf Tamaras Schulter.

»Kann ich nicht doch mal wieder ans Steuer?«

Ohne Tamaras zitternde Hände oder ihren Schweißausbruch zu kommentieren, schlug Jakob vor, bei der nächsten Gelegenheit die Plätze zu tauschen. »Ich habe mich hier hinten ausgeruht und fühle mich jetzt völlig nutzlos. Lass mich wenigstens die letzten Kilometer fahren.«

Er zeigte nach vorn, wo die Straße über eine schmale Brücke führte, hinter der eine kleine Parkbucht zu sehen war. »Da kannst du anhalten.«

Zu den guten Eigenschaften von Tamara Finke gehörte, dass sie wusste, wann sie Hilfe annehmen musste und es nicht mehr lohnte, die Heldin zu spielen. Sie fuhr an der angegebenen Stelle rechts ran, stieg aus, rutschte auf die Rückbank und überließ Jakob das Steuer.

Der machte kein großes Aufhebens, schnallte sich an und lenkte die ächzende Göttin ruhig und besonnen den steilen Berg hinauf.

Tamara saß hinter ihm und hatte die Augen halb geschlossen, so dass sie nicht ständig in die tiefe Schlucht hinuntersehen musste, sondern ihren Blick auf die eigenen Hände richten konnte. Obwohl ihr immer noch schwindelig war, spürte sie doch, dass sie sich ein wenig entspannte.

Als es ihr gelang, wieder in die Landschaft zu blicken, ohne dass dies eine neue Schwindelattacke auslöste, fielen ihr einfache Holzschilder auf, die in unregelmäßigen Abständen an die vom Bergwind gebeugten Kiefern genagelt waren.

»Max, was heißt Miel?«

»Was?«

»Miel. M. i. e. l.«

Max schüttelte den Kopf.

»Miel?«

Tamara beugte sich nach vorn. Ihr Zeigefinger wies geradeaus.

»Da! Miel!«

Max' Blick folgte ihrem Finger. »Ach, Miel!« Er sprach es »mjell« aus. »Das heißt: Honig.«

»Miel …«, wiederholte Tamara. »Also heißt miel de lavande Lavendelhonig, stimmt's?«

»Stimmt.«

»Das könnte ja schon ein Hinweis auf deinen Freund sein.«

Max nickte, schwieg aber, und Tamara fiel auf, dass er die Hände wie betend verschränkt hatte.

Bevor sie dazu etwas sagen konnte, rief Jakob: »Da kommt schon der Ortseingang!« Er schaltete einen Gang runter. »Komm, jetzt zeig noch mal, was in dir steckt.«

Die Göttin schien tatsächlich noch einmal tief Luft zu holen, bevor sie sich an den Endspurt machte. Sie passierten einzelne Häuser und gelangten auf einen Platz mit Rathaus, mit einem Café, einem kleinen Supermarkt, einer Post und einem Kriegerdenkmal. Jakob steuerte einen Parkplatz an.

»Da vorn ist auch gleich das Hotel«, erklärte Max, der offensichtlich auf die Hinweisschilder geachtet hatte. Sie sahen hinüber zu einem hübschen, zweistöckigen Haus in dem typisch südländischen vergilbten Rosa mit grünen Fensterläden.

»Ich denke, wir können hier stehen bleiben und unser Gepäck später reinbringen.« Jakob stieg aus und streckte sich. Max und Tamara folgten seinem Beispiel.

Tamara sog erfreut die Luft ein. »Wie wunderbar frisch es hier riecht! Und wie grün es ist.«

»Noch! Im Hochsommer ist es hier bestimmt ziemlich trocken. Besonders schön soll es aber eher im Februar hier sein.«

»Im Februar?«

Max hangelte seinen Stock aus der Göttin und spielte den Fremdenführer. »Da blühen hier die Mimosen. Tanneron soll den größten Mimosenwald Europas besitzen.«

»Das klingt so verwunschen!« Tamara ließ sich das Wort noch einmal auf der Zunge zergehen. »Mimosenwald.«

»Aber auch in das Märchenland ist der Krieg eingedrungen!« Jakob zeigte auf das Denkmal, das umzäunt und mit einem Sockel, auf dem gepflegte Blumentöpfe standen, den Mittelpunkt des Platzes ausmachte. Er lief hinüber und las die Inschrift: »*A la mémoire glorieuse des enfants de Tanneron. Mort pour la France.*«

Nachdenklich kehrte er wieder zu den anderen zurück. »Das war der Erste Weltkrieg. Gestorben für Frankreich. Ich glaube, Frankreich hätte viel mehr Wert darauf gelegt, dass man lebt.«

Max sagte bestätigend: »So ein Irrsinn. Und dann haben die Deutschen auch noch den Zweiten Weltkrieg angefacht.« Er machte probeweise ein paar Schritte. Seine Nervosität war im Auto geblieben, und er sah wieder viel unternehmungslustiger aus, dachte Tamara erleichtert.

Sie selbst konnte nicht verhindern, dass ihr hier, am Ende ihrer Reise, ständig die elegante Handtasche einfiel. Wenn Max seinen Freund getroffen hatte, musste sie endlich eine Entscheidung treffen. Nachdenklich schob sie einen Stein im Sand vor sich her.

»Viel scheint hier nicht los zu sein, Tamara langweilt sich schon«, lästerte Jakob, dem ihre Nachdenklichkeit wohl aufgefallen war.

Tamara puffte ihm mit dem Ellbogen leicht zwischen die Rippen. »Ihr jungen Leute. Immer braucht ihr Party!«

Jakob wehrte lachend ab. »Ich will doch nicht Party machen. Nur – ein bisschen mehr Leben wie in Orange, das würde mir gefallen.«

»Orange war gestern. Das Leben wird erst schön durch Abwechslung.«

Jakob winkte ab. »Ach, Abwechslung wird überschätzt. Warum etwas ändern, wenn es gut ist?« Er summte leise. »Ich dachte, wir tanzen heute Abend wieder.«

Tamara, die jetzt das letzte Fünkchen Unwohlsein verloren hatte, musterte Jakob liebevoll. Er flirtete wieder. Ohne Zweifel. Und wie er flirtete! Tamara wurde es heiß und kalt. Aber sie konnten doch nicht hier vor Max … Wo war Max überhaupt?

Der kleine Ort lag wie ausgestorben, nur vor dem Café saßen zwei alte Männer, rauchten, tranken Kaffee und sprachen leise miteinander.

Jakob sagte dicht neben ihrem Ohr: »Max ist da vorn an dem Gitter.« Er schüttelte wie ein nachsichtiger Vater den Kopf. »Der alte Mann macht mich noch wahnsinnig. Einerseits braucht er ständig Hilfe, damit er nicht umkippt. Und andererseits ist er dauernd verschwunden und immer schneller, als man denkt.«

Tamara hakte sich bei ihm unter. »Du beschreibst da gerade meinen Alltag. Ich sage dir: Die Bewohner eines Altenheims sind schlimmer als 'ne Tüte Mücken.«

Gemeinsam gingen sie zu Max hinüber, der stumm vor Begeisterung über das Tal sah. So weit das Auge reichte, breiteten sich bewaldete Berghügel vor ihnen aus.

»Da hinten, wo alles so verschwimmt – das muss das Meer sein.« Jakob beschirmte seine Augen mit der Hand.

»Ist das schön«, flüsterte Tamara. »Wir sind ziemlich hoch!«

»Ich schätze mal, knapp etwas über fünfhundert Meter«, sagte Max gedankenverloren. Er schien völlig von dem Ausblick gefangen genommen zu sein.

Tamara, die einen gewissen Druck auf der Blase verspürte, regte an, das Gepäck ins Hotel zu bringen. »Oder willst du gleich zu deinem Freund?«

Max winkte ab und blickte auf die Uhr. »Jetzt ist es sowieso noch zu früh. Um diese Uhrzeit hält man doch Mittagsruhe. Lasst uns einen Kaffee trinken, unser Gepäck wegbringen und danach … weitergehen.«

Tamara lag die Frage auf der Zunge, warum sie ausgerechnet jetzt eine Kaffeepause einlegen sollten. Er hatte es doch gerade noch so eilig gehabt, anzukommen. Jetzt waren sie da, und statt im Hotel einzuchecken und schnellstens seinen Freund zu besuchen, schien Max auf einmal alle Zeit der Welt zu haben. Sie musterte ihn prüfend, um in seinen Zügen vielleicht eine Erklärung für seinen Sinneswandel zu finden.

Doch Max mied ihren Blick. Er spürte Tamaras Fragen, aber er wusste, dass es für Antworten noch zu früh war.

Schon bald würde er mitten im Auge des Orkans sein. Noch gab es diese kurze Stille vor dem Sturm. Noch konnte er sein Schicksal abwenden. Vielleicht war keiner zu Hause. Oder er hatte sich getäuscht, und den Honig verkaufte doch ein Fremder?

Angst kroch in ihm hoch. Schutzsuchend heftete er den Blick auf seine Schuhe. Wenn er jetzt umkehrte? Aber es war zu spät, den Ablauf aufzuhalten. Er atmete bewusst ein und versuchte das Flattern in seiner Brust zu ignorieren. Er musste sich zusammenreißen. Ein Kaffee, ein Wasser, ein Moment der Ruhe, das war alles, was er jetzt benötigte.

Max hob seine Augen. »Also, ein Kaffee? Wir können auch im Hotel etwas trinken. Ich muss nur erst einmal ankommen, versteht ihr?« Er hatte sich wieder so weit in der Gewalt, dass er sogar die sinnentleerten Formulierungen der Jüngeren imitieren konnte. Max merkte immer, dass sich die Jüngeren entspannten, wenn er Floskeln verwendete. Auch diesmal funktionierte seine Technik. Kaum hatte er behauptet, ankommen zu wollen, nickten Tamara und Jakob ernst und erklärten sich einverstanden.

Nach einer kurzen Besprechung einigten sie sich darauf, den Kaffee in der Bar zu nehmen, da das wahrscheinlich preislich günstiger wäre als der Kaffee im Hotel.

Als sie vor den kleinen Tassen saßen, die ihnen ein wortkarger alter Kellner gebracht hatte, fragte Jakob: »Warst du schon einmal hier, Max?«

»Nein! Sonst hätte ich euch doch besser herleiten können.«

»Wie lange hast du deinen Freund denn nicht gesehen?« Tamara holte die Sonnenbrille und eine kleine Tube Sonnencreme aus ihrer Tasche.

Max hielt ihr auffordernd seine Hand hin. »Bitte für meine Nase auch.«

Er verteilte den Klecks Creme, den ihm Tamara gab, sorgfältig auf seinem Nasenrücken und dem Kinn. Während er in seinem Gesicht herumrieb, antwortete er: »Wie haben uns über vierzig Jahre nicht gesehen.«

»Überhaupt nicht?«

»Überhaupt nicht.«

»Kommt er von hier?«

»Wer?«

»Na, dein Freund!«

Max sah vor sich hin. »Ach so, mein Freund. Natürlich. Ja, er kommt von hier. Aber wir haben uns nicht hier kennengelernt. Ich war doch noch nie in Südfrankreich.«

»Also kennt ihr euch aus Deutschland? Nun lass dir doch nicht jedes Wort aus der Nase ziehen, Max!«

Max sah hinüber zu den beiden alten Männern, die ungefähr in seinem Alter sein mussten. »Wir kennen uns aus Paris.«

»Und ich dachte immer, du bist ein Hamburger Urgestein!« Tamara war überrascht.

»Bin ich auch. Also, geboren in Hamburg, aber nach dem Schulabschluss war ich einen Sommer lang …« – Max korrigierte sich – »… einen *einzigartigen* Sommer lang in Paris.« Seine Stimme hatte einen träumerischen Klang angenommen, und Jakob und Tamara beugten sich unwillkürlich gleichzeitig vor. Aber Max fügte seinen Worten nichts mehr hinzu. Tamara wollte nachhaken, doch Jakob hielt sie zurück. Als sie ihn ansah, schüttelte er unmerklich den Kopf.

Tamara war sich nicht sicher, wie sie sich verhalten sollte. Sie spürte, dass sich hinter dem Schweigen von Max der wahre Grund für ihre ungewöhnliche Reise verbarg. Für einen kurzen Moment kämpfte sie mit sich, dann siegte ihr Vertrauen in Jakob. Wenn er schweigen konnte, wollte sie es auch tun.

So saßen sie vor dem Café und beobachteten in einträchtigem Schweigen die alten Männer, die zu einer Bank im Schatten zweier Platanen hinüberschlurften, um von dort die Geschicke des Dorfes zu beobachten und zu kommentieren.

Schließlich winkte Jakob dem Kellner und bezahlte. Diesmal ließ er keinen Einwand gelten. »Wann komme ich schon mal so preiswert bei einer Einladung weg? Drei Kaffee – *c'est tout!*«

Tamara und Max bedankten sich, und Max sah Jakob mit einem rätselhaften Ausdruck im Gesicht an. »Aber es war der erste Kaffee in Tanneron. Das ist schon etwas Besonderes!« Ohne weitere Erklärung griff er zu seinem Stock und ging hinüber zur Göttin.

»Kommt ihr? Ich möchte mich gern noch etwas frischmachen, bevor wir losgehen.«

Das Hotelrestaurant, das ihnen im Erdgeschos des Gebäudes als Erstes auffiel, verströmte die unaufdringliche Eleganz guten Geschmacks und teuren Essens. Jakob, der sich in der internationalen Gastronomie als erfahren wähnte, flüsterte Max zu: »Da muss ich aber mein Jackett reinigen lassen, wenn wir dort essen.«

»Wir gehen sowieso auf die Terrasse, dort kannst du dich hinter den Hortensien verstecken«, witzelte Tamara und zeigte auf den Außenbereich mit den Holzstühlen.

Die Zimmer waren sauber, hübsch und einfach eingerichtet. Weil Max und Jakob nach Besichtigung ihres Raumes übereinstimmend feststellten, dass das Doppelbett für zwei erwachsene Männer doch ein wenig eng war, wurde ohne weitere Umstände noch ein Gästebett in das Zimmer gerollt. Als Jakob das Tamara erzählte, fügte er halb verlegen, halb bedeutungsvoll hinzu: »Für Verliebte würde das Bett natürlich reichen.«

Eine Stunde später machten sie sich auf den Weg. Max und Jakob hatten auf der Herfahrt gesehen, dass ein Schild mit dem Hinweis »Miel« auf einen kleinen Hof am Ortseingang hinwies. Die Sonne hatte bereits den Stich des Mittags verloren, und die Farben der Landschaft waren von dem Samt der nahenden Dämmerung überzogen. Max trug ein helles Jackett und sein blaues Hemd, und er hatte in dem kleinen Supermarkt tatsächlich einen Blumenstrauß gefunden, den die nette Verkäuferin ihm ein wenig hergerichtet hatte.

»Blumen?«, fragte Jakob erstaunt, und auch Tamara blinzelte verständnislos, ehe sie ausrief: »Natürlich! Auch Freunde haben Frauen. Das ist für die Herrin des Hauses, stimmt's?«

Max hatte das Geplänkel schweigend verfolgt und am Ende nur genickt.

Tamara hatte sich wieder für das grüne Kleid und Jakob für sein weißes Hemd entschieden. Als Mitbringsel hatten sie im Supermarkt eine Flasche Rosé erstanden.

»Da können wir gleich mit ihm anstoßen«, sagte Tamara erwartungsfroh. »Meinst du, dass wir bei ihm essen?«

Max schüttelte nervös den Kopf. »Keine Ahnung. Das werden wir sehen. Ich denke jetzt nicht an Essen.«

Tamara erschrak über seinen schroffen Ton und sah Jakob verblüfft an.

Der zuckte mit den Schultern. Ihm war aufgefallen, wie angespannt Max war. Die Aussicht auf das Wiedersehen mit seinem Freund schien den alten Knaben mächtig mitzunehmen. Jakob hoffte nur, dass die Angelegenheit nicht zu rührselig wurde. Außerdem wäre es großartig, wenn die beiden ihr Wiedersehen den Rest des Abends allein feiern könnten und er und Tamara Zeit fänden, dort weiterzumachen, wo sie heute Morgen unterbrechen mussten. Sie sah wieder so hübsch aus, und wenn sie neben ihm ging, stieg ihr vertrauter frischer Duft in seine Nase. Er konnte es kaum erwarten, sie wieder in die Arme zu nehmen.

Mit diesen angenehmen Vorstellungen schritt Jakob beschwingt die Straße hinunter, und bald erreichte er den angekündigten Hof kurz vor Tamara und Max.

Vor dem niedrigen, schlichten Haus mit rotem Schindeldach und den dunklen, braunen Balken, die den beigefarbenen Putz unterbrachen, lag eine dicke Katze und ließ sich bereitwillig von Jakob kraulen. Ein einfaches Holzschild mit dem handgemalten Hinweis »Miel« war an der Korkeiche neben dem Eingang befestigt. Als Tamara und Max hinzutraten, stand die dicke Katze auf und verschwand, hochmütig zurückblickend, im Hof.

Max wandte den Blick irritiert von dem sich entfernenden Tier ab. Er straffte sich, schob das Kinn kämpferisch vor, als wolle er sich selbst Mut machen, und drückte die Klingel, neben der kein Name stand. Ein melodiöser Gong erklang.

Eine Weile lang geschah nichts. Ratlos sahen sie einander an.

»Bist du sicher, dass dein Freund dich erwartet?«, fragte Jakob. Max schüttelte den Kopf. »Er ist da. Er *muss* da sein.«

Er drückte noch einmal den Klingelknopf.

Wieder geschah nichts. Aber nach einer Weile waren Geräusche im Haus zu hören.

Tamara sah, dass Max' Hände anfingen zu zittern. Sie suchte Jakobs Blick, dem die Reaktion des alten Mannes auch nicht entgangen war. Es wurde immer rätselhafter. Wer war dieser Freund? Und wieso hatte Max offensichtlich Angst vor ihm? Was war vor über vierzig Jahren geschehen, und wieso wollte Max dieses Wiedersehen dennoch so dringend?

Sie kam nicht dazu, noch weitere Fragen zu denken, denn die Tür öffnete sich. Eine hübsche alte Dame in einer weißen Jeans und einer blauen Bluse stand vor ihnen. Ihre Haut war leicht gebräunt, und zwar nicht nur im Gesicht, sondern auch an den Füßen, wie Tamara bemerkte, denn die Dame war barfuß. Ihre Füße wirkten äußerst gepflegt. Die Fußnägel waren mit einem leicht perlmuttfarbenen, schimmernden Lack überzogen – demselben, den sie auch auf die Fingernägel aufgetragen hatte. Ihre silbrigen Haare waren am Hinterkopf zusammengefasst, doch einige vorwitzige Strähnchen hatten sich gelöst und milderten so den strengen Eindruck. Das Auffälligste an ihr aber waren ihre großen dunklen Augen, die sie forschend und neugierig ansahen.

»*Oui?*«, fragte sie jetzt und wandte sich an Jakob, der die beiden anderen überragte. Jakob lächelte etwas verlegen, hob die Hände und zeigte auf seinen Begleiter. »Max?«

Bei der Erwähnung seines Namens trat Max, der bis jetzt schweigend hinter Tamara gestanden und die alte Dame wie hypnotisiert betrachtet hatte, nach vorn. Er stammelte: »Rosalie«, ließ den Blumenstrauß fallen und versuchte die Hand der Frau zu ergreifen.

Die aber war in dem Moment, in dem der Name Max gefallen war, zusammengezuckt und wirkte nun wie erstarrt. Ihre Sonnenbräune erschien Tamara auf einmal aschegrau, alles Blut war aus ihren Lippen gewichen.

Sie kniff die Augen zusammen und wiederholte: »Max.«

Es war keine Frage, es war keine Feststellung.

Es war ein Vorwurf und eine Anklage.

Danach war es still. Die Zeit dehnte sich.

Die schöne alte Dame legte ihre Hände auf den Rücken, so dass Max sie nicht ergreifen konnte. Sie maß Max mit einem Blick voller Verachtung. Nach einem quälend langen Schweigen sagte sie in fehlerfreiem Deutsch: »Verschwinde von hier! Du hast hier nichts zu suchen! Hau ab!« Sie zitterte dabei vor Wut, und in ihren Augen standen Tränen.

Ohne einen von ihnen noch eines Blickes zu würdigen, trat sie zurück in den Hauseingang und schloss die Tür.

Danach war es wieder still.

Das Letzte, was sie hörten, war der Schlüssel im Schloss. Die alte Frau schloss ab.

Jakob fand als Erster seine Sprache wieder. »Was war das denn?« Aber er erhielt keine Antwort.

Max lehnte sich an Tamara. Der Ausbruch hatte ihn getroffen wie ein Schlag. Er zitterte, und sie musste ihn um die Taille fassen, damit er nicht umkippte.

Das Haus stand still und feindlich vor ihnen. Kein Licht war zu sehen. Auch die dicke Katze ließ sich nicht mehr sehen.

»Hilf mal«, flüsterte Tamara Jakob zu. Gemeinsam geleiteten sie Max zurück zum Hotel. Die Blumen ließen sie zurück.

Einen Moment lang standen sie unschlüssig in der Lobby. Endlich entschied Jakob: »Also, ich könnte jetzt etwas zu trinken vertragen.« So brachten sie Max auf die Terrasse, wo einige andere Gäste plaudernd bei ihren Aperitifs saßen. Sie fanden einen freien Tisch in einer stillen Ecke. Dort erklärte Jakob dem herbeigeeilten Kellner irgendetwas, und wenig später standen drei Gläser mit einer klaren Flüssigkeit vor ihnen.

»Was hast du ihm gesagt?«

»Dass wir etwas gegen einen kleinen Schrecken benötigen. Ich denke, dass ist irgendein Obstschnaps.«

Max saß zwischen ihnen wie ein Geist und starrte stumm vor sich hin.

Jakob schob ihm sein Glas hin. »Na los, Max, trink.« Besorgt betrachteten beide ihren alten Freund.

Endlich hob Max das Glas an seine Lippen.

Tamara sagte: »Auf den Schrecken!«

Jakob wiederholte: »Auf den Schrecken!«

Max brummte zustimmend und erhob sein Glas.

Sie tranken – und schnappten gleichzeitig nach Luft, als die hochprozentige Flüssigkeit durch ihre Kehlen rann.

»Puh! Das haut durch!« Jakob schloss die Augen, während Tamara ihre Hand vor den Mund hielt.

Max lehnte sich zurück. Er bekam langsam wieder Farbe.

Tamara und Jakob tauschten einen Blick. Beide waren sich unsicher, ob sie Max auf das seltsame Ereignis ansprechen sollten.

Nach einer Weile nickte Jakob ihr zu. Tamara verstand. Sie fragte: »Max, wer war die Frau? Die Frau deines Freundes? Warum ist sie so böse auf dich?«

Max nahm noch einen Schluck. Er maß Tamara und Jakob mit einem langen Blick. Schließlich antwortete er: »Das war Rosalie.«

Als ob damit alles erklärt wäre. Danach sagte er nichts mehr, sondern leerte nur sein Glas.

Der Kellner brachte eine Karaffe Rotwein mit drei Gläsern und eine Vorspeisenplatte mit eingelegtem Gemüse. Er stellte einen Korb mit frischem Brot dazu und eine Schüssel mit einer dunklen Paste. Dann schenkte er den Wein ein und sagte etwas zu Jakob, bevor er sich freundlich lächelnd entfernte.

»Was hat er gesagt?«, wollte Tamara wissen. »Und wer hat das bestellt?«

Jakob hob die Achseln. »Das war wohl gastronomische Eigeninitiative. Eine gute Idee wie ich finde. Er meinte: So spricht es sich doch einfacher. Und dass man zum Wein immer etwas essen sollte.« Er nahm sich ein Stück Brot. »Ist übrigens der Hauswein.«

»Und das Zeug hier?«

Tamara steckte eine Messerspitze in die Paste und probierte sie. »Hm, lecker.«

Aber Jakob wusste auch nicht, wie die Creme hieß.

Unvermittelt sagte Max: »Das ist Tapenade, eine Paste aus Oliven, Anchovis und Kapern.«

In dem Bemühen, wieder in einen leichten Ton zurückzufinden, rief Jakob: »Er spricht! Halleluja!«

Es gelang ihm tatsächlich, Max damit ein leichtes Lächeln zu entlocken, doch statt nun endlich Rosalies Ärger zu erklären, versank Max wieder in dunkles Brüten.

»Vielleicht isst du erst mal ein bisschen, und später reden wir?«, ermunterte ihn jetzt auch Tamara und legte ihm ein Stück Brot mit Tapenade auf einen Teller. Jakob fiel auf, dass auch sie nicht bei der Sache war, denn sie bestrich ihr eigenes Brot von beiden Seiten. Nahm die Sache sie so mit? Ging es nur um diese Rosalie? Nein, dass sie immer wieder einmal minutenlang mit etwas beschäftigt war, von dem sie weder ihm noch Max erzählte, hatte er auch schon in den vergangenen Tagen beobachtet. Betrübte sie die Situation von Max, oder machte ihr noch etwas anderes Sorgen?

Sie aßen langsam, wobei Jakob auf die Tapenade wegen der Anchovis verzichtete, aber die eingelegten Tomaten lobte. Er war der Einzige, der hin und wieder etwas sagte.

Max war immer noch mit seinen Gedanken beschäftigt und machte keine Anstalten, zu plaudern. Tamara zuckte auf einmal zusammen, als ob sie sich erschrocken hätte.

»Ist was?«, fragte Jakob, doch Tamara schüttelte den Kopf. Sie wirkte abwesend. Sie verengte ihre Augen, als ob sie etwas abwägen würde, griff nach ihrem Glas, stürzte den Wein hinunter, schenkte sich nach, trank noch einmal und straffte dann die Schultern. Schließlich griff sie in ihre Umhängetasche, holte die schmale Unterarmtasche heraus und legte sie vor Max.

Ihre Stimme klang unsicher, als sie anhob: »Max, vielleicht macht dir mein Geständnis Mut.« Sie zögerte nun doch noch einen Moment. Jakob sah sie irritiert an, und auch Max hob zumindest seinen Kopf.

Tamara presste die Lippen aufeinander und holte tief Luft. »Mir ist das nicht angenehm. Aber …« Sie geriet ins Stottern, holte noch einmal Luft und sagte schließlich: »Also, ich habe diese Tasche vom Schreibtisch der Königskobra … genommen.«

Ihren Worten folgte ein unangenehmes Schweigen. Jakob räusperte sich und fragte: »Wer ist die Königskobra?«

»Das ist der Spitzname meiner Chefin.«

Ihre Beichte schien Max aus seinem Grübeln zu reißen. Er fixierte sie. »Also deswegen hattest du es so eilig, zu verschwinden. Und ich dachte, du wärst nur sauer gewesen, wegen des verschobenen Urlaubs. Du hast geklaut.«

Schuldbewusst senkte Tamara den Kopf. »Korrekt, Dr. Watson!«

Max nahm die Tasche in die Hand. »Ist die was wert? Oder warum erzählst du das?«

»Es geht nicht um die Tasche.« Tamara öffnete das Etui und zählte die darin steckenden Scheine auf den Tisch. »Eins, zwei, drei, vier, fünf. Fünfhundert Euro.«

Alle drei starrten auf das Geld, und erst als Max sie durch eine Bewegung darauf aufmerksam machte, dass auch vom Nebentisch herübergesehen wurde, schob Tamara die Scheine rasch wieder in die Tasche.

Jakob pfiff durch die Zähne. »Du hast kaltblütig deine Chefin bestohlen?« Er klang verunsichert.

Tamara hob abwehrend die Hände. »Unsinn. Es war eine Kurzschlussreaktion. Ich war so wütend auf die Königskobra! Sie hatte mir schon zum dritten Mal den Urlaub verschoben.

Als sie mich zu einem Gespräch bat, wusste ich, dass sie das noch einmal tun wollte. Mann, war ich geladen! Wieso denkt die immer, dass ich … Nur weil ich zurzeit ohne Familie bin. ›Sie müssen ja auf niemanden Rücksicht nehmen, Frau Finke, blablabla. Die anderen haben Kinder …‹ Ich war einen Moment lang allein in ihrem Büro. Genau da kamen Verwandte von einer gerade verstorbenen Bewohnerin vorbei. Sie baten mich, der Königskobra diese Tasche von Tante Berta zu geben. Sie hätte sich immer so wohl in der Residenz gefühlt. Ha! Aber ich hatte keine Ahnung, dass *so viel* Geld da drin war. Was meint ihr, was ich für einen Schreck bekommen habe, als ich im Fahrstuhl zur Tiefgarage die Tasche aufgemacht habe!«

Die beiden anderen schwiegen abwartend.

Tamara suchte nach Worten. »Ich … Nun, auf jeden Fall habe ich gedacht: Wenn die Olle mir jetzt nicht wieder den Urlaub verhagelt – ich wollte doch ins Wendland zu dieser Hundeschule –, lass ich die Tasche da. Aber alles kam anders, wir haben uns gestritten, und als ich aus dem Büro gestürmt bin, habe ich die Tasche mitgenommen. Wahrscheinlich weiß die Königskobra noch nicht einmal davon. Wenn die Verwandten nicht nachgefragt haben.« Tamara sah unsicher von einem zum anderen. »Ich komme mir wie Luis vor, als er das Käsebrötchen genommen hat. Ich bin keine Diebin! Also …« Sie verstummte.

Max lächelte verständnisvoll.

Jakob fragte: »Was hast du jetzt vor?«

Tamara rubbelte ihre Nase. »Anfangs dachte ich, das könnte mein Startkapital für eine Ausbildung als Hundetrainerin werden. Würde ihr recht geschehen, mit ihren Zuwendungen meinen Ausstieg zu finanzieren. Andererseits: Da grummelt was in mir. Es ist ja einfach nicht rechtens. Wenn ihr mir keinen anderen Tipp gebt, würde ich die blöde Tasche einfach in einen wattierten Umschlag stecken und nach Hamburg schicken. Anonym. Ich will sie loswerden. Ich bin keine Diebin. Nur manchmal echt wütend.« Sie lächelte. »Puh, bin ich erleichtert, dass ich das endlich erzählt habe! Das hat mich total umgetrieben.«

Max sagte: »Das ist auch eine ernste Sache. Du hast zwei Möglichkeiten: anonym zurückschicken oder die Tasche zurückbringen, dich erklären und die Konsequenzen tragen.« Sein Tonfall ließ keinen Zweifel daran, dass er die zweite Möglichkeit favorisierte. Doch er lächelte Tamara aufmunternd zu. »Du wirst schon das Richtige tun. Wahrscheinlich hat sie es tatsächlich noch gar nicht bemerkt, sonst hätte sie schon versucht, telefonisch mit dir Kontakt aufzunehmen.«

Tarmara zuckte mit den Schultern.

Jakob drückte ihren Arm, hauchte einen kleinen Kuss auf ihre Wange und inspizierte die Weinkaraffe. Auch Max hob sein Glas.

Als Jakob allen Wein nachgeschenkt hatte, sagte Max unvermittelt: »Rosalie und ich haben uns Anfang der sechziger Jahre in Paris beim Deutsch-Französischen Jugendwerk kennengelernt.«

Tamara merkte auf. »Eine Austauschorganisation?«

»So etwas Ähnliches. Initiiert haben das Adenauer und de Gaulle.«

»Schon wieder dieser de Gaulle! War das nicht der Typ, der seine Paraden am liebsten mit der Göttin abgenommen hat?«

»Was du alles weißt!« Jakob bedeutete dem Kellner, noch eine Karaffe Wein zu bringen.

Max ließ sich nicht ablenken. »Genau der. Er war halt der französische Präsident, und gemeinsam mit dem ehemaligen Feind, dem deutschen Kanzler Konrad Adenauer, hat er das Deutsch-Französische Jugendwerk aus der Taufe gehoben. Junge Deutsche und junge Franzosen sollten einander treffen und Freunde werden. So habe ich Rosalie kennengelernt.«

Tamara und Jakob sahen ihn neugierig an. Max rieb sich über die Stirn. »Ihr könnt es euch denken: Wir haben uns verliebt. Aber …« Ein Schatten flog über Max' Gesicht. »Wir wollten gemeinsam in Frankreich neu anfangen. Nach Deutschland zu gehen, das war Rosalie damals zu unheimlich. Die Nazizeit war ja noch gar nicht lange vorbei. Jedenfalls hatten wir uns das mit Friedler schon sehr schön ausgedacht.«

»Friedler?«

»Ja, nicht unser Friedler, sondern sein Onkel.«

Tamara fragte verwirrt. »Was hat Friedlers Onkel damit zu tun?«

»Wir waren wie eine kleine Gang. Rosalie und ich und eben Friedler, den ich aus Hamburg kannte. Er war genauso elegant und mysteriös wie unser Friedler. Und er war genauso verliebt in Rosalie wie ich.«

Jakob hakte nach: »Ist sie deswegen so böse auf dich? Hat sie Friedler geheiratet?«

Max schüttelte den Kopf. »Ich weiß nicht, mit wem sie verheiratet ist. Mit Friedler jedenfalls nicht. Der ist leider schon tot.«

Einen Moment lang waren alle still. Tamara brach schließlich das Schweigen. »Weißt du, warum Rosalie so wütend auf dich ist?«

Max holte tief Luft, suchte nach Worten und nahm einen Schluck Wein. Dann sagte er: »Ich habe sie verlassen. Weil Inge, also das Mädchen, mit dem ich in Deutschland zusammen war, schwanger war. Ich hatte Rosalie versprochen, zurückzukommen. Aber dann wurde Mariele geboren, und es ging nicht mehr.«

Diesen Worten folgte erneut ein Schweigen, und Tamara hätte es nicht gewundert, wenn Max den Rest für sich behalten hätte. Aber er wollte offenbar reinen Tisch machen. Er fuhr fort: »Noch lange habe ich mit dem Gedanken gespielt, wieder nach Frankreich zu Rosalie zu gehen. Ich dachte, wenn Mariele aus dem Gröbsten raus wäre …« Seine Stimme brach, und Tamara bemerkte erschrocken, dass er weinte.

»Du musst das nicht erzählen«, sagte sie.

Doch Max ballte die Fäuste. »Ich möchte aber.« Er putzte sich die Nase, wischte sein Gesicht ab, wartete, bis sich sein Atem beruhigt hatte, und nahm dann seine Erzählung wieder auf.

»Mariele erkrankte mit drei Jahren an einer Hirnhautentzündung und starb. Ich habe bis heute ein schlechtes Gewissen. Ich hatte dieses Kind nie gewollt, in meinen Augen hatte es meine Liebe, meine Zukunft, mein Leben zerstört. Als es starb, fühlte ich mich schuldig. Verantwortlich. Und …« Wieder musste Max eine Pause machen. »Jetzt konnte ich Inge noch viel weniger verlassen. Sie zermarterte sich mit Vorwürfen.« Max rieb sich die Augen. »Einige Jahre später wurde Florian geboren. Ich blieb bei Inge. Bis zu ihrem Tod.«

Nach seinem Geständnis herrschte abermals Schweigen am Tisch, bis Tamara leise sagte: »Du hast Rosalie nie erklärt, warum du nach Deutschland gegangen bist? Warum du dort geblieben bist?«

Max schüttelte den Kopf.

»Hat sie sich niemals bei dir gemeldet?«

Wieder verneinte Max stumm. »Sie hatte keine Adresse. Ich wohnte damals in einem Lehrlingsheim, aus dem ich wenige Tage nach meiner Rückkehr auszog, weil Inge und ich heirateten.«

»Und du hast ihr nie geschrieben?«

»Doch, einmal. Eine Karte an ihre Pariser Adresse. Wir waren einige Male in der Wohnung gewesen, in der sie bei Verwandten lebte. Damals hütete sie die Wohnung während der Sommerferien. Aber ich habe nie eine Antwort bekommen.«

Er machte eine Pause und studierte die ungläubigen Gesichter seiner Zuhörer. »Ihr dürft nicht vergessen, dass das alles in Zeiten vor Facebook, Twitter und E-Mail war. Selbst das Telefonieren war damals ein Luxus.«

»Und wie hast du sie jetzt gefunden?«, fragte Jakob verwundert.

»Im Internet. Völlig banal. An meinem Geburtstag. Ich habe nach Rosmarinhonig gesucht. Und irgendwann las ich ihren Namen in einem französischen Imkerportal. Rosalie Romain. Ich habe meinen Augen nicht getraut. Fieberhaft hab ich dann weiterrecherchiert. Sie lebt erst seit einigen Jahren in Tanneron und imkert. Nicht lange danach habe ich ein verwackeltes Bild von ihr erwischt, und da war ich mir sicher: Sie ist es.«

»Hast du sie auf dieses Treffen nicht vorbereitet? Kein Wunder, dass sie so erschrocken war!« Jakob sah ihn ungläubig an.

»Ich habe es versucht. Ich habe sie angerufen. Aber als ich meinen Namen sagte, hat sie sofort aufgelegt. Danach ist es mir nicht mehr gelungen, sie zu sprechen. Entweder ist der Anrufbeantworter angesprungen, oder sie ist nicht rangegangen. Ich habe bestimmt tausend Nachrichten hinterlassen. Zwecklos.« Er vergrub sein Gesicht in den Händen. »So zwecklos wie diese Aktion.« Verzweifelt schüttelte er wieder den Kopf. »Das war's, Kinder! Lasst uns einpacken und zurückfahren. Ich gebe auf.«

»*Was?*«

Jakob und Max zuckten zusammen. Aber Tamara wiederholte ihren Ausruf noch einmal. Er schoss wie ein Peitschenschlag durch das Geplätscher der Gespräche, die die Gäste auf der Terrasse führten. »Was? Du willst aufgeben? Da mache ich aber nicht mit!«

Max wiederholte verständnislos: »Du machst da nicht mit? Was hast du denn damit zu tun?«

Tamara sprang auf und begann vor dem Tisch hin und her zu laufen. Erst als der lächelnde Kellner neben ihr auftauchte und sie forschend betrachtete, setzte sie sich wieder.

»Max, ich bin nicht den langen Weg mit dir bis hierher gefahren, damit du jetzt aufgibst. Ich sag dir, was wir jetzt tun. Wir schlafen alle eine Nacht drüber, und morgen gehen Jakob und ich zu Rosalie und sprechen mit ihr.«

Max sah sie erstaunt an. »Meinst du, dass das etwas ändert?«

»Wenn wir es nicht versuchen, werden wir es nicht erfahren!«

Tamara gab sich kämpferischer, als sie sich fühlte. Andererseits: Mit Frauen ließ sich immer reden. Wenn es ihr erst gelang, mit Rosalie ins Gespräch zu kommen, konnte die Sache doch noch gut ausgehen. Tamara hielt es für möglich, mit jedem ins Gespräch zu kommen.

Jakob meldete jedoch vorsichtig leisen Zweifel an, ob Rosalie mit einem von ihnen würde reden wollen. Daraufhin knurrte Tamara freundlich, aber bestimmt: »Hab ick von Bockwurscht jeredet, det du deenen Senf dazujibst?«

Kapitel 11

Tamara ahnte, trotz ihrer ruppigen Antwort, dass es nicht so leicht werden würde, Rosalie für ein Gespräch zu gewinnen. Jakob hatte recht. Welchen Grund sollte Rosalie haben, mit ihnen und vor allem mit Max zu sprechen? Schließlich hatte Max sie, so wie es aussah, im Stich gelassen.

Als Max sich entschuldigte, um sich frischzumachen, hatten Tamara und Jakob endlich Gelegenheit, sich über das Erlebte auszutauschen.

»Er hat sie verraten!«, fasste Tamara zusammen und trommelte nervös mit den Fingern auf dem Terrassentisch. Das Zirpen der Grillen hatte aufgehört, als das letzte Sonnenlicht hinter den Bergkuppen verschwunden war, die Hitze des Tages wich langsam der nächtlichen Kühle, und Tamara war froh, dass sie über ihrem Kleid ihre Jeansjacke trug. Auch Jakob zog sich sein Kapuzenshirt über.

»In Orange war es wärmer.«

Die Erwähnung der Stadt weckte bei beiden die Erinnerung an den Tanz in der Gasse, die Berührungen und den Kuss in der Morgensonne. Dann lachte jemand am Nebentisch, ein Stuhl wurde knirschend über den Kies geschoben, und der Zauber löste sich auf.

Jakob zog seine Ärmel über die Hände. »Ich hätte nie gedacht, dass Max mal so ein Arschloch gewesen ist. Er muss sich ziemlich geändert haben.«

Beiden fiel es schwer, ihren lieben Freund mit dem Bild eines skrupellosen Herzensbrechers übereinzubringen.

Tamara hatte das Gefühl, Max verteidigen zu müssen.

»Er war in einem Dilemma. Wäre er bei Rosalie geblieben, hätte er Inge im Stich gelassen.«

»Das deutsche Mädchen.«

»Ja, richtig. Wäre er bei Rosalie geblieben, hätte Inge gelitten.«

»Es war gleichgültig, für wen er sich entschied – es war in jedem Fall ein Fehler. Was für eine Zwickmühle! Aber er war wohl bereits fest mit Inge zusammen, bevor er Rosalie kennenlernte.«

»Immerhin fest genug, dass es zu einer Schwangerschaft gereicht hat.« Tamara fuhr sich mit beiden Händen durch ihren Schopf. »Und am Ende hat er's einfach ausgesessen. Ist in Deutschland geblieben. Das finde ich anständig, jedenfalls Inge gegenüber.«

»Aber denk doch mal an die vielen Jahre, in denen Rosalie in Ungewissheit gelebt hat! Oder dass er letztlich Inge unter falschen Voraussetzungen geheiratet hat.«

»Dagegen stehen die Jahre, die seine Tochter ohne Vater aufgewachsen wäre.«

»Das hat ihm am Ende aber auch nicht geholfen. Sonst säßen seine Kinder jetzt hier.«

»Also, erstens hat er doch vorhin erzählt, dass das Mädchen gestorben ist. Ein Horror! Das absolute Grauen. Wenn ich mir vorstelle, dass Finn …«

Bevor Tamara sich in Schreckensszenarien ergehen konnte, fuhr Jakob dazwischen: »Und zweitens?«

Tamara sah ihn kopfschüttelnd an.

»Zweitens würde wohl kein Kind von Max hier sitzen und mit ihm seine wahre große Liebe suchen.«

Jakob legte die Stirn in Falten. »Wer weiß? Wenn meinen Vater das umtreiben würde – ich hätte damit kein Problem.«

»Und deine Mutter?«

»Ehepaare sind doch nicht von Anfang an siamesische Zwillinge. Die waren ja auch mal Einzelwesen, die schon vor der Ehe ein Leben hatten.«

»Na, du kennst dich aus.«

Jakob grinste. »Kinder haben jahrelang Zeit, ihre Eltern zu beobachten.«

Der Kellner leerte die zweite Karaffe in ihre Gläser. Jakob nickte ihm dankend zu, lehnte aber eine weitere Karaffe ab.

Tamara lehnte sich zurück und sah hinauf in den Himmel, an dem so viel mehr Sterne als in Hamburg zu stehen schienen. »Es ist verrückt, mit wie viel Gepäck wir alle unterwegs sind.«

Jakob runzelte verständnislos die Stirn und grinste dann. »Also, bei mir sind es nur ein Rucksack und eine Yogamatte.« Er streckte sich. »Auf die ich mich nachher noch einmal ein halbes Stündchen zurückziehe. Der Tag heute ist mir in die Knochen gefahren.«

»Es war ja auch viel los.« Tamara steckte in ihren eigenen Gedanken fest. »Mit Gepäck meine ich nicht deine Yogamatte oder Max' Lufthansa-Tasche.«

»Oder deine schicke Handtasche?«

»Die vielleicht noch am ehesten, denn mit der habe ich mich ja nicht nur körperlich abgeschleppt.«

»Fand ich ziemlich mutig, dein Geständnis vorhin.«

Tamara sah hoch, und als er sie anlächelte, streichelte sie ihm sanft und schnell über die Wange. »Danke, es ist lieb, dass du das sagst. In Wahrheit habe ich mir selbst einen Gefallen getan. Das hat mir sehr auf der Seele gelegen. Jetzt seid ihr meine Mitwisser und damit auch ein wenig in der Verantwortung.« Sie senkte beschämt den Blick. »Mannomann, ich bin so feige.«

Jakob drückte ihre Hand. »Die Verantwortung, von der du sprichst, kann ich gut tragen. Zumal du ja bereits weißt, was du tun willst.«

»Das war ein Vorschlag. Findest du den gut? Oder ist das zu feige?«

»Die Tasche anonym zurückschicken? Natürlich ist das feige. Aber wer sagt denn, dass wir immer Helden und tapfer sein müssen?«

»Ich hätte die Tasche nicht klauen dürfen.«

»Das waren besondere Umstände.«

»Stimmt.«

»Na, siehst du. Was aber hast du denn jetzt mit dem Gepäck gemeint, das wir mit uns herumschleppen?«

»Unser Lebensgepäck meine ich. Denk mal an uns vier gestern im Auto, Luis, du, Max und ich. In Wahrheit waren wir nicht nur zu viert. Es waren viel mehr dabei. Wir treffen nicht nur den einzelnen Menschen, sondern auch immer seine Geschichte.«

Als Jakob sie fragend ansah, erklärte sie: «Bei Luis reisen seine Mutter mit und sein Bruder und alles, was er auf seiner Tour erlebt hat. Mit dabei sind auch die Angst, in Deutschland erwischt zu werden, die Angst, nicht in Deutschland bleiben zu dürfen, die Angst, seine Mutter nicht wiederzufinden oder dass ihr etwas zustößt. Bei Max reist seine Familie mit, seine Schuldgefühle gegenüber seinen Kindern und Rosalie gegenüber. Bei mir …« Sie zögerte einen Moment. »Beispielsweise der Diebstahl. Meine Sorgen um Finn … mein Traum, aus meinem Leben mehr machen zu wollen. Der Tod von …« Sie unterbrach sich und suchte Jakobs Blick, der ihn mitfühlend erwiderte und zögernd einflocht: »Wir sollten also von Zeit zu Zeit unser Gepäck durchsehen. Aussortieren, was wir nicht mehr brauchen. Sonst wird es am Ende doch viel zu schwer für uns.«

»Das ist eine schöne Vorstellung. Ich wüsste auch schon, welche Erinnerungen ich wegwerfen würde.« Tamaras Stimme klang belegt. Sie schloss die Augen. Jakob unterdrückte den Impuls, nach ihrer Hand zu greifen. Sie wirkte auf einmal so zerbrechlich. Doch als sie ihre Augen wieder öffnete, hatte sie sich im Griff. Sie lächelte Jakob an, und unter ihrem zärtlichen Blick wurde ihm froh zumute.

Tamara legte ihre Hand auf seine. »Nur du, mein Prinz, reist noch mit leichtem Gepäck. Voller schöner Erlebnisse und aufregender Begegnungen …«

Jakob hob seine Augenbrauen. »Wenn es mal so wäre …« Seine Miene verdüsterte sich. Es sah so aus, als ob er noch etwas hinzusetzen wollte, doch da Max in diesem Augenblick an den Tisch zurückkam, schwieg er.

»Tut mir leid, dass ich euch habe warten lassen«, murmelte Max und setzte sich dankbar auf den Stuhl, den Jakob ihm hinschob. Als er saß, suchte er ernst den Blick der beiden anderen. »Nun seid ihr wohl ziemlich enttäuscht von mir, oder?« Er verschränkte seine Arme vor der Brust. »Kann ich euch nicht verdenken, ich bin auch enttäuscht von mir.« Nachdenklich spielte er mit seinem Weinglas. »Das Verrückte ist, dass ich überhaupt nicht darüber nachgedacht habe, was in Tanneron geschehen sollte. Ich dachte, wenn wir einander in die Augen schauen … Dass dann alles wieder gut wäre.« Er brach ab. Die anderen schwiegen. Max sah auf seine Hände: »Und wisst ihr, auf eine verrückte Weise war es sogar so. Ich habe sie sofort wiedererkannt. Diese stolze Kopfhaltung. Dieser gerade Blick. Ihre Haare sind immer noch lang. Mir kommt es so vor, als hätte sie sich gar nicht verändert. Ja, sie war wütend, aber sie war auch wunderschön. Stimmt's?« Er sah Tamara um Zustimmung heischend an. »Sie muss es doch noch wissen. Wie wir leben wollten, das hatten wir uns damals doch genau vorgestellt.«

»Und was hattest du dir mit Inge vorgestellt?« Tamara ärgerte sich, dass ihre Stimme schärfer klang, als sie gewollt hatte. Aber einmal mussten sie doch darüber sprechen, also konnte es ebenso gleich sein.

Max senkte den Kopf. »Gar nichts, das war ja mein Problem. Ich hatte Inge völlig vergessen.«

Tamara und Jakob sahen einander verblüfft an.

»Vergessen!«, stieß Tamara dann hervor.

»Ja, ich weiß, es klingt herzlos, aber ich kannte Inge doch kaum. Wir sind ein paarmal tanzen gewesen, und einmal habe ich sie nach Haus begleitet. Und …« Die Erwähnung war ihm sichtlich unangenehm. »Es ist eben geschehen. Ich hatte dem keine große Bedeutung beigemessen. Bis mich ihr Brief erreichte. Sie hat irgendwie eine Kontaktadresse vom Deutsch-Französischen Jugendwerk herausbekommen und mir nach Paris geschrieben, dass sie schwanger ist.«

»Das hat bestimmt eingeschlagen wie eine Bombe.« Jakob rieb sich die Stirn.

»So kann man es sagen. Ich war völlig fertig. Ich wusste nicht, was ich tun sollte. Einerseits wollte ich bei Rosalie bleiben …«

»Warum hast du Inge nicht reinen Wein eingeschenkt? Es hätte für sie doch auch noch andere Möglichkeiten gegeben«, warf ihm Tamara vor.

Max setzte sich gerade auf. »Du weißt nicht, wovon du sprichst, Tamara. Das hätte ich niemals über mich gebracht.«

»Wieso denn nicht?«

Max wurde wütend. Er fuhr sie an: »Ich war doch selbst mit einer Mutter aufgewachsen, die ihr Kind ohne Vater großziehen musste!«

Tamara und Jakob wechselten wieder einen Blick.

»Das wolltest du Inge nicht antun?«

»Das wollte ich keiner Frau antun.« Max machte eine Pause. »Für eine Witwe wie meine Mutter war es finanziell zwar schwer, aber sie war wenigstens gesellschaftlich anerkannt. Hatte einen Opferbonus. Außerdem, Kriegswitwen gab es damals viele. Aber Inge? Anfang der sechziger Jahre war eine Heirat die einzige Möglichkeit, wie das Mädchen glimpflich aus der Situation herauskam.« Er presste die Lippen aufeinander. »Ihre Eltern waren natürlich überhaupt nicht begeistert. Die hatten eine Drogerie in Altona und wollten, dass Inge jemanden heiratet, der das Geschäft übernimmt.«

»Fanden sie es nicht gut, dass du Buchhalter warst?«

Max verneinte. »Ich war ja noch kein Buchhalter, sondern erst in der Ausbildung. Und die Drogerie hat mich nie interessiert. Das habe ich Inge auch gleich bei meiner Rückkehr gesagt. Ich werde dich heiraten, aber einen Drogisten machst du aus mir nicht.«

Tamara sog hörbar die Luft ein. Max blickte auf. »Ja, Tamara, ich weiß, das war nicht nett. Aber ich war damals nicht nett. Ich war unglücklich. Ich wollte in Frankreich mit Rosalie leben, und für sie hätte ich auch die Buchhaltung jeder Drogerie gemacht …« Er lächelte bitter. »Was ich am Ende natürlich auch für Inges Eltern gemacht habe. Aber ich habe keine einzige Stunde hinter dem Tresen gestanden und Waschmittel oder Hühneraugenpflaster verkauft.«

Jakob fragte: »Hat Inge im Laden ihrer Eltern gearbeitet?«

»Ja, bis zu Marieles Geburt, und als Florian in die Schule kam, hat sie wieder halbtags dort ausgeholfen. Natürlich ohne Bezahlung. Die Drogerie lief immer schlechter, die Supermärkte setzten sich durch. Aber erst als ihre Eltern alt waren, haben sie den Laden endlich verkauft.«

»Das hört sich an, als ob sich Inge in ihrem Leben immer nach anderen gerichtet hat. Nach ihren Eltern, nach dir, nach den Kindern«, stellte Jakob fest.

»So war das damals eben.«

Tamara fragte: »Wie war Inge denn?«

»Wie sie war?« Max sah Tamara erstaunt an.

»Ja, sie muss doch eine sehr starke Persönlichkeit gewesen sein. Sie wusste, dass du sie nicht liebst. Trotzdem hat sie zu dir gestanden. Gleichzeitig haben ihre Eltern ihr Druck gemacht, und sie hat auch den ausgehalten. Das und …« Weil sie es nicht über sich bringen konnte, den Tod von Max' Tochter zu erwähnen, schloss Tamara: »Und all das andere.«

Max zog die Augenbrauen hoch. »Du sprichst von ihr, als ob du sie gekannt hättest.«

Tamara zuckte mit den Schultern. »Als du von der Drogerie erzählt hast, habe ich an ein Haushaltswarengeschäft gedacht, das zu meiner Kinderzeit in unserer Straße lag. Da musste auch die Tochter immer mithelfen. Obwohl sie viel lieber Klavier geübt hätte. Die hat sich auch für ihre Eltern entschieden. Sie hatte immer so ein trauriges Lächeln, wenn sie in ihrem Kittel Eimer stapelte und Geschirr sortierte. So habe ich mir Inge vorgestellt.«

Max nickte. »Ja, damals war Selbstverwirklichung noch nicht modern. Das wäre auch nicht Inges Welt gewesen.« Er fing Tamaras kritischen Blick auf und fügte hastig hinzu: »Soweit ich das überhaupt beurteilen kann. Man hat damals nicht so viel geredet wie heute. Vor allem nicht über Gefühle oder … so etwas wie Sehnsucht.« Er schwieg verlegen. Aber als die anderen ihn weiter erwartungsvoll ansahen, setzte er fort: »Inge war eher ruhig. Völlig anders als Rosalie. Sie hatte gar nichts Besonderes.« Seine Miene hellte sich auf, als ob ihm gerade etwas klargeworden sei. »Das mochte ich sogar an ihr. Wir lebten ruhig, ohne Aufregungen.«

Tamara empfand Mitleid mit Inge, die sich ihr Leben lang mit einer nicht greifbaren Konkurrentin gemessen hatte. Einer Frau, die das Denken und Fühlen von Max erobert hatte und die niemals den lebendigen Vergleich fürchten musste. Inge hatte Max ihren Mann nennen können, sein Herz jedoch hatte immer Rosalie gehört.

Als ob er ihre Gedanken spürte, erklärte Max, dass er Inge nie gesagt habe, dass er sie damals nicht liebte. »Wir haben nicht über Liebe geredet. Aber ich denke, sie hat sich auf vieles ihren Reim gemacht.«

Beispielsweise auf den Rosmarinzweig, dachte Max, den er erst in einem kleinen Senfglas mit Wasser gehegt und schließlich getrocknet und zerrieben in seinem Tabaksbeutel verwahrt hatte. Oder auf das beharrliche Schweigen, das jede ihrer Fragen nach seinem Aufenthalt in Frankreich bei ihm auslöste.

Jakob fragte: »Was ist aus dem Mädchen aus dem Haushaltswarengeschäft geworden? Hat sie das Klavierspielen aufgegeben?«

Tamara schüttelte den Kopf. »Weiß ich nicht. Das Geschäft hat irgendwann dichtgemacht.«

Der Kellner entzündete die Windlichter auf den Tischen und schaltete die Terrassenbeleuchtung an.

Max zog die Strickweste enger um sich. Jakob sah, dass er zitterte. Er sagte: »Es wird kalt, und es war ein langer Tag. Max, ich würde gern noch eine halbe Stunde Yoga machen. Wann stört es dich wohl am wenigsten?«

Max blickte auffordernd zu Tamara. »Wie wäre es, wenn wir noch ein paar Schritte hinauf zu dem alten Friedhof machen, den wir vom Zimmer aus sehen können? Magst du mich begleiten? Jakob ist bestimmt froh, uns loszuwerden und seine Yogamatte auszurollen.«

Jakob zog sein Kapuzenshirt aus und half Max, es anzuziehen. »Du solltest dich nicht erkälten. Und hier …« Er holte eine kleine Taschenlampe aus seiner Hosentasche. »Der erfahrene Weltenbummler hat so etwas immer dabei. Aber macht nicht so lange, Max muss morgen fit sein.«

Max war von Jakobs Optimismus gerührt. »Du glaubst noch an ein glückliches Ende?«

Jakob verschränkte fröstelnd seine Arme vor der Brust. »Bis das Gegenteil bewiesen wird.« Er puffte Max kumpelhaft auf die Schulter und zwinkerte Tamara zu. »Bring ihn heil zurück.«

Während Jakob oben im Hotelzimmer seine Matte aus der Tasche nahm und vergeblich versuchte, Tamaras Lächeln und die Bewegungen ihres Körpers aus seinen Gedanken zu verbannen und sich in die Meditation zu versenken, gingen Tamara und Max langsam zu dem alten Friedhof hinauf. Die Aussprache schien Max gutgetan zu haben. Es war kaum vorstellbar, dass sie ihn nach Rosalies Ausbruch fast ins Hotel hatten tragen müssen, dachte Tamara. Nun schritt er zwar langsam, aber stetig neben ihr her und hatte sich nur leicht bei ihr eingehakt.

Einige verloren wirkende Straßenlaternen säumten den immer enger werdenden Pfad, und kurz vor dem Friedhof ließen sie die letzte Laterne hinter sich und waren froh, Jakobs Taschenlampe zu haben. Zur Friedhofsmauer aus Natursteinen war es nicht mehr weit, und so standen sie bald an die Mauer gelehnt nebeneinander und sahen, die schweigenden Grabsteine hinter sich, über das dunkle Tal. Die Taschenlampe legte Tamara auf die Mauer, und hin und wieder verdunkelte sich ihr Schein, wenn ein Insekt in das Licht flog. Die Scheinwerfer der weit unter ihnen fahrenden Autos auf der Autobahn leuchteten auf wie Sternschnuppen. Der Duft von Rosmarin lag betörend in der Abendluft.

Max murmelte leise vor sich hin: »Rosmarin. Tau des Meeres.« Als Tamara ein fragendes Geräusch von sich gab, winkte er ab. »Erinnerungen eines alten Mannes.«

Max dachte über die Wendungen nach, die sein Leben eingeschlagen hatte und die ihn heute bis in dieses südliche Bergdorf gebracht hatten. Er dachte auch an die Frau, die er ein Leben lang geliebt hatte, und an seine Schuld.

»Bist du dir sicher, dass Rosalie doch noch mit mir reden wird?«

Tamara löste sich vom Anblick des Tales und wandte sich ihm zu. »Ich hoffe, ja. Ich werde jedenfalls alles versuchen.« Sie steckte ihre Hände in die Taschen der Jeansjacke.

»Denkst du jetzt schlecht von mir, Tamara?«

Tamara lachte. »Was ist das denn für eine Frage? Quatsch mit Soße. Wir machen alle Fehler. Manche mehr, manche weniger. Ist ja auch echt schwer, das Leben, oder? Wie kriegt man das überhaupt hin? Das fragen wir uns doch alle. Und wir stehen ständig vor Entscheidungen. Ich kenne das.« Sie zählte auf: »Soll ich mit Pit nach Hamburg gehen oder lieber in meinem gemütlichen Berlin bleiben? Soll Finn ins Ausland oder nicht? Soll ich mir einen Hund anschaffen oder nicht? Soll ich mit Jakob weiterflirten oder nicht?« Sie kicherte und schlug mädchenhaft die Hand vor den Mund. »Huch, das ist mir so rausgerutscht. Vergiss es einfach wieder!«

Jetzt musste Max lachen. Er konnte sein Glück im Unglück gar nicht recht fassen. In dieser hoffnungslosen Situation mit Rosalie kümmerten sich zwei liebenswerte Menschen um ihn, trösteten ihn, gaben ihm Halt und brachten ihn zum Lachen.

Max drückte Tamaras Arm.

»Nach dem heutigen Nachmittag könntest du mir mit Fug und Recht jegliche Urteilskraft in Liebesdingen absprechen. Aber vielleicht darf ich meine Lebenserfahrung hier ins Spiel bringen?«

»Unbedingt!«

»Wenn ich eins in meinem Leben gelernt habe, dann, dass man nichts aufschieben sollte. Tu alles, was du dir vornimmst – sofort. Weil du sonst vielleicht die Möglichkeit verpasst, es überhaupt zu tun. Also: Küss unseren Jakob, wenn du möchtest. Und zwar noch heute.« Er lächelte. »Oder vielleicht doch lieber morgen, heute Nacht hätte ich Jakob gern in meiner Nähe.«

Tamara fragte erschrocken: »Fühlst du dich schlecht?«

Max winkte ab, obwohl Tamara das kaum sehen konnte. »Reine Vorsichtsmaßnahme. Aber ich habe gemerkt, dass es mir guttut in einem Zimmer zu schlafen, in dem noch ein anderer Mensch atmet. Verrückt, oder?«

Tamara schwieg. Nach einer Weile erwiderte sie leise: »Als Pit starb, habe ich mich oft nachts zu Finn ins Bett gelegt. Es gibt nichts Tröstlicheres als ein schlafendes Kind neben dir.«

Max blickte noch einmal über das Tal. Behutsam griff er nach Tamaras Arm. »Wollen wir?«

Tamara nahm die Taschenlampe von der Mauer. Langsam gingen sie wieder hinunter ins Dorf, zu den Lichtern.

Kurz vor dem Hotel hielt Max noch einmal an. »Tamara, falls ich es später vergesse: Danke! Danke, dass du nach Frankreich mitgekommen bist. Danke, dass du da bist.«

Tamara beugte sich vor und gab ihm einen freundschaftlichen Kuss auf die Wange. Dann wurde sie wieder grob, aber Max wusste mittlerweile, dass dies ihre Art war, zu verbergen, wenn etwas sie berührte.

»Werd jetzt bloß nicht rührselig, Maxe! Und denk dran: Niemals auf halbem Weg umkehren.«

Als Max das Zimmer betrat, lag Jakob bereits schnarchend unter seiner Decke. Und auch Max hielten die Aufregungen des Tages nicht so lange wach, wie er befürchtet hatte. Zwar stand ihm Rosalie, bebend vor Zorn, immer wieder vor Augen. Aber Zorn war nicht schlecht, dachte Max und merkte, wie sich der Schlaf schwer auf ihn legte. Zorn heißt, dass ich ihr nicht gleichgültig bin. Wo Zorn ist, ist vielleicht auch noch Zuneigung. Mit diesem tröstlichen Gedanken schlief er ein.

Tamara war auf eigentümliche Weise froh, dass ihr heute Abend die Frage erspart blieb, wie es mit Jakob und ihr weitergehen sollte. Es wäre irgendwie falsch gewesen, mit Jakob das Bett zu teilen, während sich Max nebenan den Kopf zermarterte, wie er Rosalie für sich gewinnen konnte.

»Alles hat seine Zeit«, beschied Tamara ihrem Spiegelbild philosophisch und putzte ihre Zähne. Sie knipste das Licht aus, zog die Decke über sich und dachte an den morgigen Tag. Nach dem Frühstück würden sie und Jakob hinüber zu Rosalie gehen. »Wir wer'n dit Kind schon schaukeln«, sprach sie sich leise Mut zu und war eingeschlafen, bevor sie sich eine Taktik für das Gespräch mit Rosalie ausdenken konnte.

Am nächsten Morgen frühstückten sie auf der Terrasse. Vögel zwitscherten in den alten Bäumen, Schmetterlinge flatterten in den Kreisen, die die Sonne auf die Kieselsteine malte, einige emsig brummende Bienen drehten ein paar Runden über dem Brotkorb und flogen geschäftig weiter. Der schwere Kräuterduft der vergangenen Nacht hatte sich noch nicht wieder entfaltet. Die Luft war frisch, mit einem leichten Holzgeschmack und einer fast noch frühlingshaften Süße.

Max war diesmal der Erste am Tisch. Er wirkte aufgeregt, aber auch fröhlich. Er hatte sich für den Vormittag vorgenommen, eine mittelalterliche Kapelle zu besuchen, die unterhalb von Tanneron lag.

»Es ist eine Votivkirche, wie man sagt. Das sind Kirchen, die aus Dank erbaut wurden, weil Gott jemanden gerettet hat. Oder weil der Erbauer ein Gelübde abgelegt hat, sie zu errichten, wenn ihm ein bestimmter Wunsch erfüllt wurde. In jedem Fall scheint mir diese Kapelle der passende Ort zu sein, um auf das Urteil von Rosalie zu warten.« Er lächelte schwermütig. »Wer weiß, vielleicht hilft ja beten.«

Während Jakob Marmelade auf Baguettescheiben schmierte und sie mit gutem Appetit verzehrte, bekamen Max und Tamara nicht viel hinunter. Schon eine halbe Stunde später verabschiedeten sie sich voneinander und verabredeten, sich um die Mittagszeit wieder im Hotel zu treffen.

Max sah den beiden nach, als sie von der Terrasse auf die Dorfstraße traten und den Platz überquerten. Jakob überragte Tamara zwar um einiges, aber es lag eine gewisse Ähnlichkeit in der Schlaksigkeit ihres Ganges, eine beneidenswerte körperliche Unbekümmertheit.

Einen Moment lang überlegte Max, ihnen doch hinterherzulaufen. Schließlich ging es um Rosalie. Es war seine Sache, und er sollte sie regeln. Aber dann drehten sich Tamara und Jakob noch einmal um und winkten ihm. Tamara hob ihren Daumen, und Jakob formte aus Zeigefinger und Mittelfinger das Victory-Zeichen. Da wusste Max, er konnte in seiner Angelegenheit keine besseren Anwälte finden als diese beiden Menschen.

»Deine Telefonnummer habe ich auch noch nicht«, stellte Jakob fest und sah Tamara von der Seite an. »Ich hätte dir gestern gern noch gute Nacht gesagt oder geschrieben.«

Tamara lächelte. »Ich hab mein Handy ausgestellt, als wir über die Grenze gefahren sind. Ich hab nämlich keine Flatrate fürs Ausland.« Sie steckte ihre Hände in ihre Gesäßtaschen.

»Mit Finn bin ich erst Ende des Monats zum Skypen verabredet, und alles andere kann mir im Moment gestohlen bleiben.«

Jakob freute sich über die Antwort, denn bedeutete das nicht, dass alles, was hier in Frankreich bei ihr war, ihr wichtig war? Also auch er. Er drückte sie kurz an sich und hauchte ihr einen Kuss in die Haare.

Tamara blieb stehen, und für einen Moment befürchtete er, etwas falsch gemacht zu haben oder ihr zu nahe getreten zu sein. Doch Tamara erwiderte seine Umarmung flüchtig. Allerdings war sie nicht ganz bei der Sache, sah ihn von unten an und biss dabei auf ihre Unterlippe.

»Hast du dir schon einmal Gedanken gemacht, was wir Rosalie sagen sollen? Und was machen wir, wenn sie uns gar nicht öffnet?«

Jakob hatte darauf keine Antwort, und Tamara hatte wohl auch keine erwartet. Sie verflocht ihre Finger mit seinen, und als er sie überrascht über diesen Stimmungswechsel ansah, lächelte sie ihm zu. »Wollen wir wetten, dass ich deine Gedanken lesen kann? Du denkst, dass das ungelegte Eier sind. Und du hast recht! Ich bin nur sehr nervös.«

Jakob drückte aufmunternd ihre Hand. »Wir gehen jetzt einfach hin und schauen mal, wie es läuft.«

Tamara atmete tief durch. Es war schön, mit Jakob durch die Morgenluft zu laufen, und sie wünschte sich von Herzen, dass das Glück, das sie dabei empfand, ein gutes Vorzeichen war.

Als sie sich Rosalies Haus näherten, kam ihnen die dicke Katze maunzend entgegen. Tamara hockte sich hin und streichelte das schnurrende Tier, das sich unter ihrer Hand wohlig räkelte. Von dem Blumenstrauß war nichts zu sehen. Die Katze strich auch Jakob um die Beine, wandte sich nach einer Weile ab und ging mit kleinen Schritten in den Hofeingang. Dabei drehte sie sich in kurzen Abständen um und miaute.

Jakob und Tamara sahen sich an. Jakob war sofort dafür, dem Tier zu folgen. »Ich habe gestern schon gedacht, dass es vielleicht ein Fehler war, zu klingeln. Auf dem Land klingelt man nur selten an der Haustür, da geht man über den Hof oder durch den Garten.« Er ging auf den Hof und sah Tamara auffordernd an.

»Aber wir können doch nicht so einfach … ist das nicht … Hausfriedensbruch?«

Jakob lachte. »Tamara, das ist ein nettes französisches Dorf, und wir sind nicht in einem texanischen Kinofilm.« Er zeigte auf die Katze, die jetzt um die Ecke verschwand.

Tamara folgte ihm zögerlich. Ihr war nicht wohl dabei, fremdes Privatgelände zu getreten.

»Vertrau mir! Meine Großeltern kommen vom Land.«

»In einer Berliner Schrebergartenkolonie würdest du dafür richtig Ärger bekommen.«

Jakob griff sich an den Kopf. »Na, umso besser, dass wir hier in der französischen Provinz sind.«

Bevor Jakob um die Ecke verschwand, rannte Tamara hinter ihm her. Sie gelangten in einen kleinen Innenhof mit einem Feigenbaum, unter dem ein Tisch mit einigen Stühlen stand. Eine geöffnete Tür führte ins Haus, aus dem würzige Kochgerüche, Geräusche und eine Stimme drangen.

»Pst, da singt jemand«, flüsterte Jakob. »Auf Deutsch?«

Tamara spitzte die Ohren. Sie bemühte sich, den Text zu verstehen. Plötzlich schnippte sie triumphierend mit den Fingern. »Das kenne ich. Ein deutsches Volkslied.«

Sie zog Jakob zu sich heran, horchte erneut, setzte dann gemeinsam mit der Stimme aus dem Haus ein und sang leise in sein Ohr: »... sie konnten zusammen nicht kommen, das Wasser war viel zu tief. Ach Liebster, kannst du nicht schwimmen, so schwimm doch herüber zu mir! Drei Kerzen will ich anzünden, die sollen leuchten dir ...« Während im Haus weitergesungen wurde, sagte Tamara: »Das ist ein trauriges Lied über zwei Königskinder, eine Prinzessin und einen Prinzen, die sich liebten, aber durch einen See oder Fluss getrennt sind. Der Königssohn will zu seiner Geliebten hinüberschwimmen, aber am Ende ertrinkt er, weil irgendjemand die Kerzen löscht, die die Prinzessin als Wegweiser aufgestellt hat.«

Die dunkle Melodie und die schlichten Worte erschienen ihnen in diesem Moment wie das fehlende Stück eines Puzzles. Tamara und Jakob standen wie verzaubert da und hörten zu. Doch dann brach der Gesang plötzlich ab, und Rosalie erschien in der Tür. Sie trug Espadrilles an den nackten Füßen, ein leichtes Sommerkleid verbarg sich unter einer blauen Schürze, in der Hand hielt sie ein kleines Messer. Sie schien erstaunt über den Besuch, aber nicht erschrocken. Ihr Blick zuckte nach rechts und links, aber Jakob sagte beruhigend: »Max ist nicht da.«

Auf Rosalies Stirn erschien eine steile Falte. Sie fragte: »Und wer seid ihr? Seine Kinder?«

Tamara und Jakob schüttelten den Kopf. »Wir sind seine Freunde.«

»Was wollt ihr?« Tamara hörte diese Frage mit Erleichterung. Wer fragt, jagt einen nicht vom Hof, dachte sie und antwortete: »Wir möchten sehr gern mit Ihnen reden.«

Rosalie musterte die beiden prüfend. Offensichtlich fiel der Test positiv aus. Sie kräuselte die Lippen. »Ich muss aber jetzt kochen. Ihr könnt später wiederkommen.«

Tamara sah Jakob hilfesuchend an. Er verstand sofort. Ob Rosalie später noch einmal so entgegenkommend sein würde, war die Frage. Er beschloss zu handeln und trat mit einem unbefangen freundlichen Blick auf Rosalie zu.

»Können wir Ihnen dabei nicht vielleicht helfen?« Er zeigte auf das Messer in ihrer Hand. »Soll ich etwas für Sie aus dem Garten holen? Wo sind die Kräuter?«

Tamara fiel auf, dass er seiner Stimme ein wenig mehr holländischen Tonfall verlieh als sonst, und hätte fast darüber gelacht. Denn der holländische Akzent schien Menschen oft zu entwaffnen. Charme, das kann er aus'm FF, dachte sie und beobachtete, wie Rosalies Widerstand unter Jakobs Lächeloffensive schmolz. Rosalie schien selbst verblüfft darüber. Sie musterte Tamara und gab Jakob tatsächlich das Messer. Dann zeigte sie zum hinteren Teil des Hofes und sagte: »Na, gut, holen Sie mir ein paar Zweige Rosmarin.«

Während Jakob sich auf den Weg machte, rief Rosalie Tamara zu: »Kommen Sie mit in die Küche. Sie können Zwiebeln und Knoblauch schälen.«

Die Küche war einfach und praktisch eingerichtet. Auf dem Herd stand eine Kasserole, in dem ein Stück Fleisch schmurgelte, gespickt mit Knoblauch in einem Kräutersud. Das jedenfalls konnte Tamara gerade noch sehen, bevor Rosalie einen Deckel daraufstülpte. Tamara lief bei dem appetitlichen Duft das Wasser im Mund zusammen. Während sich Rosalie am Herd zu schaffen machte, saß Tamara am Küchentisch und schnippelte mit tränenden Augen Zwiebeln und Knoblauch. Danach folgten Zucchini, Auberginen und Tomaten, die sie gemeinsam mit Rosalie, die sich auf den Stuhl Tamara gegenüber setzte, in dünne Scheiben schnitt. Dabei schwiegen sie beide wie im tiefen Einverständnis. Tamara war dankbar, dass Rosalie sie nicht fortgeschickt hatte, und wollte die friedliche Stimmung nicht verderben, indem sie mit der Tür ins Haus fiel. Was mochte wohl in

Rosalies Kopf vorgehen?, fragte sie sich und naschte geistesabwesend ein Stück Tomate von ihrem Brett. Auch wenn noch in den Sternen stand, ob sich die Reise von Max gelohnt hatte, so fühlte sie sich in der Küche bei Rosalie sehr wohl.

Jakob kam mit dem Rosmarin herein und stand einen Moment lang unschlüssig im Rahmen.

Rosalie sah auf. »Ach, kommen Sie hierher zu Ihrer Freundin, nehmen Sie sich auch ein Holzbrettchen und hacken Sie den Rosmarin klein.«

Sie setzte einen weiteren Topf auf den Herd, kochte Gemüsebrühe auf und rührte mit einem Schneebesen ein gelbliches Pulver ein.

»Polenta«, sagte sie. Ihre Gäste sahen zu, wie sie Rosmarin und Olivenöl in den Polentatopf gab. Nach einer Weile verteilte sie die Polenta auf Backpapier, das sie auf dem Tisch ausgelegt hatte, und schnitt mit einem Kochlöffel die Masse fingerdick in eine Quaderform.

Während die Polenta auskühlte, dünstete Rosalie Zwiebeln und Thymian an. Sie rührte Honig ein und fügte kleingeschnittene Feigen, einige Esslöffel Balsamicoessig und etwas Wasser dazu. Die Masse köchelte auf kleiner Flamme, und Rosalie schmeckte sie mit Salz und Cayennepfeffer ab. Dann drehte sie sich zu Tamara und Jakob um und sagte ebenso knapp: »Feigen-Zwiebel-Chutney.«

Jakob und Tamara saßen geborgen in den angenehmen Düften von karamellisierten Feigen und Zwiebeln, Honig und frischem Thymian am Tisch. Es war beruhigend und entspannend, Rosalie beim Kochen zuzusehen. Doch gleichzeitig besaß die friedliche Zeit in Rosalies Küche etwas Unwirkliches. Als ob wir aus der Gegenwart gefallen wären, dachte Tamara. Hier zwischen diesen Wänden, an denen getrocknete Knoblauchzöpfe, hölzerne Löffel und eine alte tickende Uhr hingen, schien die Welt, in der Menschen einander verletzten und verrieten, weit entfernt zu sein. Auf der Fensterbank stand eine Vase mit einem Blumenstrauß.

Schnell und geschickt schichtete Rosalie das geschnittene Gemüse in eine große Auflaufform, streute Rosmarin und zerbröckelten Feta darüber und gab je einen Schuss Olivenöl und Rotweinessig dazu. Zuletzt schob sie den Auflauf in den Ofen.

Sie schnitt die Polenta mit einem eingeölten Messer in fingerdicke Streifen, bestrich sie mit Olivenöl und legte sie auf einen Grillrost, den sie ebenfalls in den Ofen schob.

Schließlich wischte sie sich die Hände an ihrer Schürze ab und gab Tamara den Auftrag, drei Gläser vom Regal zu nehmen und nach draußen zu bringen. Sie holte aus dem Kühlschrank eine Flasche Rosé und drückte sie Jakob in die Hand.

Kurze Zeit später saßen sie im Schatten unter dem Feigenbaum und warteten, bis Jakob die Gläser gefüllt hatte.

Die Katze kam heran und sprang auf Rosalies Schoß. Rosalie streichelte das Tier, dessen Schnurren die Stille im Hof durchbrach.

Rosalie griff nach ihrem Glas und nahm einen Schluck.

Tamara und Jakob wagten nicht zu sprechen.

»Sie müssen ihm sagen, dass ich ihn nicht sehen will«, kam es plötzlich von Rosalie.

Die beiden anderen sahen sie erschrocken an.

Sie fuhr fort: »Ich habe zu lange auf ihn gewartet. Warum kommt er erst jetzt?«

Tamara erkannte, wie schwer ihre Aufgabe war. Das Verhalten von Max konnte in Rosalies Augen nicht einfach erklärt werden. Man konnte ihr doch nicht erzählen, das Max' Ehefrau tot war, und er sich erst jetzt traute, Kontakt mit Rosalie aufzunehmen –

nachdem er mehr oder weniger zufällig ihre Adresse herausgefunden hatte. Dass Max aus dem Seniorenheim abgehauen war, wirkte ebenfalls eher skurril. Fieberhaft dachte Tamara über eine Antwort nach, die Rosalie nicht verletzen würde.

Jakob dagegen ignorierte erst einmal Rosalies Frage und sagte stattdessen bewundernd: »Sie sprechen so gut Deutsch! Für mich als Holländer ist das nicht schwer, aber ich habe noch nicht sehr viele Franzosen getroffen, die Deutsch so perfekt beherrschen.«

Rosalie lächelte müde. »Ich hatte ja auch vor, mein Leben mit einem Deutschen zu verbringen. Stattdessen bin ich Deutschlehrerin geworden.«

Sie erinnerte sich an ihre Gastgeberinpflichten und bedeutete Jakob und Tamara, zu ihren Gläsern zu greifen.

»Und das Imkern?« Tamara stellte ihr Glas wieder ab.

»Hab ich erst nach der Pensionierung angefangen. Das heißt, ich bin keine Imkerin. Ich bin für Vertrieb und Werbung zuständig, die Bienenstöcke stehen etwas weiter unten im Tal und werden von zwei jungen Männern aus Fréjus betreut. Die übernehmen das Imkern. Bei mir werden die Honigläser gelagert, und ich bin auch für den Straßenverkauf zuständig. Im Hochsommer kommen hier viele Deutsche vorbei. Ich bin in einigen deutschen Tourismusportalen aktiv und auch auf einigen deutschen Seiten, die sich mit Honig beschäftigen.«

»Sogar sehr aktiv, in Ihrem Alter«, sagte Jakob forsch. Tamara stieß ihn stirnrunzelnd in die Seite.

Rosalie bedachte Jakob mit einem strengen Blick. »Solange man gehen kann, sollte man gehen.«

Danach gab es nichts mehr zu sagen. Rosalie stellte ihr leeres Glas auf den Tisch, setzte die Katze auf den Boden und machte Anstalten, aufzustehen.

Doch Tamara legte ihre Hand auf Rosalies Arm und sah sie bittend an. Während Rosalie sich zögern wieder hinsetzte, sagte Tamara: »Vor einigen Jahren ist mein Mann Pit gestorben. Ein Unfall. Von einer Minute auf die nächste hat sich mein Leben völlig verändert.«

Rosalie sah sie mit neu erwachtem Interesse an. Tamara hielt ihrem Blick stand. »Ich kann mir nur vorstellen, wie sehr Max Sie verletzt hat, aber ich weiß auch, dass ich alles dafür geben würde, Pit noch einmal zu sehen. Und wenn es nur für fünf Minuten wäre. Überhaupt jemanden geliebt zu haben und geliebt worden zu sein, ist ein Geschenk, gleichgültig, wie lange es gedauert hat.« Ihre Augen füllten sich mit Tränen. Sie beugte sich vor und nahm Rosalies Hand zwischen ihre Hände.

»Bitte, Rosalie, geben Sie Max eine Chance. Wir sind im Hotel Champfagou. Noch einen Tag.« Sie stand auf und nickte Jakob zu.

Der erhob sich nun ebenfalls, und auch Rosalie stand auf. Sie schwieg noch immer.

Tamara streckte ihr die Hand hin, aber nach einem kurzen Moment des Zögerns trat Rosalie näher und verabschiedete sich mit zwei leichten Wangenküssen von ihr. Sie lächelte Jakob zu und hielt auch ihm ihre Wange hin. Jakob küsste sie und wollte schon Tarama hinterhereilen, die bereits auf dem Weg zum Hofausgang war.

Doch dann blieb er noch einmal stehen und drehte sich zu Rosalie um. »Sie haben vorhin gefragt, warum Max jetzt zu Ihnen kommt.«

Rosalie rührte sich nicht.

»Es ist einfach. Max will sich bei Ihnen entschuldigen. Er weiß, dass er nichts wiedergutmachen kann. Das ist schon alles.«

Immer noch stand Rosalie stocksteif. Jakob machte eine vage Abschiedsgeste. »Und vielen Dank, dass wir beim Kochen helfen durften. Das hat Spaß gemacht.«

Er lief mit schnellen Schritten zu Tamara, und Hand in Hand schlugen sie den Weg zum Hotel ein.

Rosalie sah ihnen nach. Schließlich drehte sie sich um, nahm die Gläser und die Roséflasche und brachte sie in die Küche. Sie stellte den Backofen ab, holte die Polentasticks heraus und drehte die Platte unter dem Chutney aus. Sie wischte noch einmal über den sauberen Küchentisch, vergewisserte sich, dass alle benutzten Kochutensilien und die Gläser in der Spülmaschine waren, verstaute die Roséflasche wieder im Kühlschrank und hob einen heruntergefallenen Rosmarinzweig vom Boden auf.

Dann blickte sie sich in der sauberen Küche um. Es gab nichts mehr zu tun, als sich endlich wieder der Vergangenheit zu stellen. Sie ließ sich auf einen der Küchenstühle sinken und legte den Kopf auf die Tischplatte. Die Wände ihres Hauses lösten sich auf, und Rosalie war wieder auf dem Bahnhof in Paris und fühlte den Abendwind an den nackten Beinen. In ihren Händen hielt sie einen Zweig Rosmarin, und sie würde gleich den Mann, den sie liebte, zum letzten Mal für lange Zeit küssen. Sie wusste, es würde ihr das Herz brechen.

Rosalie

Es tat so weh. Als der Zug, der Max zurück nach Deutschland bringen würde, aus dem Gare du Nord fuhr, durchzuckte sie ein unbekannter, wilder Schmerz. Sie stellte sich eine leuchtende gläserne Kugel vor, in der die Erlebnisse und Gefühle der vergangenen Wochen geborgen und sicher aufbewahrt gewesen waren. Diese Kugel brach mit dem Abschied auseinander, und ihr Inhalt verwandelte sich in eine schwarze Kälte, die in sie floss und ihren gesamten Körper lähmte. Die scharfen Ränder der zerborstenen Kugel zerschnitten ihr Herz.
Max war gegangen und kam nicht wieder.
Nicht nach den versprochenen zwei Wochen, nicht nach zwei Monaten, nicht nach zwei Jahren. Alle hatten versucht, sie zu trösten, und hatten ihr Erklärungen angeboten. Dass Max trotz seines freundlichen Lächelns am Ende doch nur ein dreckiger Deutscher sei, ein sale boche, *der sich nicht ändern könne. Deutsch bliebe eben deutsch. Alles Verbrecher, man musste sich ja nur angucken, was die im Krieg angerichtet hatten. Andere meinten, junge Männer seien eben so, ob deutsch oder französisch spiele dabei keine Rolle.* Voilà, les hommes! *Sie wollten nur das eine, und hinterher interessierten die Mädchen sie nicht mehr. Rücksichtslose Herzensbrecher, allesamt. Max' Verhalten hätte nichts mit ihr, mit Rosalie, zu tun. Sie könne nur froh sein, dass sie nicht schwanger geworden sei.*

Rosalie hörte sich das alles an, aber sie wusste es besser. Die Nationalität hatte zwischen Max und ihr nur am Anfang eine Rolle gespielt. In Wahrheit kam er wie sie aus dem Land der Liebe, und dort waren sie einander begegnet – das hatten sie gewusst, als sie einander zum ersten Mal gegenübergestanden hatten. Mit einem anderen Mädchen hatte sie das Begrüßungsbanner des Deutsch-Französischen Jugendwerks, des Office franco-allemand pour la Jeunesse, *getragen, um die deutschen Jugendlichen zu begrüßen. Erfüllt von Nervosität, Angst und Trotz. Würden sie mit den Kindern der Nazis eine Sprache finden? Rosalie war mit den Berichten über die deutsche Besatzung in Nizza aufgewachsen, mit Bildern von verhafteten Juden, die aus der Provence ins Durchgangslager Drancy bei Paris gebracht wurden, mit jährlichen Feiern, die an die Invasion der Alliierten an der südfranzösischen Küste zwischen St. Raphael und Le Lavandou im August 1944 erinnerten. Sie hatte als Kind an diesen Stränden gespielt, an denen Gedenksteine für die Rettung, die Operation Dragoon, errichtet worden waren, und ihre Großeltern hatten immer wieder erzählt, dass es zwei Wochen gedauert hatte, die deutsche Wehrmacht aus Südfrankreich zu vertreiben. Natürlich wusste sie, dass La Motte, woher ihre Familie stammte, die erste befreite Gemeinde des Südens gewesen war, denn in der Nacht zum 15. August waren genau dort die ersten Fallschirmspringer der Alliierten wie rettende Engel vom Himmel gefallen.*

Aber erst in Paris, wo sie eine Sprachenschule besuchte und bei entfernten Verwandten ihres Vaters wohnte, hatte sie begonnen, sich mit dem Krieg auseinanderzusetzen. Zu Hause waren »die Deutschen« die Feinde – wie die Drachen aus ihrem

Märchenbuch. Sie bevölkerten die von Kopfschütteln begleiteten Schilderungen ihrer Großeltern und Eltern und vereinten unaussprechlich furchterregende Eigenschaften in sich, die ihnen alles Menschliche absprachen. Deutsch – das war für das Kind Rosalie ein Wort wie Menschenfresser oder Bestie.
Gleichzeitig stammten viele schöne Musikstücke, die ihre Großmutter auf dem alten Klavier spielte, von deutschen Komponisten wie Schubert oder Beethoven – aber Rosalie erfuhr, dass die Deutschen während des Krieges verlangt hatten, die Häftlinge in den Konzentrationslagern sollten diese Musik spielen. Durfte man sie dann überhaupt noch hören und schön finden? Jedes Jahr, wenn wieder die Befreiung gefeiert wurde, erzählte ihre Großmutter von der deutschen Krankenschwester, die während der Besatzung auf ihrem Klavier gespielt hatte.
»Ein Krankentransport machte eine kurze Pause bei uns. Es wurde gefragt, ob irgendjemand im Ort ein Klavier habe. Diese Krankenschwester spielte großartig. Ich weiß nicht mehr, was, aber ich werde nie vergessen, mit welcher Intensität sie die Tasten anschlug. Es traf einen … direkt.« Immer wenn ihre Großmutter an dieser Stelle der Erzählung angelangt war, griff sie sich ans Herz, und Rosalies Mutter verdrehte die Augen und murmelte: »Ach, Maman, die alte Geschichte.«

Was war also Deutsch?, grübelte Rosalie. Eine Sprache, eine Nationalität, eine Eigenschaft? Wie waren die Deutschen? Konnte man den Versöhnungsangeboten trauen, die der deutsche Kanzler Adenauer mit Präsident de Gaulle aushandelte? Wie würde die Zukunft aussehen? Würden Franzosen und Deutsche jemals Freunde werden?

Rosalie mochte die deutsche Sprache. »Ich liebe dich« klang so schön. Als würden die Worte wie Vögel durch den Himmel fliegen, eine Melodie des Herzens, hell und hoch, ein Aufschwung und eine sanfte Landung. Die Worte »ich« und »dich« waren jeweils ein klarer Ton, und dazwischen wie ein Seidenband das Wort »liebe«. Nicht das zusammengeschmolzene französische »je t'aime«, in dem »je« bestimmte und das »te« fast verschwand. Im Deutschen mussten »ich« und »dich« immer wieder neu zusammenfinden, dachte Rosalie.
Als der Zug mit Max aus dem Bahnhof fuhr, zerriss das Band zwischen ihm und ihr, die losen Enden flatterten, und Rosalie war allein, ihrer Liebe beraubt und schutzlos.
Dabei hatte alles wie ein Wunder begonnen.

Die Erinnerungen ihrer Großmutter, die klavierspielende deutsche Krankenschwester, die Invasion, aber vor allem die Zukunft gingen Rosalie durch den Kopf, als sie sich für das Treffen des Deutsch-Französischen Jugendwerks anmeldete. Paris hatte aus dem verträumten Landmädchen aus dem Süden eine unternehmungslustige Großstädterin gemacht, die ihr Leben in die eigenen Hände nehmen wollte. Erst zwei Wochen zuvor hatte sie einen Aufruf des Office franco-allemand pour la Jeunesse *am Schwarzen Brett der Sprachenschule gelesen. Ihre Deutschlehrerin, die alte Frau Schneider, eine gebürtige Wienerin, war hinter sie getreten und hatte mit ihrem hübschen Akzent gesagt: »Das sollten's sich einmal anschauen, Rosalie. Eine andere Sprache lernt man am besten, wenn man sie mit Muttersprachlern spricht.«*
Rosalie hatte das Wort »Muttersprachler« beruhigt. Muttersprache klang nach Geborgenheit, nicht so bedrohlich wie

»Vaterland«. Ein Vaterland kämpfte, eine Muttersprache tröstete. Also hatte sich Rosalie angemeldet und gleich beim ersten Treffen Schüler und Studentinnen, Lehrlinge und Berufsanfängerinnen getroffen, die den Aufenthalt einer Gruppe junger Deutscher vorbereiteten. Bei diesen Treffen herrschte eine Stimmung von Aufbruch und Neuanfang, die Rosalie mitriss. Es wurde gestritten, gelacht, geflirtet, und es wurden kühne Pläne geschmiedet, die den Frieden und nur den Frieden zum Ziel hatten. Sie fühlten sich wie die Revolutionäre beim Sturm auf die Bastille, sie alle wollten Freiheit, Gleichheit und Brüderlichkeit leben, über alle Grenzen und über alles hinweg, was in der Vergangenheit lag. Rosalie wollte, anders als ihre Eltern und Großeltern, an das Gute im Menschen glauben. Sie war jung und damit so weit von ihren Eltern entfernt, wie man nur sein konnte. Die Deutschen, die jetzt kommen würden, waren auch jung – und schon fühlte sich Rosalie mit ihnen verbunden. Was waren Grenzen, wenn es darum ging, gemeinsam jung zu sein? Was war Geschichte, wenn es um die Zukunft ging? Ein Abiturient aus Versailles brachte es an einem Abend auf den Punkt: »Die mögen Rock 'n' Roll, wir mögen Rock 'n' Roll – also sind wir Freunde!«

Ihren Eltern schrieb Rosalie, dass sie erst in den letzten Wochen der Sommerferien nach La Motte kommen würde, ein Sprachkurs erfordere ihre Anwesenheit in Paris. Ihre Pariser Verwandten packten die Badesachen für den traditionellen Sommerurlaub im Süden und waren insgeheim froh, dass ihre Wohnung in der Ferienzeit nicht leer stand und so geschützt vor einem Einbruch war.

Aufgeregt und erwartungsvoll sah Rosalie der Ankunft der jungen Deutschen entgegen. Im letzten Moment erwachten zwar auf dem Bahnsteig Bedenken, und sie fragte sich ängst-

lich, ob Grausamkeit und Unmenschlichkeit vielleicht doch vererbbar wären. Doch als sie Max sah, vergaß sie alle Befürchtungen.

Er war mittelgroß, schlank, mit lockigen braunen Haaren, feingeschnittenen Zügen und hellen blauen Augen. Er stieg aus dem Zug und kam auf sie zu. Neben ihm und hinter ihm gingen andere Menschen, aber Rosalie sah nur ihn. Er blickte sie unverwandt mit diesen Augen an, die sie an Bergseen denken ließen. Rosalie erinnerte sich an diese erste Begegnung wie in Zeitlupe. Sie hatten einander angesehen, und Rosalie hatte in seinen Augen gelesen wie in einem Buch. Sie hatte von Verwundungen, von Einsamkeit und Angst gelesen. Von Träumen und Zärtlichkeit, von Sanftheit, Stärke – und dabei war sie von einer Wärme durchglüht worden, heißer und beglückender als die Sonne über den Lavendelfeldern. Sie las in seinen Augen in einer Sprache, für die man keine Vokabeln brauchte und in der niemals eine Bedeutung in der Übersetzung verloren ging.

Als Max vor ihr haltmachte, war Rosalie in ihn verliebt. Sie löste ihre Hand von der Stange, die das Banner des Jugendwerkes trug, und streckte sie ihm entgegen. »Willkommen in Frankreich!«

Erst war sein Lächeln schüchtern, aber unter ihrem Blick begann er zu strahlen. Er setzte seinen Koffer ab und ergriff ihre Hand. »Merci beaucoup.« Sie hielten einander an den Händen, und Rosalie dachte, dass nicht wichtig war, woher er kam. Es war nur wichtig, wohin sie gemeinsam gehen würden. Die Welt stand ihnen offen: Frankreich, Deutschland, Amerika, Israel. Überall arbeiteten die jungen Menschen an einer neuen, schöneren Welt, und sie waren überall willkommen.

Max wurde ihre erste große Liebe. Rosalie hatte noch nie zuvor einen Jungen geküsst. Zwar hatte ihr Tanzschulpartner, der verschwitzte Alain, nach dem Abschlussball versucht, sie zu küssen, aber das hatte mit Liebe nichts zu tun gehabt. Max war nicht verschwitzt, er roch gut, und als sie ihn misstrauisch fragte, ob er schon viele Mädchen geküsst habe, schüttelte er den Kopf.
»Aber du machst das so gut«, hatte sie geflüstert und sich geschämt, weil sie spürte, dass ihr Gesicht brannte.
»Ich mache das so gut, weil du ein Naturtalent bist.«
»Also, wie viele Mädchen hast du schon geküsst?«
»Nicht viele. Und vor allem noch nie eines, das ich geliebt habe.«
Nach diesen Worten trat ein Schweigen ein, und Rosalie schlug das Herz bis zum Hals.
»Heißt das, dass …« Sie verstummte.
Aber Max zog sie fest an sich und sagte leise: »Ja, das heißt es.«
Sie sah ihn an und erwiderte: »Moi aussi. Je t'aime, Max.«
Er drückte sie an sich, und sie schloss ihre Augen. Nie wieder würde sich Rosalie so sehr von einem Mann geliebt fühlen.

Wie alle Liebenden vor ihnen und nach ihnen waren sie maßlos in ihren Ansprüchen an das Schicksal – als ob die Tatsache, dass sie einander gefunden hatten, ihnen eine Garantie auf das Glück gab. So beschwor sie ihn an einem Abend: »Versprich mir, dass du nicht vor mir stirbst!«
Sie waren in dem kleinen Zimmer, das ihre Verwandten für sie geräumt hatten. Die Abendsonne warf ein sanftes Licht durch das Fenster auf das schmale Bett, in dem sie lagen. Im Hof waren die beruhigenden Geräusche nachbarlichen Le-

bens zu hören: Geschirrklappern, Türen, die im Wind zufielen, Kindergelächter, Radiomusik.

Max wickelte eine von Rosalies dunklen Locken um seinen Zeigefinger. »Ich verspreche es dir.« Er lachte. »Allerdings wolltest du mir doch Rosmarin aufs Grab legen! Vielleicht sollten wir lieber ausmachen, dass keiner von uns ohne den anderen stirbt.«

»Wenn du mich verlässt, sterbe ich sowieso.«

»Wir versprechen einander einfach, nicht ohne den anderen zu sterben. Also kannst du gar nicht sterben, wenn ich nicht da bin.« Er streichelte ihren nackten Rücken. »Aber lass uns nicht mehr über das Sterben reden. Sondern über das Leben.«

»Leben hat ohne dich keine Bedeutung mehr für mich!«, rief sie leidenschaftlich und küsste ihn hart auf den Mund. Dann kniete sie sich neben ihn und bedeckte seinen Körper mit vielen, zarten Küssen. »Es soll keinen Quadratzentimeter Haut an dir geben, den meine Lippen nicht berührt haben.«

Er ließ es geschehen und zog sie wieder in seine Arme.

»Aber ich meine genau dasselbe. Ich habe das Gefühl, dass mein Leben hier überhaupt erst anfängt.«

Er erzählte ihr von seiner Mutter, die das Grauen des Krieges zerfressen hatte, und von dem dunklen Schatten über seiner Kindheit. Sie hielt ihn, als er weinte wie der kleine Junge, der so große Furcht vor der gefährlichen Welt gehabt hatte. Eine Welt, in der Väter im Krieg geblieben waren, Brüder starben und die Flucht alles zerstörte, was Sicherheit bedeutet hatte.

Sie kannten einander schon gut, als Rosalie in der Abgeschiedenheit des kleinen Zimmers irgendwann fragte, was sie nie zuvor zu fragen gewagt hatte: »War dein Vater … ein Nazi?«

Max sah sie lange an, und Rosalie erkannte, dass er sich genau diese Frage selbst stellte.

»Hat deine Mutter etwas erzählt?«

Max schüttelte den Kopf. »Wir haben nie darüber geredet.«

»Was denkst du?«

Max schwieg. Schließlich sagte er: »Mein Vater war Soldat. Er ist tot.« Er legte sich in die Kissen zurück und verschränkte seine Arme hinter dem Kopf. »Und dein Vater? War er auch Soldat?«

Rosalie schüttelte den Kopf. »Er ist Arzt. Während des Krieges war er in Tunesien, in einem Krankenhaus.« Sie lächelte. »Bei uns hat es immer geheißen, dass ich die Wiedersehensfreude meiner Eltern bei einem seiner Heimaturlaube war.«

»Er hat den Krieg jedenfalls nicht in Europa erlebt.«

Max erwiderte ihr Lächeln, wurde aber schnell wieder ernst. »Praktisch.«

»Du meinst, weil unsere Väter nicht gegeneinander kämpfen mussten?«

»Ich meine alles Mögliche. Ich weiß nicht einmal, wo mein Vater gestorben ist. Ich glaube, irgendwo in Russland. Ich habe nie richtig hingehört, wenn meine Mutter darüber gesprochen hat. Es hat mich nicht interessiert. Und ich wollte einfach nur, dass diese Zeit vorbei war.«

Seine Stimme klang zornig, fand Rosalie. Sie setzte sich auf und fragte: »Bist du wütend, dass er tot ist?«

Max schüttelte den Kopf. »Ich bin wütend, dass er überhaupt bei diesem Krieg mitgemacht hat. Ich bin wütend, dass die Deutschen diesen Dreckskrieg angezettelt haben. Ich bin wütend, dass jeder Mensch auf der Welt das Recht hat, auf uns herabzuschauen.«

»Aber du hast doch gar nichts getan.«

»Ich weiß, aber ich werde mich zeit meines Lebens fragen, ob ich auch ein Nazi geworden wäre, wenn ich nur ein wenig früher geboren worden wäre. Jeder Deutsche wird sich das irgendwann in seinem Leben einmal fragen. Jeder Deutsche und jede Deutsche, die nach dem Krieg geboren sind.«
Er zog sie an sich. »Ich wundere mich, dass du einen Deutschen wie mich überhaupt lieben kannst.«

Vielleicht hatten genau diese Fragen ihre Liebesgeschichte zu etwas Unvergleichlichem gemacht, dachte Rosalie später oft. Ja, Max war ihre erste große Liebe, aber es war auch immer mehr gewesen. Es war eine besondere erste Liebe in einer besonderen Zeit, als die Welt einen Neuanfang unternehmen wollte.
»Es geht darum, ein neues Europa aufzubauen«, hatte Max damals gesagt, und gemeinsam mit seinem verrückten Freund Friedler schmiedeten sie Pläne von einem vereinten Europa ohne Grenzen, mit einer überall gültigen Währung und einem eigenen Recht. Die Vergangenheit lag dunkel hinter ihnen, sie aber diskutierten lebendig und hitzig Schuld und Sühne, Vergeltung und Vergebung, und sie versprachen einander in den kurzen Nächten die Ewigkeit.
»Für immer und immer. Pour des siècles et siècles. Du und ich. Wir.«

Der Brief aus Deutschland veränderte alles.
Madame Philippe, eine Mitarbeiterin des Jugendwerkes, brachte ihn aus ihrem Büro mit. Max war sehr überrascht, als er sie seinen Namen rufen hörte. Rosalie, die gerade mit ihm und Friedler an einem Wandbild zum Thema europäische Freundschaft arbeitete, sah, wie er verwirrt die Augen aufriss.

»Wer kann mir denn schreiben?«, murmelte er, während er zu Madame Philippe lief. Bevor er sich den Brief aushändigen ließ, drehte er sich noch einmal zu Rosalie um und lächelte ihr glücklich, vertraut und stolz zu. Sie würde sich ihr Leben lang daran erinnern, denn es war das letzte Mal, dass Max sie so anlächelte.

Er riss den Brief auf, las und zerknüllte ihn. Er sah zu ihr herüber, und in seinen Augen lag ein schwer zu deutender Ausdruck, der ihn ihr fremd machte. Rosalie bekam Angst.

Trotzdem verbrachten sie die noch verbleibenden Tage miteinander, als ob nichts geschehen wäre. Aber wenn sie sich nun umarmten, hatten ihre Berührungen etwas Verzweifeltes. Als ob wir wussten, dass es unsere letzten Umarmungen waren, dachte Rosalie später.

»Wann kommst du wieder?«, fragte sie ihn, denn es war klar, dass sie gemeinsam in Frankreich leben wollten. Gemeinsam mit Friedler, vielleicht an der Küste, vielleicht in Paris. In jedem Fall zusammen.

»In zwei Wochen höchstens, ich muss in Deutschland etwas regeln«, sagte Max und wich weiteren Fragen aus.

Wer hatte den Brief geschrieben? Was war in Deutschland geschehen? Auch Friedler konnte ihr nichts erklären. »Irgendeine Familiensache«, murmelte er und machte einen Scherz, um sie abzulenken.

In den ersten Jahren nach dem Abschied versuchte sie, Max zu finden, doch sie hatte nur die Adresse seines Wohnheimes. Ihre Briefe kamen mit dem Hinweis »Unbekannt verzogen« zurück, und es gelang ihr auch nicht, eine Telefonnummer herauszubekommen.

Seitdem gab es diese Leerstelle in ihrem Leben. Das Gefühl, dass etwas immer fehlen würde, wie ein steter Hunger.
Sicher, auch sie hatte später, als klarwurde, dass Max niemals wieder zurückkommen würde, andere Männer kennengelernt. Sie hatte geküsst, geliebt, über eine Ehe nachgedacht. Aber es war nie wieder so vollkommen gewesen.

An jenem letzten Morgen kaufte sie auf dem Markt ein Sträußchen Rosmarin, und als sie am Bahnhof standen, steckte sie es ihm an das Revers seines Jacketts. Er roch daran, und danach umarmte er sie so fest, als wolle er sie nie wieder loslassen.
»Bevor dieser Rosmarin vertrocknet ist, bin ich wieder da«, sagte er.
Das waren seine letzten Worte gewesen.
Erst im fleckigen Spiegel der Bahnhofstoilette sah Rosalie, dass sie sich in ihrem Bemühen, die Tränen zu unterdrücken, die Unterlippe blutig gebissen hatte.

Kapitel 12

Max erwartete sie bereits auf dem Dorfplatz, der jetzt in der hellen Mittagssonne lag. Er saß auf der Bank im Schatten der Platane.

Als sich Tamara und Jakob links und rechts von ihm niederließen, sah Max scheu und mit mühsam gezügelter Neugier von einem zum anderen und versuchte in ihren Mienen zu lesen. Das Sonnenlicht, gefiltert durch die Blätter der Platane, warf Muster auf den staubigen Boden.

Eine Weile lang sagte keiner etwas. Jakob und Tamara wussten nicht, wo sie anfangen sollten. Tamara fühlte sich ein wenig beschwipst vom Rosé. Ihre Gedanken und Gefühle tanzten durch ihre Seele wie ein Mobile im Wind.

Endlich legte Jakob seine Hand auf Max' Oberschenkel. »Noch ist nichts verloren. Sie hat uns zum Schluss auf ein Glas Wein eingeladen. Mensch, ich muss sagen, dass mir Alkohol am Vormittag nicht liegt.«

Tamara lachte bestätigend. »Mir ist auch ein wenig schwindelig.«

Wieder schwiegen sie.

Max Engel wagte nicht, weiterzufragen. Dabei brannte ihm so vieles auf der Seele: Wieso war noch nichts verloren? Gab es Hoffnung, wenn Rosalie Tamara und Jakob eingeladen hatte, oder war es nur die typisch französische Gastfreundschaft? Warum aber waren Tamara und Jakob so zurückhaltend? Was verschwiegen sie?

Max hatte Angst, bereits am Ende seines Weges angekommen zu sein. Wenn Rosalie ihn endgültig abwies, wusste er nicht, was er tun sollte. Zurück in die JVA? Der Druck auf seinem Herzen, den er bei seinem Spaziergang zu der Kapelle schon so schmerzhaft empfunden hatte, schien sich zu verstärken. Die Stille in der kleinen Kirche hatte ihn nicht beruhigt, sondern vielmehr aufgewühlt. Nervös hatte er vor den Kerzen und Bildern gestanden, und die Kühle des Steins hatte ihn an ein Grab erinnert. Auch jetzt in der Mittagssonne meinte er noch, die Kälte des Gemäuers in sich zu tragen. Enttäuscht barg er sein Gesicht in den Händen.

»Sie will mich nicht sehen, stimmt's?«

Tamara umfasste tröstend seine Schultern.

»Max, Jakob hat recht. Noch ist nichts verloren.« Sie ließ ihn wieder los. »Wusstest du, dass sie Deutschlehrerin war?«

»Ja, im Netz habe ich gelesen, dass sie nach ihrer Pensionierung nach Tanneron gezogen ist und sich seitdem mit Honig beschäftigt.«

Tamara erzählte, wie Rosalie sie empfangen und in ihre Küche gelotst hatte. »Sie ist eine großartige Köchin. Leider hat sie uns nicht zum Essen eingeladen. Aber es war toll, ihr beim Kochen zuzugucken! Der Duft war überwältigend.«

Tamara und Jakob sahen sich über den Kopf von Max hinweg an.

Obwohl sie immer noch neben ihm saßen, hatte Max das Gefühl, dass sie sich durch ihre Erinnerung an den mit Rosalie verbrachten Vormittag von ihm entfernten, unerreichbar für ihn wurden.

Er murmelte: »Ich hätte mitkommen sollen.«

»In diesem Fall hätte sie wohl überhaupt nicht mit uns gesprochen«, gab Tamara zu bedenken, und Jakob fügte hinzu: »Du musst ihr Zeit geben.«

Max hob seinen Kopf und sah ihn so entsetzt an, dass Jakob erschrak. Das Nasenbluten fiel ihm ein, die vielen Medikamente. Ob Max befürchtete, nicht mehr genug Zeit zu haben? Schnell verscheuchte er diesen Gedanken. Max hatte seit dem Nasenbluten wenig über körperliche Beschwerden gesprochen und sogar Interesse an Yoga gezeigt. Er schien die Zurückweisung von Rosalie nach dem ersten Schock gut verarbeitet zu haben und war doch gestern Abend nicht nur mit Tamara spazieren gegangen, sondern hatte eine erholsame Nacht hinter sich.

Mit leichtem Schuldbewusstsein musste sich Jakob eingestehen, dass er nicht gemerkt hatte, wann Max in das Hotelzimmer gekommen war. Erst am Morgen hatte er ihn friedlich in seinem Bett schlafen sehen. Wahrscheinlich hatte also das Entsetzen in seinem Blick weniger mit seiner gesundheitlichen Verfassung als mit dem Scheitern seines Planes zu tun. Jakob bewunderte die Zielstrebigkeit, mit der der alte Mann seine Reise geplant hatte und bereit war, sich seiner Vergangenheit zu stellen. Er mochte Max, und es tat ihm in der Seele leid, dass er jetzt abgewiesen wurde.

Noch einmal verstärkte er den Druck seiner Hand. »Sie fragt sich, warum du jetzt kommst. Nach all den Jahren.«

»Eine berechtigte Frage. Aber sie ist nicht zu beantworten. Jetzt bin ich da. Das ist alles, was ich sagen kann.«

Max wechselte einen Blick mit Tamara. »Wir haben gestern über Fehler gesprochen. Das war mein größter: Ich glaubte, ich könne mein wahres Leben verschieben und irgendwann nachholen. Jetzt weiß ich es besser. Leben sollte man immer sofort. Ich habe viel zu lange gewartet. Und nun bleibt mir nichts, als zu warten.« Sein Gesicht verzog sich zu einem nachdenklichen Lächeln. »Aber was sie konnte, muss ich wohl auch können.«

Er richtete sich wieder auf. Tamara sah erleichtert, dass er versuchte, Herr der Lage zu werden, obwohl es ihm sichtlich schwerfiel.

Sie schlug vor: »Wollen wir etwas essen? Habt ihr Hunger? Im Hotel bietet man einen Mittagstisch an.«

Jakob hatte eine andere Idee. Er spielte mit dem Autoschlüssel, den er aus seiner Jeanstasche geholt hatte. »Wollen wir irgendwohin fahren? Vielleicht zum See? Oder hinunter ans Meer? Nach Saint-Raphaël ist es nur eine halbe Stunde. Der höchste Berg in der Gegend hat übrigens den lustigen Namen Mont Vinaigre, Essigberg, das klingt doch interessant.«

Aber Max wollte lieber in Tanneron bleiben, um es auf keinen Fall zu verpassen, sollte Rosalie es sich anders überlegen und ihn sehen wollen. Und weil die anderen nicht das Herz hatten, ihn darauf vorzubereiten, dass Rosalie sich vielleicht nie bei ihm melden würde, stimmten sie zu.

Sie gingen zum Hotel, wo sie auf der Terrasse wieder an ihrem Tisch vom Vorabend Platz nehmen konnten.

Sie vermieden es, über den Vormittag und Rosalie zu sprechen, und Tamara und Jakob versuchten, Max von seinen trüben Gedanken abzulenken. Es war nicht zu übersehen, wie schwer er von diesem neuerlichen Rückschlag getroffen war. Er stocherte lustlos in seinem Salat, ließ über die Hälfte seines Gerichts zurückgehen und zerbröselte abwesend sein Brot. Doch Tamara und Jakob wechselten sich wie ein eingespieltes Team ab und ließen keine Gesprächspause entstehen. Tamara schwärmte vom angenehmen Reisen in der Göttin und steuerte einige Anekdoten über ihren Fiat Punto bei, der nur deswegen noch nie gestohlen worden sei, weil seine Klapprigkeit selbst den bedürftigsten Autodieb abschrecke. Jakob erzählte lustige Begebenheiten von seinen abwechslungsreichen Jobs im Work-

&-Travel-Programm. Als sie beim Kaffee waren, imitierte er einen Gast des Gasthofs in Riegel, der versuchte hatte, mitgebrachte Tiefkühlkost in der Sauna aufzutauen. Max lachte tatsächlich, als er schilderte, wie schwierig es war, Käsebelag einer Pizza von den Saunabänken zu kratzen. Auch Tamara musste laut lachen, doch als sie Max auffordernd ansah, veränderte sich auf einmal etwas.

Es war zuerst an seiner Haltung zu bemerken. Er setzte sich kerzengerade auf und legte sein Besteck aus den Händen. Seine Augen schienen größer zu werden, sein Mund blieb offen stehen, er hörte schlagartig auf zu lachen und schien etwas in der Ferne zu fixieren. Tamara war es, als ob ein Windzug sie träfe, sie atmete würzigen Kräuterduft ein und drehte sich erstaunt in die Richtung, in die Max starrte. Auch Jakob hatte die Veränderung bemerkt und stand unwillkürlich auf.

In der Terrassentür stand Rosalie.

Die nächsten Minuten erlebte Tamara in überdeutlicher Klarheit. Die Geräusche des Restaurants verstummten, die Gäste an den anderen Tischen verschwanden. Rosalie schien direkt von zu Hause gekommen zu sein, in der Hand noch die hastig abgenommene Küchenschürze. Einige Haare hatten sich aus ihrem Knoten gelöst, und ihre Wangen waren gerötet, als sei sie schnell gelaufen. Sie war außer Atem und sah sich einen Moment lang suchend um. Dann begegneten ihre Augen denen von Tamara. Tamara konnte ihren Blick nicht von Rosalie lösen und erhob sich. Auch Max versuchte, so schnell es ihm möglich war aufzustehen. Gemeinsam sahen sie Rosalie entgegen, aber Rosalie ging direkt auf Tamara zu. Sie ließ die Schürze fallen und griff nach ihrer Hand. Erst konnte sie nicht sprechen und sah Tamara nur an, während ihr Tränen die Wangen hinunterliefen. Dann sagte sie nur: »Danke.«

Tamara, die nun ebenfalls weinte, vermochte lediglich zu nicken. Sie warf einen hilflosen Blick zu Jakob und war dankbar, als er zu ihr kam und seinen Arm um ihre Hüfte legte.

So standen sich Max und Rosalie einander endlich gegenüber. Max stammelte: »Rosalie. Du bist doch gekommen.« Sein Gesicht war bleich, sein Atem ging schnell. Rosalie wandte den Blick nicht von ihm ab. Max las in ihren Augen die Einsamkeit so vieler Tage, die Fragen, den Schmerz, die Verzweiflung, und das Schuldgefühl schlug über ihm zusammen wie eine dunkle Welle. Er war in diesem Moment bereit, alles zu akzeptieren, was Rosalie vorbringen würde. Sein Schicksal lag in ihren Händen, und er senkte demütig seinen Kopf.

Tamara und Jakob wechselten einen nervösen Blick, ehe Tamara in Rosalies undurchdringlicher Miene forschte. Was, wenn sie nur gekommen war, um Max endgültig adieu zu sagen? Sie wirkte so entschlossen. Tamara sah noch einmal zu Jakob hinüber und erkannte, dass ihn ähnliche Gedanken beschäftigten. Aber wofür hatte sie sich bei Tamara bedankt? Unvermittelt streckte Rosalie ihre Hand aus, sie hob das Kinn von Max hoch und suchte seinen Blick. Ihre Finger zitterten. Sie hörte nicht auf zu weinen.

Rosalie schwieg noch immer. Doch auf einmal erkannten Jakob und Tamara staunend, dass sie lächelte. Auch Max fühlte die Veränderung. Er hob ihr ungläubig das Gesicht entgegen, als sie leise, von Schluchzern unterbrochen, aber mit fester Stimme sagte: »Nach all diesen Jahren will ich wenigstens den Rest des Lebens mit dir verbringen. Und es wäre am besten, wenn wir damit sofort anfangen.«

Max unterdrückte ein Seufzen, als Rosalie noch näher trat. Er wischte sich über die Augen, über sein Gesicht zog ein Strahlen. In diesem Moment schien die Luft zu flimmern, und Tamara sah wie in einem Traum einen jungen Mann und ein junges Mädchen in altmodischer Kleidung einander in den Arm nehmen. Der junge Mann legte die Hand des Mädchens auf seine Brust und seinen Zeigefinger an den Hals des Mädchens. Und durch die Distanz der Jahre und Zeiten war es Tamara, als hörte sie die junge Stimme von Max Engel triumphierend vor Glück rufen: »Ba-tam, ba-tam! Unsere Herzen schlagen im selben Rhythmus!«

Jakob zog Tamara an der Hand von der Terrasse, und als sie sich noch einmal umwandten, sahen sie, wie der Kellner Rosalie einen Stuhl heranschob und ihre Schürze vom Boden aufhob. Max und Rosalie setzten sich dicht nebeneinander, und Max zog Rosalies Hand an seine Lippen.

Schweigend gingen Tamara und Jakob zur Göttin. Als hätten sie sich vorher darauf geeinigt oder als ob die Göttin ihr persönlicher Schutzraum sei.

Tamara glitt auf den Beifahrersitz. Sie legte ihren rechten Arm auf die Lehne in der Tür, spürte wie ihr Körper sich in den weichen, vertrauten hellblauen Sitzen entspannte.

»Das ist der einzige Platz, den ich jetzt ertrage.« Tamara schnallte sich an. Jakob fand ein Päckchen Papiertaschentücher und reichte Tamara ein Taschentuch, bevor er sich selbst verlegen die feuchten Wangen abwischte.

Er drehte den Zündschlüssel und klopfte zärtlich auf das Lenkrad, während sie warteten, bis die Göttin, wie Jakob es ausdrückte, »Flughöhe« erreicht hatte. Langsam rollten sie vom Platz, an der Bank vorbei, auf der jetzt wieder die zwei alten Männer saßen. Vorbei am Café und an Rosalies Haus. Tamara schaute aus dem Fenster, und als sie vor der Haustür die dicke Katze entdeckte, schien es ihr, als ob das Tier ihr zulächelte.

Umsichtig lenkte Jakob die Göttin über die Bergstraße. Tamara war noch wie gebannt von den letzten Minuten. Immer wieder sah sie Rosalie vor sich, aufgeregt und entschieden.

Als habe er ihre Gedanken gelesen, sagte Jakob: »Man hatte den Eindruck, dass sie von ihrem Haus bis zum Hotel gerannt war. Aber sie hat ja recht. Wenn du einmal erkannt hast, mit wem du leben willst, worauf willst du dann noch warten?« Er drosselte das Tempo und fuhr an den äußersten Straßenrand, um ein entgegenkommendes Auto vorbeizulassen.

In diesem Moment erwachte Tamara aus ihrer Benommenheit und realisierte, dass sie sich auf der Straße befanden, die ihr auf dem Hinweg nach Tanneron so viele Probleme bereitet hatte. Sie blickte nach unten in eine tiefe Schlucht und spürte, wie die Panik in ihr hochschoss. Entsetzt schnappte sie nach Luft.

Jakob sah sie an. »Hast du was?«

Tamara klammerte sich am Türgriff fest. Sie war kreidebleich. »Das ist so hoch und so steil. Und ich bin so nahe am Abgrund!«

»Hast du Angst?«

Tamara nickte und schloss die Augen. Sie konnte nicht verhindern, dass ihre Hände zitterten, und setzte sich kurzerhand auf sie. Doch es wurde nicht besser.

»Kannst du bitte mal anhalten?«

Jakob sah sie erstaunt an. »Warum?«

»Mir ist schlecht.«

Jakob sah auf die Straße vor ihnen. »Im Moment ist es ein bisschen schwierig. Außerdem haben wir es doch gleich geschafft.«

»Bitte, Jakob!«

Jakob erkannte, dass Tamara es ernst meinte. Er versuchte, sich von ihrer Unruhe nicht anstecken zu lassen, und dachte fieberhaft darüber nach, wie ihr am besten zu helfen sei. Er konnte unmöglich sofort anhalten. Hinter ihnen drängelte der Fahrer eines französischen Kleinlastwagens, der das langsame Tempo der DS mit dem deutschen Kennzeichen gänzlich unangebracht fand. Jakob konnte ihn nicht vorbeilassen, da sich die Straße auf eine einzige Fahrbahn verengt hatte und eine Kurve auf die andere folgte. Es war nicht auszuschließen, dass ihnen hinter der nächsten Ecke ein Fahrzeug entgegenkam.

Tamara bettelte: »Bitte Jakob, halte an.«

»Tamara, es geht wirklich nicht. Du musst noch ein bisschen aushalten. Aber wenn ich mich recht erinnere, müssen wir nur noch durch den Olivenwald. Komm, das schaffen wir!«

Statt einer Antwort wimmerte Tamara. Ihr war schwindelig, ihr Magen krampfte sich zusammen, und auf ihrer Zunge lag bereits der metallische Geschmack, der einem Übergeben vorausgeht. Die Panik presste ihren Körper zusammen, als säße sie in einer riesigen Hand, deren Finger sich um sie schlossen. Sie bekam Angst, dass sie abstürzen und Finn nie wiedersehen würde. Ihr kleiner Finn. Er wusste noch nicht einmal, wo seine Mutter sich aufhielt! Auf einmal kam ihr das Unterfangen von Max falsch und lächerlich vor. Was hatte sie damit zu tun? Schön, dass Max und Rosalie einander wiedergefunden hatten, aber für sie, Tamara, bedeutete es, dass sie sich in Lebensgefahr begab. Der Gedanke daran trieb ihr wieder Tränen in die Augen.

»Jakob!«

Jakob hörte die Panik in ihrer Stimme. Er wusste, dass es objektiv keinen Anlass zur Sorge gab. Aber sie hatte aus unerfindlichen Gründen große Angst. Sein Großvater fiel ihm ein, der ihn immer mit Rätseln und Geschichten beschäftigt hatte, wenn er als kleiner Junge Angst vor einem Weg in der Dunkelheit gehabt hatte oder sich fürchtete, allein in die Waschküche im Keller zu gehen. Es war nur eine geringe Chance, aber er musste es wenigstens versuchen. Wenn es ihm gelang, Tamara abzulenken, würden sie es vielleicht bis zur nächsten Wendebucht schaffen.

Es fiel ihm schwer, aber er gab vor, ihre Tränen zu ignorieren, und fragte stattdessen mit fester Stimme: »Wie ging dieses Lied von heute Vormittag noch einmal?«

Tamara quetschte zwischen zwei Schluchzern heraus: »Welches Lied?« Dabei legte sie die Stirn auf ihre Knie.

Jakob sah erfreut, dass sich die Straße vor ihm ein wenig verbreiterte und er den Drängler vorbeilassen konnte, wenn er noch ein wenig mehr nach rechts fuhr. Das durfte Tamara allerdings nicht mitbekommen, denn falls sie sich wieder aufrichtete, würde sie direkt in die zerklüftete Schlucht rechts neben ihr schauen. Also sagte er: »Das mit den Königskindern, meine Schöne.«

Tamara drehte den Kopf und sah ihn aus roten Augen an. Bevor sie nach rechts schauen konnte, fing Jakob an zu singen: »Ein Prinz und ein Königskind … nee, wie ging das noch mal? Komm schon, Tamara. Du brauchst auch gar nicht rauszugucken. Sing einfach. Wie ging das?«

Tamara senkte ihren Kopf wieder, und während Jakob vorsichtig ganz nach rechts fuhr, um den Kleinlastwagen vorbeizulassen, hörte er, wie sie anfing, erst leise zu summen und schließlich zu singen: »Es waren zwei Königskinder, die hatten einander so lieb, sie konnten zusammen nicht kommen, das Wasser war viel zu tief.«

»Sing noch mal den Anfang, damit ich es lerne.«

Jakob winkte dem Drängler nach, der sich an ihnen vorbeigeschoben hatte, und stimmte mit ein: »Es waren zwei Königskinder, die hatten einander …«

Er war froh, dass Tamara sang, den Kopf weiter gesenkt hielt und so den Reisebus, der ihnen entgegenkam, nicht sah.

Sie sangen und sangen, und Jakob hoffte, dass es nicht mehr weit bis zum Olivenhain war.

»Und die zweite Strophe?«

»Ach Liebster, kannst du nicht schwimmen, so schwimm doch herüber zu mir …«

Sie fuhren die steile Straße durch den Olivenhain, und als Tamara an die Stelle mit den drei Kerzen kam, die die Prinzessin dem Liebsten anzünden wollte, war die Landstraße schon zu sehen.

Jakob klopfte Tamara leicht auf die Schulter und zeigte nach vorn. »Vergiss die Kerzen. Wir sind durch.«

Tamara entschlüpfte ein Stoßseufzer.

Jakob stieß sie noch einmal an. »Besser?«

Tamara presste immer noch die blassen Lippen aufeinander, aber sie nickte.

»Lehn dich zurück, jetzt unternehmen wir etwas Nettes. Schließ die Augen und lass dich überraschen.«

Tamara folgte erst seiner Aufforderung, aber dann riss sie ihre Augen wieder auf und blitzte ihn an. »Ich will aber auf keinen Fall auf diesen Essigberg, verstanden? Nich', dass du jetzt irgendwelche wüsten Höhenabenteuer mit mir unternehmen willst. Ick gloob, meen Schwein pfeift.«

Jakob lachte, erleichtert darüber, dass sie schon wieder ruppig wurde, und versicherte ihr, dass er keine weiteren Bergtouren plante.

»Allerdings müssen wir nachher wieder zurück …«

Tamara erwiderte pfiffig: »Ja, aber dann sitze ich ja rechts, und da ist die Bergwand. Und außerdem kannst du die zweite Strophe noch nicht.«

Jakob zog sie mit seinem rechten Arm zu sich heran, so weit die Gurte der Göttin es zuließen, und gab ihr einen Kuss auf den Scheitel.

»Wollen wir an den See?«

Sie bogen auf die Landstraße ein und folgten dem ersten Schild, das ein Restaurant am See anpries.

Wenig später saßen sie auf einer Terrasse am Ufer. Jakob bestellte Espresso.

Tamara wünschte sich eine Orangina, weil ihr die kleinen bauchigen Flaschen so gut gefielen, und trank die kalte Flüssigkeit in kleinen Schlucken, als ob sie Eiswürfel lutschte.

Es war einer dieser verträumten, sonnendurchfluteten Frühsommertage, an denen die Zeit träge wie in einer Hängematte zu schweben scheint, Uhren an den Handgelenken vergessen werden und die Displays der Mobiltelefone so dunkel bleiben wie der Grund eines Bergsees.

Sie blickten den hellen Segeln der bunten Jollen nach, bestellten Apfelkuchen und genossen den Kitzel von Zimt am Gaumen. Mitunter nahm Jakob Tamaras Hand, oder Tamara beugte sich vor und küsste Jakob. Der Zauber der Versöhnung von Rosalie und Max überstrahlte auch ihr Zusammensein, und als ob jedes Wort diese Stimmung zerstören würde, schwiegen sie lange. So verstrichen die Stunden.

Als die Sonne schon tief stand, schob Jakob seinen Stuhl näher zu Tamara und legte den Arm um sie. »Du hast sie überzeugt.«

Tamara hatte ihren Kopf auf seine Brust gelegt und murmelte: »Was meinst du?«

»Du hast gesagt, dass du alles dafür geben würdest, wenn du Pit noch einmal sehen könntest.«

Tamara spürte unter ihrer Wange das Herz von Jakob gleichmäßig schlagen. Sie sagte unvermittelt: »Ich war unfassbar wütend auf Pit. Nicht nur, weil er uns alleingelassen hat – das auch –, sondern vor allem, weil er so unvorsichtig war.« Sie setzte sich auf und bemerkte Jakobs liebevollen Blick. »Weißt du, er war Gerüstbauer. Seine Firma hat Baugerüste für Baustellen aufgestellt. Er liebte es, sich in schwindelnden Höhen aufzuhalten. Beim Paragliding, Fallschirmspringen, Klettern. Ihm konnte es nicht hoch genug sein.«

»Und du hast Höhenangst!«

Tamara schwieg. Sie sah Jakob an, als ob sie ihn prüfen wollte. Jakob zog die Augenbrauen fragend zusammen. Hatte er etwas Falsches gesagt? Er wusste nicht, ob er lächeln sollte, und entschied sich dagegen, weil seine einfache Bemerkung Tamara offenbar sehr beschäftigte. Sie nagte wieder an ihrer Unterlippe und sah bedrückt aus.

Schließlich sagte sie: »Ich hatte nicht immer Höhenangst. Also, Paragliding habe ich zwar nicht gemacht, aber ich bin ein paarmal mit dem Fallschirm abgesprungen. Früher bin ich auch auf jeden Kirchturm oder jeden Berg geklettert.« Sie wandte ihren Blick ab und sah über den See.

»Pit war immer vorsichtig. Nicht leichtsinnig. Nur an diesem Morgen … es war völlig unsinnig. Wir hatten uns gestritten.«

Jakob kam es vor, als ob sich die Luft abkühlte. Er ergriff ihre Hand und rubbelte zärtlich ihre kalten Finger.

»Es ging um Finns Auslandsjahr. Total irre, schließlich war er damals noch in der Grundschule. Aber wir kamen auf das Thema, weil Finn nach den Sommerferien aufs Gymnasium gehen sollte. Nicht, dass ich ihm nicht alle Chancen gönnte, aber ich hätte die Realschule auch in Ordnung gefunden. Auf jeden Fall war Pit begeistert, dass Finn eine Empfehlung für das Gymnasium bekommen sollte, und schwärmte davon, dass Finn mit fünfzehn ein Auslandsjahr machen würde.«

Jakob fragte irritiert: »Darüber habt ihr euch gestritten?«

»Ja. Völlig bescheuert. Ich war noch nicht einmal grundsätzlich dagegen. Ich fand es nur mit fünfzehn zu früh.«

Tamara drückte seine Hand. »Es war ungefähr so dumm, als wenn wir uns darüber gestritten hätten, was Finn später einmal beruflich machen möchte.«

»Finn ist aber jetzt weg. Das hätte Pit doch gefreut.«

»Ich hatte keine Wahl.«

Jakob dachte über ihre Worte nach. Ihm tat es leid, dass Tamara wie ein Häufchen Elend vor ihm saß.

»Aber was hatte dieser dumme Streit denn mit Pits Unfall zu tun?«

Tamara faltete die Hände vor sich auf dem Tisch und schwieg.

Jakob lehnte sich leicht gegen sie. »Hör mal, natürlich musst du mir das nicht erzählen.«

Tamara sah ihn wieder an, und er hatte das Empfinden, dass sie dabei war, über eine innere Barriere zu springen.

Sie nickte langsam. »Ich will aber.« Sie schien Kraft sammeln zu müssen, und als sie anfing zu sprechen, sah sie ihn nicht an.

»Es war ein völlig unsinniger Krach. Pit warf mir vor, dass ich keinen Mumm hätte. Dass ich Finn in Watte packen und ihm das Gymnasium nicht gönnen würde, weil wir beide kein Abitur haben. So ganz unrecht hatte er damit nicht, ich hatte tatsächlich ein bisschen Bammel davor, dass wir Finn auf dem Gymnasium nicht würden helfen können.« Ein kurzes Lächeln erhellte ihre Züge. »Es ist so schade, dass Pit nicht mehr sieht, wie gut sich Finn macht! Er ist kein Einser-Schüler – aber er hat keine großen Schwierigkeiten und er weiß jetzt schon so viel mehr, als ich jemals wissen werde. Aber egal, wir hatten also Krach, und Pit ging ohne einen Kuss und ohne Verabschiedung aus dem

Haus. Als zwei Stunden später das Telefon klingelte, dachte ich, dass er sich mit mir versöhnen wollte. Aber …«

Bestürzt sah Jakob, dass sie wieder zitterte. Er wollte sie in den Arm nehmen, aber sie wehrte ihn ruhig ab. »Ich muss das jetzt zu Ende erzählen … Ich ging also ans Telefon. Er war sein Vorarbeiter Georgi. Erst habe ich gar nicht verstanden, was er mir sagen wollte. Ich wollte es einfach nicht hören … Pit war vom Gerüst gestürzt.« Sie weinte nicht, aber ihre Augen schwammen in Tränen. »Er war wütend auf mich und er hat nicht so aufgepasst wie sonst. Das wäre nicht passiert, wenn wir nicht gestritten hätten.«

Tamara wischte sich mit dem Handrücken über die Augen und wartete, bis sie ruhiger wurde. »Seitdem habe ich Höhenangst. Ich schaffe es nicht einmal mehr auf meinen geliebten Funkturm in Berlin.« Jetzt weinte sie doch wieder.

Jakob sagte nichts. Er nickte der Serviererin dankend zu, die taktvoll einen Stapel Papierservietten auf den Tisch legte, und schob Tamara eine Serviette in die Hand. Tamara sah auf, entfaltete die Serviette und putzte sich die Nase mit einem lauten Trompetenschneuzer, der beide zum Lachen brachte.

»Sorry, ich bin manchmal eben ein Trampel.«

Jakob schüttelte den Kopf. »Du bist der süßeste Trampel, den ich jemals getroffen habe.«

Sie stieß ihn in die Rippen und zeigte ihm einen Vogel. Ihre Selbstironie gewann wieder die Überhand. »Mannomann, das ist aber heute eine Achterbahnfahrt der Gefühle! Erst Max und Rosalie, danach diese Höllentour und jetzt … Weißt du, dass ich das noch nie jemandem erzählt habe?«

»Und weißt *du*, dass du nicht schuld an Pits Tod bist?«

Tamara blieb weiter skeptisch.

»Natürlich bin ich das. Wenn wir nicht gestritten hätten …«

»… wäre er vielleicht trotzdem gestürzt. Bestimmt hat es in seinem Job auch vorher schon mal Ärger gegeben. Und trotzdem ist er nicht vom Gerüst gefallen.«

Tamara hob die Hände. »Du musst mich nicht trösten.«

Jakob lächelte. »Ich möchte es aber gern.«

Er sagte das so eindringlich, dass Tamara ihn impulsiv umarmte und danach lange küsste.

Sie löste sich aufatmend von ihm, fuhr sich mit beiden Händen noch einmal durch die Haare und erwiderte ernst: »Das ist dir ausgezeichnet gelungen.«

Sie bezahlten. Dann nahm Jakob Tamara an der Hand, und sie gingen hinunter zum See, wo sie Steine in das von der Abendsonne rotgefärbte Wasser warfen. Hoch oben über ihnen zog ein Vogel seine Kreise, von dem Jakob meinte, es sei ein Wanderfalke. Mit ruhigem Flügelschlag schraubte sich der Falke über die Baumwipfel, im Gegenlicht verschwamm er vor Tamaras Augen mit dem rot-gelben Muster eines Gleitschirms, wie auch Pit einen besessen hatte. Konnte dort oben tatsächlich ein Paraglider unterwegs sein? Sie kniff die Lider zusammen, aber das Licht der roten Sonne war zu stark, und Tamara verlor den Farbflecken. Enttäuscht suchte sie den Himmel ab, und obwohl sie nur den Falken entdeckte, der jetzt in einem haarsträubenden Sturzflug vom Himmel stürzte und nur wenige Sekunde später wieder aufstieg, war ihr das Bild des Pragliders wie ein Gruß von Pit.

Ein Zeichen, dass er immer zu ihrem Leben gehören würde. Er würde stets ein Teil von ihr bleiben, daran konnte auch der Unfall nichts ändern. Sie fühlte sich beschirmt und geborgen in diesem Denken, und in die Trauer um den Verlust mischte sich das Gefühl einer stolzen Erinnerung: Sie waren ein glückliches Paar gewesen, sie hatten einander geliebt und ein wunderbares Kind großgezogen.

Tamara sah dankbar hinüber zu Jakob, der immer noch Steine über das Wasser hüpfen ließ. Im nächsten Moment hielt er inne, als habe er ein Geräusch gehört, sah hoch und wies in den Himmel. »Sieh mal, Tamara!«

Ihr Blick folgte seinem Finger, und sie sah, wie ein leuchtend bunter Heißluftballon über den Bergwipfel schwebte, der ihnen am nächsten war.

»Bist du schon mal mit einem Ballon gefahren?«, fragte Jakob. Tamara schüttelte den Kopf. »Aber ich stelle es mir sehr schön und friedlich vor.«

Jakob sagte nachdenklich: »Vielleicht ist eine Ballonfahrt ein bisschen wie das Leben. Manchmal muss man erst Ballast abwerfen, um wieder höher zu steigen.«

Auf der Rückfahrt lernte Jakob tatsächlich die zweite Strophe des Liedes von den Königskindern, und diesmal gelang es Tamara, keine Panik aufkommen zu lassen. Sie konzentrierte sich darauf, regelmäßig zu atmen, und Jakob streichelte sie immer wieder beruhigend.

Im Hotel überreichte der Empfangschef Tamara einen Umschlag mit einer Nachricht von Max, dass er bei Rosalie sei und sie nicht auf ihn warten sollten, er würde sich freuen, sie zum Frühstück zu sehen.

Danke, meine liebsten Reisefreunde, lautete der letzte Satz, und Jakob fand den Ausdruck sehr treffend. »Denn das sind wir doch, Reisefreunde!«

Sie gingen hinauf, und es war keine Frage, dass Jakob Tamara in ihr Zimmer folgte. Und dort erlebten die beiden das letzte Wunder des Tages.

Kapitel 13

Während Tamara in den Armen von Jakob einschlief, saßen Rosalie Romain und Max Engel in der Küche von Rosalies kleinem Haus. Auf der Fensterbank lag die dicke Katze. Ihr Schnurren war das einzige Geräusch. Die Weingläser, die Rosalie gefüllt hatte, standen unberührt vor ihnen. Sie hielten einander an den Händen und suchten die Bilder der Erinnerung in den Gesichtszügen des anderen, verändert von Tagen, an denen sie keinen Anteil gehabt hatten. Es gab keine Fremdheit zwischen ihnen, doch sie waren gleichzeitig erfüllt von einer beinahe verschämten Scheu, denn sie betrachteten sich selbst mit den Augen des so lange Vermissten.

Max wusste, dass er keine Ähnlichkeit mehr mit dem jungen Mann hatte, in den Rosalie sich auf den ersten Blick verliebte. Zu schütter das Haar, zu tief die Furchen um den Mund, unübersehbar der Bauchansatz. Er ahnte nicht, dass Rosalie all das nicht wahrnahm. Für sie war der Schimmer seiner blauen Augen unverändert, die klug und offen in die Welt sahen.

Ob sich ihr eigener Kummer weniger tief in ihre Stirn gegraben hätte, wenn sie unter dem Blick dieser Augen gealtert wäre? Wäre ihr Haar später grau geworden? Wenn er den Mund zu seinem typischen skeptischen Lächeln verzog, erfasste sie die Liebe zu ihm wie ein erleichtertes Ausatmen.

Max hingegen fand mit jeder Sekunde länger, die er Rosalie ansah, die junge Frau wieder, die Licht, Wärme und Leichtigkeit

in sein Leben gebracht hatte. Noch immer leuchteten die dunklen Augen geheimnisvoll und sanft, noch immer besaß ihr Lächeln eine Strahlkraft, die ihre Jahre vergessen ließ, schien ihre Heiterkeit die Umgebung zu erhellen.

Ihre Hände lagen vor ihnen auf dem Tisch, ihre dunkler, seine weiß, beide übersät von braunen Flecken, den Signaturen ihrer Veränderung. Sie wirkten verletzlich, fand Rosalie.

Als Max so überraschend vor ihr gestanden hatte, hatten sich nach einer jähen Freude die vielen Tränen, die Einsamkeit und Verzweiflung, die Wut und die Resignation der langen Jahre unter ihrer Zunge zu einem kalten, blanken Stein geformt. Alles, was sie so erfolgreich vergessen und verdrängt geglaubt hatte, war wieder zurückgekommen. Die Monate und Wochen der Ernüchterung, der Leere, die Schattenhand des Verrats. Sie wollte das alles nicht wieder erleben. Nicht wieder den Absturz in abgrundtiefen Kummer.

Nachdem sie Max die Tür gewiesen hatte, haderte sie mit sich selbst, wütete und weinte – stundenlang bis tief in die Nacht. Irgendwann war sie dennoch eingeschlafen, und am nächsten Morgen wich ihr Zorn einer tiefen Traurigkeit, der Stein unter der Zunge löste sich auf. Stattdessen war die Frage aufgetaucht, wie sie mit der Ankunft von Max umgehen sollte. Maurice, der Briefträger, hatte bewundernd von der schönen DS mit dem deutschen Kennzeichen berichtet, die auf dem Parkplatz stand. Und Rosalie war klargeworden, dass sie den Kopf nicht in den Sand stecken konnte. Max würde nicht einfach wieder verschwinden. Weil sie am besten nachdenken konnte, wenn ihre Hände tätig waren, hatte sie begonnen zu kochen. Dabei war ihr dieses alte deutsche Lied eingefallen, das sie in jenem Jahr gelernt hatte, nachdem Max sie verlassen hatte. »Es waren zwei Königskinder, die hatten einander so lieb …« Oft hatte sie es später mit ihren Schülerinnen und Schülern gesungen und dabei immer an Max gedacht. Welches Wasser mochte ihn von ihr getrennt haben?

Im Laufe der Jahre hatte sie das Lied fast vergessen, und nun war es wieder da. Während sie das Fleisch vorbereitete, hatte die Melodie sie getröstet und ihr Herz beruhigt. Doch erst der Einsatz von Max' Freunden, dieser dürren Rothaarigen und dem jungen Holländer, hatte ihrem Denken eine neue Richtung gegeben. In all der Dunkelheit und der Wut hatte sie unversehens die Freude wiedergefunden, die sie als Erstes durchzuckte, als sie Max vor ihrer Tür erkannt hatte. Es passte zu jenem Max, dem ihre Liebe gehört hatte, dass er kein grauer Spießer geworden war, sondern mit knallblauem Hemd, in ungewöhnlicher Begleitung und mit einem schönen Oldtimer unterwegs war. Wie unwichtig ihr Zorn angesichts seiner Rückkehr erschien, hatte ihr die Schilderung der Rothaarigen vor Augen geführt. Deren Liebster war unwiederbringlich fort, tot. Sie aber, Rosalie, hatte wenigstens von einer Rückkehr von Max träumen können. Obwohl auch sie damals geglaubt hatte, sterben zu müssen.

In Paris hatte sie ihn beschworen, nicht nach Deutschland zurückzugehen. »Ich sterbe, wenn du gehst«, hatte sie geweint. Er war sehr ernst und blass gewesen. »Wir machen einfach aus, dass keiner von uns ohne den anderen stirbt«, hatte er sie beruhigt, und unter Tränen und mit großem Ernst hatten sie einander die Hände geschüttelt.

Als sie Tamara und Jakob im Hof gegenübersaß, hatte sie sich an jenen Moment erinnert. Wenigstens diesen Teil der Abmachung hatten sie eingehalten: Sie lebten beide noch.

Und jetzt saß Max vor ihr. Sie konnte ihn berühren, riechen, ihn atmen sehen. Hin- und hergerissen zwischen Glück, Zorn und dem Wunsch nach Vergeltung hatte sie sich in den Stunden nach dem Besuch von Tamara und Jakob für das Glück entschieden.

Wie um den letzten Zweifel auszutreiben, fragte sie: »Meinst du, dass es für manches im Leben einfach zu spät ist?«

Max legte den Kopf leicht in den Nacken. Er drückte ihre Hand, sah sie mit seinen hellen, jungen Augen an und sagte bestimmt: »Nein. Es ist niemals zu spät.«

Keine Vorwürfe, keine Entschuldigungen, nur die Geborgenheit in ihrer gegenseitigen Nähe. Irgendwann stießen sie an und tranken den Wein. Später begannen sie zu reden. Über die Reise, über das Dorf, den Honig und die Katze.

»Ich habe sie Groscha genannt«, erzählte Rosalie, und Max lachte. »*Gros chat?* Dicke Katze?«

Sie hielten sich dabei weiter an den Händen, als ob sie Angst hätten, einander wieder zu verlieren, wenn sie sich auch nur eine Sekunde losließen. Sie lachten miteinander, und später, sehr viel später in dieser Nacht, küssten sie sich. Verlegen, zögernd, aufgeregt und unbeschreibbar glücklich. Sie kletterten die steile Stiege in das erste Stockwerk hinauf und betraten Rosalies Schlafzimmer mit dem breiten, bequemen Bett.

Die Liebe geht ihre eigenen Wege, erkannte Max staunend. Sie überlebt Jahre und Weiten, schafft sich ihren eigenen Raum, ihre eigenen Regeln. Unsere Liebe hatte keine Feiern und gedruckten Einladungskarten, keine Bausparverträge, keine Kinder, keine Jubiläen und Ringe. Unsere Liebe war immer da, wie die Luft zum Atmen und der Schlag unserer Herzen.

Sie lauschten dem Atem des anderen und hielten einander an den Händen, bis der Schlaf sie übermannte.

In jener Nacht, in der Max und Rosalie einander wiederfanden, stand der Mond hell und rund über dem Tal. Er warf sein Licht auf das Bett im Hotelzimmer und weckte Tamara. Jakob, der sich, nackt wie sie selbst, an sie schmiegte, lag wie in silbernen Glanz getaucht da. Tamara streichelte seine zarte Haut, vorsichtig, sehr vorsichtig, um ihn nicht zu stören, und träumte sich halbwach zurück in die Stunden davor.

Sie waren einander ohne Scham und Erwartungen begegnet, voller Zärtlichkeit und Lust, aufeinander konzentriert, ohne Erinnerungen, Vergleiche oder Schuldgefühle. Tamaras Herz machte einen Sprung, und sie wusste in der Sekunde, dass mit dieser Nacht ein neuer Lebensabschnitt begann. Eine dunkle Schlucht war durchschritten, eine Brücke überquert worden. Früher hatte sie vermocht, das Glück wie ein warmes Summen in ihrem Magen zu spüren. Seit Pits Tod war dort, wo sie immer ihre Glücksgefühle hatte orten können, eine dumpfe Leere. Ein kaltes Loch.

Jetzt legte sie die Hand auf ihre Körpermitte, füllte ihre Lungen und musste unwillkürlich lächeln. Das Glück war wieder da. Es war zu ihr zurückgekommen, wie ein junger Hund, der sie mit seiner Nase anstupste und seinen Kopf auf ihr Knie legte. Sie rollte sich auf die Seite und küsste Jakob auf den leicht geöffneten Mund. Seine Lippen waren dunkel vom Rotwein, und er sah rührend jung aus. Ohne die Augen zu öffnen, brummte er wohlig, hob den Arm und zog sie schlaftrunken näher zu sich heran.

Während er weiterschlief, lag Tamara mit geöffneten Augen neben ihm. Bilder zogen durch ihren Kopf. Bilder von Rosalie und Max, von der Fahrt zum See. Ihr fielen die leuchtenden Farben des Heißluftballons ein, der elegante Flug des Falken und die Selbstverständlichkeit, mit der sie und Jakob sich voreinander ausgezogen hatten. Sie spürte Jakobs Berührungen noch auf ihrer Haut, glaubte zu fühlen, wie sich jede Zelle ihres Körpers mit Freude füllte. Mit jedem Atemzug, der ihren Brustkorb weitete, begrüßte Tamara Finke die Rückkehr des Glücks in ihrem Leben und lächelte in die Mondnacht.

Der Mond … Das Lachen von Luis, seine dunklen Augen stahlen sich in ihre Gedanken. Sein Bild, die Linien von ihm zur ihr und hinauf zum Mond. Wenn sie wieder in Hamburg war, würde sie versuchen, mit ihm Kontakt aufzunehmen. Vielleicht konnte sie ihn und seine Familie auf irgendeine Weise unterstützen.

Erst als das Tiefschwarz des Himmels vor dem Fenster von morgendlichem Rosa überzogen wurde, schlief sie ein.

Neben Selbstironie war Unvoreingenommenheit eine weitere Charaktereigenschaft, die Jakob de Jong bei seinen Reisen stets nützlich gewesen war. Er verfügte über die seltene Gabe, sich auf die Gegenwart einzulassen und bedenkenlos die Angebote, die ihm der Tag machte, anzunehmen. Als das Sonnenlicht ihn weckte, streckte er sich zufrieden und ausgeruht. Vorsichtig, um Tamara nicht zu wecken, stützte er sich auf seinen Ellbogen. Tamara hatte das Laken über sich gezogen, und nur ein sommersprossiger Arm und ihre roten Haarzipfel waren zu sehen.

Jakob gähnte herzhaft und räkelte sich. Er kam zu dem Schluss, dass das Schicksal sich zum Besten gewendet hatte, seitdem er Tamara und Max kannte. Noch vor wenigen Tagen hatte er in Deutschland Schichtdienst im Hotelgewerbe geschoben. Hätte er seine Pläne nicht spontan umgestoßen, würde er jetzt wohl in Utrecht schlecht gelaunt seine Wäsche waschen und den Fragen seiner Mutter nach seiner Zukunft ausweichen. Er verstand die bohrende Fragerei nicht, die gleich nach Beendigung der Schule begonnen hatte. Als ob es ein Verfallsdatum für die Zukunft gäbe! Noch während die letzten Prüfungen vor ihm lagen, hatten seine Eltern geforscht, »was seine Zukunftspläne seien«. Es war Jakob rätselhaft, was sie zu diesen Fragen drängte. Sein Vater arbeitete als Programmierer bei einem internationalen Konzern in der Petrochemie, und man durfte kein großes Maß an Phantasie von ihm erhoffen. Von seiner Mutter hätte Jakob jedoch mehr Verständnis erwartet, schließlich hatte ihr Berufsleben auch einige Volten geschlagen. Sie hatte ihre Ausbildung zur Kinderkrankenschwester abgebrochen, um Automonteur zu lernen, was heute Mechantroniker hieß. Die Göttin, wie Tamara und Max den Citroën nannten, kam ihm in den Sinn. Seine Mutter hätte alles darangesetzt, das alte Stück in irgendeiner Garage aufzubocken und auf Herz und Nieren durchzuchecken. Er selbst war zwar nie so autoverrückt gewesen, aber ein grundsätzliches Interesse an Autos war ihm verständlich. Er grinste, als er an den schlecht verborgenen Stolz dachte, mit dem seine Mutter stets von ihren ölverschmierten Händen berichtete, die die weißen Hemden ihrer Verehrer ruiniert hatten. »Davon kann ich ein Lied singen«, assistierte ihr Vater dann gutgelaunt. Mittlerweile kam sie kaum noch mit öligen Schraubenschlüsseln in Berührung, denn zur Überraschung der gesamten Familie hatte sie sich vor Jahren mit einer Autowerkstatt selbständig gemacht. Sie beschäftigte sechs Mitarbeiter und Mitarbeiterinnen, saß meistens am Computer und überwachte die elektronischen Systeme der Wagen. Die Übernahme einer Werkstatt war für eine Frau noch immer ungewöhnlich und mit Sicherheit nicht die Erfüllung eines bereits seit früher Jugend ausgetüftelten Plans, dachte Jakob. Die zwei Jahre, die er nun über das Work-&-Travel-Programm durch die Welt reiste, beäugten seine Eltern jedoch mit zunehmender Sorge. Dabei lag doch die statistische Lebenserwartung bei Männern aus den Niederlanden bei immerhin 77 Jahren, wie er unlängst gelesen hatte. Er war sich sicher, dass ihn die nächsten 52 Jahre zu den Tätigkeiten führen würden, die seinen Interessen und Neigungen entsprachen. Bislang hatte ihm sein Jobben immerhin Ausschlusskriterien beschert. So wusste er jetzt, dass er auf Dauer für den Gastronomiebereich nicht sanftmütig genug war, und für Tätigkeiten in der Fleischindustrie besaß er zu viele Skrupel. Vielleicht sollte er sich als nächsten Schritt um eine Volontär-Stelle in Afrika bemühen.

Würde Tamara in seinen Plänen und Ideen eine Rolle spielen? Er konnte sich vorstellen, dass sie bei allen mit Sicherheit ehrlich gemeinten Gefühlen ihm gegenüber gleichzeitig sehr realistisch war und wenig an einem Mann an ihrer Seite interessiert, der sich noch so unsicher über seinen eigenen Weg zeigte. Wäre eine Partnerschaft zwischen ihnen im Alltag überhaupt möglich? Oder sollte er sich unabhängig von ihr machen?

Im Hotel in Riegel hatte er eine Spülhilfe kennengelernt, die als freiwillige Helferin erst bei einem Schulprojekt in Dakar und später in der AIDS-Vorbeugung auf dem Land gearbeitet und von dem abwechslungsreichen und entspannten Leben im Senegal geschwärmt hatte.

»Jenseits der Städte endlose Strände, Wildparks und afrikanisches Dorfleben … In der Stadt Nachtclubs, junge Leute und super Musik. Da erlebst du an einem Tag so viel wie hier in zwei Monaten. Ein irrer Mix!« Gleich darauf war die Küchenhilfe ernst geworden, und Jakob hatte gesehen, dass sich hinter dem runden Mädchengesicht mit dem unternehmungslustigen Grübchen in den Wangen eine ernst zu nehmende Persönlichkeit verbarg, die sich wünschte, dass Arbeiten mehr als Geldverdienen bedeutete. Das Mädchen hatte fast verlegen gemurmelt:

»Außerdem macht es einen zufrieden, wenn man sich vorstellen kann, dass man durch seinen Einsatz andere Menschen motiviert.«

Es gab also so viel mehr Möglichkeiten als ein Betriebswirtschaftsstudium und die zufriedenen Gesichter seiner Eltern. Aber was war mit Tamara?

Doch es waren nicht nur seine Zweifel wegen ihr und nicht nur die Ängste seiner Eltern, die ihn dazu bewegt hatten, seine Rückkehr nach Utrecht wieder aufzuschieben. Obwohl die Verletzung und die Wut seit der vergangenen Nacht längst nicht mehr so brannten, erfüllte ihn quälendes Unwohlsein, wenn ihm die Fragen seiner Mutter nach Grietje und Willem in den Sinn kamen. Dass Grietje ihn betrogen hatte, ausgerechnet mit seinem besten Freund Willem, war ihm so unerträglich gewesen, dass er Utrecht über Nacht verlassen hatte, ohne irgendwen darüber zu informieren.

Jakob konnte sich lange nicht entscheiden, ob er Grietje oder Willem den Betrug mehr übel nahm. In einsamen Nächten hatte er sich dazu durchgerungen, vor allem Willem deswegen zu verurteilen. Wenn alles gutging, würde Grietje für ihn selbst irgendwann nur ein Mädchen in einer Reihe von vielen sein. Seine große Liebe war sie von vornherein nicht gewesen, trotzdem war betrogen zu werden ein böses Gefühl. Allerdings hatte er sich irgendwann eingestehen müssen, dass ihn der Verlust von Willem heftiger traf. Dass Willem ihre Männerfreundschaft für ein Mädchen aufs Spiel setzte, machte Jakob noch immer ratlos. Wie oft findet man im Leben einen besten Freund? Darüber sollten sich seine Eltern mal Gedanken machen. Nicht über seine Rentenansprüche und Zukunftsaussichten. Schließlich konnte man sich auch nicht heute schon einmal das Bein eingipsen, nur weil man befürchtete, sich irgendwann einmal den Oberschenkel zu brechen.

Es war beruhigend, dass ihn sein Gefühl für Tamara bei ihrem ersten Kuss nicht getrogen hatte. Auch gestern Nacht hatte es zwischen ihnen keine Verlegenheit, keine falschen Töne und keine Peinlichkeit gegeben. Sie waren miteinander umgegangen, als ob sie sich schon lange vertraut waren, ohne dass ihren Umarmungen das gefehlt hätte, was beim ersten Mal so aufregend war. Tamara roch so gut, sie fühlte sich so gut an und sie weckte in ihm das Bedürfnis, sie zum Lachen zu bringen.

Während seine Gedanken noch bei der letzten Nacht verweilten, konnte er schließlich ein zartes Hungergefühl nicht mehr ignorieren. Mit Bedauern warf er einen letzten Blick auf Tamara und stand dann auf, um mit einem Kaffee das erste Lächeln des Tages auf ihr Gesicht zu zaubern.

Er zog Jeans und Schuhe an, warf sich ein Hemd über, schlich aus dem Zimmer und war wenige Minuten später mit zwei Tassen Kaffee wieder da.

»Croissants gibt es unten«, flüsterte er Tamara ins Ohr.

Er stellte die Tassen auf den Nachttisch, beugte sich zu ihr hinunter und küsste sie.

Sie öffnete die Augen und lächelte ihn an. »Herrlich! Komm doch noch mal zu mir ins Bett …«

Jakob kam dieser Aufforderung ohne zu zögern nach, und als sie wieder an den Kaffee dachten, war dieser längst kalt.

Weil sie für das Hotelfrühstück zu spät dran waren, bummelten sie nach dem Duschen hinüber zum Café. Da die Tische draußen in der prallen Sonne standen, wählten sie drinnen einen Tisch am offenen Fenster, durch das ab und an ein frischer Windzug hereinzog. Der Wirt servierte starken Milchkaffee, frisches Baguette, Butter, Honig und Marmelade. Er zwinkerte Tamara zu und zeigte auf ihre roten Haare, die ihm offensichtlich ein Erkennungszeichen waren. »*Êtes-vous les amis de Madame Romain?* Sind Sie die Freunde von Madame Romain?«

Als sie bejahten, nickte er wie ein zufriedener Detektiv, der einen schwierigen Fall gelöst hatte, und trat an das alte Tastentelefon, das auf dem Tresen stand. Er drückte eine kurze Nummer und rief bald mit Blick auf sie: »*Madame Romain? Les deux sont arrivés!*«

Tamara sah Jakob neugierig an. »Was hat er gesagt?«

Jakob, der sich gerade mit großem Appetit seinem Marmeladenbrot widmete, vermutete, dass der Wirt von Rosalie die Aufgabe erhalten hatte, ihr Bescheid zu geben, wenn sie in der Bar erschienen.

»Sie hat ihm vermutlich gesagt, wenn eine rasante Rothaarige und ein langer Kaaskopp bei dir einkehren, gib mir Bescheid, dann kommen Max und ich rüber.«

»Rasant stimmt natürlich, aber wen meinst du mit Kaaskopp?«

Gut gelaunt alberten sie weiter herum und genossen ihr spätes Frühstück in vollen Zügen. Dabei berührten sie einander immer wieder, und es war, als ob die Nacht noch ein wenig ihre zärtlichen Hände nach ihnen ausstreckte und ihr Zusammensein mit einem eigenen Zauber umhüllte.

Jakob sollte mit seinen Vermutungen recht haben, denn schon eine halbe Stunde später stellte der Wirt auf einmal zwei weitere Tassen mit dampfendem Kaffee auf den Tisch und beantwortete ihre fragenden Blicke mit einer Kopfbewegung zur Eingangstür. Dort standen Max und Rosalie. Sie lachten ihnen vergnügt zu, und Tamara fand, dass Max sich weniger stark auf seinen Stock stützte, als sie zu ihnen herüberkamen.

Tamara und Jakob standen auf, alle redeten durcheinander, Hände wurden geschüttelt, und Rosalie umarmte Tamara. Jakob zog zwei weitere Stühle heran, und Max ergriff noch im Niedersetzen das Wort. »Es gibt etwas zu besprechen.«

»Natürlich nur, wenn ihr wollt«, ergänzte Rosalie rätselhafterweise.

»Ist es etwas Schlimmes?«

Alle lachten über diese Kinderfrage von Tamara, und Max schüttelte den Kopf.

»Nein, im Gegenteil.« Er bedachte Tamara und Jakob mit einem liebevollen Blick. »Meine lieben Reisefreunde, ihr habt eure Mission erfolgreich erfüllt, wofür ich euch immer dankbar sein werde. Wir müssen nun besprechen, wie es für euch weitergeht.«

»Du wirst also bei Rosalie bleiben«, stellte Jakob fest.

Rosalie und Max sahen sich an. »Jetzt lasse ich ihn nicht mehr fort«, sagte Rosalie und lächelte schüchtern, als sich ihr Gesicht mit Rot überzog. Max beugte sich schnell zu ihr hinüber, um ihre Wange zu küssen.

»Aber das bedeutet natürlich nicht, dass ihr sofort abreisen müsst. Es wäre so schön, wenn ihr noch länger bleiben würdet!« Ein schelmisches Lächeln flog über seine Züge. »Deine Krankschreibung« – er hob seine Hände, um Anführungsstriche anzudeuten –»gilt ja noch etliche Tage. Du könntest also noch bleiben – wenn du möchtest.« Er wandte sich an Jakob. »Das gilt natürlich auch für dich, Jakob. Ich weiß nicht, wie deine Pläne aussehen, aber du wärst mir sehr willkommen.« Als Rosalie ihn ansah, korrigierte er sich: »Du wärst *uns* willkommen.«

Jakob dachte an die Preise im Hotel, die laut dem Anschlag an der Zimmertür zwar nicht exorbitant waren, die aber dennoch sein Budget gänzlich sprengten, und wollte etwas erwidern. Doch Max kam ihm zuvor.

»Natürlich würde ich euch auch das Hotel bezahlen, wenn ihr möchtet, wir würden aber gern den Vorschlag machen, dass ihr zu Rosalie zieht.«

Es stellte sich heraus, dass auf Rosalies Grundstück noch eine sogenannte Cabane, eine Hütte, stand. »Sehr einfach, aber sauber und mit einem separaten kleinen Badezimmer«, wie Rosalie sich zu ergänzen beeilte.

Keiner schien in Zweifel zu ziehen, dass Tamara und Jakob in einem Zimmer schlafen würden.

»Es wäre schön, euch noch ein wenig in der Nähe zu wissen, bevor die Göttin wieder den Heimflug antritt.«

Tamara fragte: »Aber sind das nicht zu viele Umstände für euch?«

Rosalie schüttelte den Kopf. »Ich kann euch natürlich nicht den Komfort des Hotels bieten, aber kochen muss ich ja doch. Und bisher habe ich mein Leben auch allein gut gemeistert, so dass …«

Jakob, dem die Idee ausnehmend gut gefiel, unterbrach sie: »Ich helfe auch gern im Haushalt, und von Tamaras Fähigkeit, Gemüse zu putzen, haben Sie sich ja schon überzeugen können.«

»Das stimmt – und wenn ihr wollt, gibt es heute auch noch etwas von dem Chutney, das ich gestern gekocht habe.«

Max sah Tamara an, die bisher noch nichts gesagt hatte, und streckte ihr die Hand hin. »Also, Frau Finke, wat sagen Se? Is det erlaubt, is det möglich?«

Tamara warf den Kopf in den Nacken und lachte schallend. »Also, Max, das ist die schlechteste Tamara-Finke-Imitation, die ich je gehört habe.« Sie schlug ein. »Lasst uns unser Gepäck holen!«

Und so zogen Jakob und Tamara in die Cabane, die ein schlichtes kleines Holzhäuschen war, aber für die beiden hätte ein Fünf-Sterne-Hotel nicht schöner sein können. Die Cabane gab ihnen alles, was sie brauchten: das Bett mit den hellblauen Bezügen, das Fenster, das sich zum Tal öffnete, und die Abgeschiedenheit, in der sie sich einander zuwandten. Jakob, der mit der aktuellen Wendung des Schicksals hochzufrieden war, trug auch den kleinen Koffer von Max aus dem Hotel zu Rosalies Haus und hinauf in den ersten Stock in ihr Schlafzimmer. Er kippte den Inhalt seines Rucksacks in die Waschmaschine, zog kurzerhand alles aus, was er am Leib hatte, stopfte es ebenfalls in die Trommel und hüllte sich in ein großes Badetuch.

»Wenn ich die Wäsche gleich aufhänge, ist sie superschnell wieder trocken«, versicherte er Tamara auf ihre amüsante Nachfrage. »Außerdem, guck mal hier!« Er zog sie über das Grundstück an die Rückseite der Cabane. »Voilà!« Er zeigte ihr einen Gartenschlauch, der an einer Hängevorrichtung angebracht worden war. »Eine Außendusche! Zwar nur kaltes Wasser, aber bei der Hitze ist das doch perfekt.« Zum Beweis stellte er die Dusche an und spritzte Tamara nass.

Der Sommer erschien ihnen unendlich. Jeden Tag stand die Sonne an einem wolkenlos blauen Himmel, lagen Stunden köstlichen Träumens und Genießens vor ihnen.

»Herrlich, dieses Wetter!«, rief Max jeden Morgen, wenn er über das Tal sah. Einmal saß er im Café und schwärmte: »Wie sich das Wetter hier hält! Grandios. Was für ein Glück wir haben!«

Sein Ausbruch führte bei den anwesenden Gästen zu verständnislosen Gesichtern, und Rosalie zog Max lachend beiseite und erklärte ihm, dass der Sommer in Südfrankreich immer heiß und trocken war. »Allerdings sind ab September deine Bedenken durchaus berechtigt. Die Herbststürme und Gewitter sorgen mitunter für gefährliche Unwetter!«

Sie lebten zusammen, als ob sie schon immer gemeinsam Urlaub gemacht hätten. Wie eine Familie, dachte Tamara, nur ohne die zwanghaften Rollen, in die Familien an Feiertagen oder in den Ferien so oft fallen. Das gemeinsame Frühstück ergab sich immer wie zufällig. Wer zuerst aufstand, kochte Kaffee und deckte den Tisch. Meist war es Jakob oder Max, der im Café eine Zeitung besorgte. Das Frühstück dauerte oft bis zum frühen Mittag, es gab Tomaten und Feigen aus dem Garten, Pfirsiche, warmes Brot mit Honig und Kaffee. Wenn sie zu Hause blieben, fanden sie sich später meist völlig zwanglos zu einem Salat oder einer Suppe im Hof ein, die Rosalie lächelnd servierte. Die wichtigste Mahlzeit des Tages aber war das gemeinsame Abendessen, auf dem Rosalie bestand.

»Ich halte mich an die Regeln des alten Fürst Pückler«, sagte sie an ihrem ersten Abend und entgegnete auf ihre ratlosen Nachfragen: »Da muss erst eine alte Französin kommen, um euch deutsche Geschichte beizubringen. Wartet, ich habe mir damals die Hausordnung aufgeschrieben.« Sie grub in einer Schublade des alten Bauernschrankes in der Diele und präsentierte wenig später tatsächlich ein zerfleddertes Notizheft. »Als Studentin hat mich dieser Fürst Pückler begeistert. Er hatte einen Umlaut im Namen, doch selbst als Französin konnte ich ihn gut aussprechen. Er war ein total verrückter Adliger! Er soll mit einem Pferd in die Elbe gesprungen sein und verkaufte seinen Namen an einen Bäcker, der dann dieses Fürst-Pückler-Eis erfunden hat.«

»Wie ein Popstar?«, fragte Jakob.

»Ja, wie ein Popstar. Und er hat gern Gäste gehabt und eine Hausordnung aufgeschrieben, damit jeder seiner Gäste Bescheid wusste. Sie stammt aus dem Jahre 1867, und meine Lieblingsregel lautet …« Sie blätterte in dem Heft und fand schnell, was sie suchte. »›Der einzige Zwang besteht darin, zum Diner um neun Uhr zu kommen, wenn der Tamtam zum zweiten Mal donnert. Nur Krankheit, die der liebe Gott verhüten möge, dispensiert von dieser Pflicht. Nach dem Kaffee ist jedes Menschenkind wieder frei.‹« Sie lächelte in die Runde. »Wollen wir uns daran halten?«

Die anderen applaudierten, aber gleich darauf legte Rosalie ihr freundliches Gesicht in Sorgenfalten. «Allerdings habe ich kein Tamtam – damit muss ein Gong gemeint sein. Aber den habe ich auch nicht.«

»Um neun Uhr Abendessen?«, fragte Tamara. »Das ist aber spät.«

»Nicht für Franzosen«, erwiderte Rosalie. »Euer deutscher Fürst war wahrscheinlich im Herzen französisch.« Sie warf Max eine Kusshand zu. »Das sind die besten von euch.«

Jakob bot an, den Ton eines Gongs aus dem Internet auf sein Handy zu laden, und zog fortan um die abendliche Essenszeit über das Grundstück und stöberte Max beim Aperitif auf der Steinbank und Tamara in der Cabane auf, um sie zu Tisch zu rufen.

Mit Rührung und Zuneigung beobachteten Tamara und Jakob das große Glück von Rosalie und Max. Die beiden Alten waren ständig zu zweit unterwegs. Sie saßen stundenlang unter dem Feigenbaum und sprachen leise und intensiv miteinander. Sie lachten viel, und auch wenn sie zusammen Tomaten pflückten oder Kräuter schnitten, klang ihr Gelächter durch den Garten. Einmal kamen Tamara und Jakob spät zum Frühstück und wurden Zeugen, wie Max Rosalie, die am Herd stand, von hinten umarmte und ihr einen langen, zärtlichen Kuss auf den Nacken drückte. Beide trugen Bademäntel und hatten offensichtlich gerade geduscht. Der Moment war so intim und erfüllt von Zärtlichkeit, dass sich Tamara und Jakob, im gemeinsamen Einverständnis durch einen Blick, unbemerkt wieder zurückzogen.

Im Keller entdeckte Jakob einen großen Sonnenschirm und alte Klappliegen, und so fuhren sie einige Male hinunter zum Strand von Fréjus und suchten sich einen freien Platz in einer bevölkerten Badebucht. Tamara lernte die Strecke besser kennen, und so wusste sie bald, vor welcher Kurve sie Respekt hatte, an welcher Parkbuch sie verschnaufen konnte, und sie überwand langsam und mit Hilfe von Jakob ihre Ängste.

Sie verbrachten lange Stunden am Meer, lagen faul in der Sonne oder spielten Karten unter dem Sonnenschirm, und manchmal stand einer von ihnen auf und schlug dem anderen vor, mit ins Wasser zu kommen.

Tamara saß unter dem Sonnenschirm und beobachtete die französischen Familien um sich herum. Die Teenager spielten Beachvolleyball und Federball oder rissen sich gutmütig gegenseitig die Kopfhörer aus den Ohren, um sich auf die beste Musik aufmerksam zu machen, die sie auf ihren Smartphones hörten. Ein alter Herr unternahm mit seinem Enkel einen Strandspaziergang zum Muschelnsuchen, und sie ähnelten einander in ihrer Kopfhaltung und mit den auf dem Rücken zusammengelegten Händen frappierend. Ein junges Mädchen erklärte, klatschnass und wie mit Sand paniert auf ihrem Badetuch liegend, ihrer aufmerksam zuhörenden Großmutter einen offensichtlich sehr wichtigen Umstand, während ihre Eltern mit Eistüten für alle beladen zu ihnen traten.

Wie gut würde Finn so ein Urlaub tun, dachte Tamara. Alle Generationen vereint, das garantierte Abwechslung. Toben mit den Gleichaltrigen, streiten und reden mit den Eltern, Kuscheln mit den Großeltern. Und wenn es um das Eis ging, das in einer

Bude gekauft werden konnte, wurden auch die Alten wieder zu Kindern und ließen die kühle, süße Masse genauso hingebungsvoll über die Zunge gleiten wie die Jüngsten.

Der Zauber des Sommers, das erkannte Tamara, lag darin, dass er uns alle wieder zu Kindern macht und uns zurückführt in eine Zeit, in der Termine und Zwänge nicht existierten, und, wenn sich der Tag neigte, nur die Gewissheit auf den nächsten schönen Tag feststand.

Nie würde Tamara den Tag vergessen, an dem sie zum Straßenmarkt in Saint-Raphaël fuhren. Sie kauften *Poulet rôti* und Wassermelonen und wühlten im Modeschmuck. Nach einer Pause an einer improvisierten Bar, wo sie große Gläser mit grünem Sirup und viel Eis tranken, zogen sie weiter und probierten verrückte Sonnenbrillen und Hüte auf, und später entdeckten Rosalie und Tamara einen Stand für Keramik mit bunten Tellern, Schalen und Bechern mit Provence-Motiven. Inmitten des Farbenrausches wurde Tamara auf kleine weiße Porzellanvasen in Form von Gießkannen aufmerksam. Jakob konnte sich nicht vorstellen, was sie damit wollte, und auch Max schlug ihr stattdessen den Erwerb eines großen Kruges vor, den sie zur Not auch als Gießkanne benutzen könne. Tamara, die eine der kleinen Porzellangießkannen bewundernd in der Hand hielt, stellte sie bedauernd zurück.

»Ihr habt ja recht, was sollte ich damit anfangen? Am Ende ist so ein Kännchen nur ein Staubfänger. Aber ich finde es … so tapfer.« Sie hob das Gießkännchen hoch und lächelte verträumt.

Wie ein kleines Mädchen, das mit einem Puppengeschirr spielt, dachte Jakob gerührt.

Rosalie nahm die Kännchen in Augenschein. »Mir gefallen sie auch. Sie haben eine gute Größe für Kräutersträußchen. Stell dir fünf von ihnen auf deinem Küchenfensterbrett vor. Da kannst du in Deutschland den Duft von Tanneron aufleben lassen. Ein Kännchen mit Thymian, eins mit Petersilie, eins mit Salbei …« Max ergänzte: »Und eins mit Rosmarin.« Rosalie lächelte ihm zu und wiederholte: »Und eins mit Rosmarin.«

Max und Rosalie teilten dieses Lächeln, und Jakob und Tamara hatten das Gefühl, dass die beiden inmitten des Markttreibens in eine Welt verschwanden, die nur ihnen gehörte. Das Phänomen konnte man während dieser goldenen Sommertage immer wieder beobachten: Ob sie in der Küche Gemüse putzten oder im Hof Wäsche aufhängten – irgendein Wort, eine Geste, ein Duft entführte sie in einen Raum aus Erinnerung und Gefühl, zu dem kein anderer außer ihnen Zugang hatte.

Tamara stellte das Porzellankännchen wieder zurück und schüttelte den Kopf, als der Verkäufer, der bereits auf ein Geschäft hoffte, sich ihr näherte.

Jakob zog sie mit sich. »Guck da hinten, hier könnten wir einen Gong kaufen!«

Einmal sahen Tamara und Jakob die beiden anderen im Garten auf der alten Steinbank am Ende des abschüssigen Grundstücks sitzen. Von diesem Platz aus hatte man einen weiten Blick über das Tal.

Nach einer Weile kamen sie wieder herauf in den Hof, und Tamara hörte Max sagen: »Das war so schön. Genau davon habe ich jahrelang geträumt.«

Tamara fragte: »Was war schön? Was habt ihr gemacht?«

Max lächelte sie an und legte den Kopf schief. Er warf einen Blick zu Rosalie hinüber. »Wollen wir es ihr sagen? Was wir getan haben?«

Rosalie strich sich die Haare aus der Stirn, und auch sie lächelte.

Max nahm ihre Hand und führte sie an seine Lippen. Dann wandte er sich an Tamara. »Also gut. Es ist der absolute Hochgenuss, und nur sehr erfahrene Lebenskünstler kennen ihn. Wir haben den Geräuschen des Sommers gelauscht.«

An einem Tag waren sie alle am Strand. Mit Jakob an seiner Seite wagte sogar Max, ein paar Schwimmzüge im Meer zu machen. Er und Rosalie legten sich auf den Rücken und ließen sich von den Wellen tragen.

»Dass ich das noch einmal machen kann«, jubelte Max und stieß mit seinem Fuß Rosalies an. Während die anderen zu den Handtüchern zurückkehrten, blieb Max an der Wasserkante sitzen und bat Tamara, ihm den alten Strohhut zu bringen, den ihm Rosalie gegeben hatte.

Rosalie, die mit Jakob angeregt plauderte und dabei den Sonnenschirm neu justierte, drückte ihr außer dem Hut noch eine Tube Sonnenmilch in die Hand. »Er muss sich einreiben!«

Tamara machte sich bewaffnet mit Hut und Sonnenmilch auf den Weg und setzte sich neben Max, der mit einer eigentümlichen Mischung aus Wehmut und Zufriedenheit aufs Meer blickte. Er stülpte den Hut auf seinen Kopf und nahm die Sonnenmilch. Ohne den Blick vom Meer zu wenden, sagte er: »Tamara, wir haben alles richtig gemacht!« Er verrieb die Milch auf seinen Oberarmen und nahm Tamara dann bei den Schultern. »Du musst mir versprechen, dass du von nun an dein Leben lebst, ja? Kratz das Geld zusammen für die Ausbildung als Hundetrainerin. Freu dich an deiner Zeit mit Jakob, gleichgültig, was die Leute sagen. Kläre die Sache mit der Handtasche mit der Maier-Schmidt. Nimm das Fusselchen zu dir. Schieb nichts auf!« Tamara streckte sich neben ihm auf dem heißen Sand aus und versprach es ihm.

Rosalie zog an einem Morgen Tamara vor ihren Kleiderschrank und bot ihr einige alte Kleider an. »Du hast nur das grüne Kleid, und sonst musst du immer die Jeans anziehen, die sind aber doch zu warm bei diesem Wetter.«

So trug Tamara altmodische, leichte Kleider aus ausgeblichener Baumwolle, und sie sah darin, wie Jakob dachte, auf eine unnachahmliche Weise schön und sommerlich aus.

Wenn sie abends das Geschirr abgeräumt hatten und die Weingläser noch einmal füllten, holte Jakob manchmal seinen Laptop und wählte sich in Rosalies WLAN ein. Er zeigte ihnen lustige Videos, über die sie Tränen lachten. Oder sie stellten einander ihre Lieblingsmusik bei YouTube vor. Die Tangostücke von Astor Piazzolla gehörten zu Rosalies Favoriten, und Jakob und Tamara sollten für immer diese Musik mit den Sommertagen in Tanneron verbinden.

Tamara skypte mit Finn, und zum ersten Mal konnte sie gar nicht aufhören zu erzählen. Von den Schmetterlingen auf dem Friedhof, von der Sonne, den Ausflügen an den See, von Max und Jakob und Rosalie und von Groscha, der dicken Katze. Dass man schwimmen und Beachvolleyball spielen konnte – und Finn, der sich viel weniger überrascht über ihren spontanen Frankreichtrip zeigte, als sie befürchtet hatte, fragte: »Kann ich da auch mal hin?«

Er erzählte von der Schule, von seiner Footballmannschaft, und am Ende, nachdem er ihr noch einige Videos empfohlen hatte – »dass ihr Video-Sessions macht, Mama, das finde ich toll« –, sagte er zum ersten Mal seit langer Zeit: »Mama, ich hab dich lieb.« Tamara weinte ein wenig, nachdem das Computerbild von Finn verschwunden war. Aber es waren glückliche Tränen, wie sie allen versicherte.

Rosalie schlug einen Ausflug nach Cannes vor, und sie bummelten durch die kleine Stadt, von der Tamara zu erzählen wusste, dass das jährliche internationale Filmfestival schon jeden »wirklich« berühmten Filmstar, wie sie sich ausdrückte, hierhergebracht hatte. »Stellt euch vor, dieselben Straßen entlangzugehen wie sie!«

Die anderen lachten, und Jakob küsste sie zärtlich auf die Wange. »Du bist für mich der größte Star.«

Um Tamara eine Freude zu machen, lud Max alle zu einem Getränk auf der Terrasse des legendären Carlton-Hotels ein. Obwohl das Festival schon lange vorbei war, sah sich Tamara aufgeregt um, als erwarte sie, dass im nächsten Moment ein bekannter Schauspieler neben ihr Platz nahm.

»Ihr müsst schon zugeben, dass es etwas Besonderes ist«, versuchte sie es den anderen zu erklären. »Hier haben vielleicht schon Oscarpreisträger Kaffee getrunken.«

Rosalie nickte. »Die Amerikaner mochten das Hotel schon immer sehr. 1944 hatte sich der US-Generalstab hier einquartiert.« Nur durch die Uferstraße von ihnen getrennt lag der Strand. »Die Côte d'Azur ist weltweit sehr beliebt.« Jakob zeigte auf einen Bettler, der in Sichtweite vor dem Absperrungsgitter zum Hotelstrand saß. »Wie man sieht.«

Rosalie hob die Schultern. »Ihr kennt das doch aus den Geschichtsbüchern. Wo viel Reichtum ist, da ist auch die Armut nicht weit. Der Bettler vor dem Nobelhotel – das ist die Côte d'Azur auf den kleinsten Nenner gebracht. Erst kamen die Saudis, später die Russen. Und es heißt, dass als Nächstes die Chinesen hier kaufen werden.« Sie verschränkte ihre Finger. »Die armen Menschen, die hier betteln, kommen auch aus aller Welt. Flüchtlinge, Notleidende, Glücksritter. Nur in unserem kleinen Bergdorf bekommen wir davon nicht so viel mit.« Der Kaffee war stark, gut und unfassbar teuer, und auf der Toilette war Tamara geblendet von weißem Marmor, Messingbeschlägen und Spiegeln.

Als sie wieder auf die Terrasse trat, lag das Meer in seiner glitzernden Schönheit vor ihr, unberührt von den Träumen und Kümmernissen der Menschen.

An einem Abend füllte Rosalie Friedlers alten Picknickkoffer aus der Göttin mit Brot, Käse und Wein, und sie fuhren in der Abenddämmerung zum Strand. Die meisten Badegäste waren schon gegangen, und sie breiteten einige alte Decken auf dem Sand aus, aßen, tranken, lauschten dem Rauschen der Wellen und sahen die Nacht über dem Meer hinaufziehen. Immer mehr Sterne zeigten sich am Himmel, und die vier legten sich nebeneinander auf die Decken. Tamara und Jakob hielten sich genauso an den Händen wie Max und Rosalie, und je länger sie hinauf in den Himmel blickten, desto mehr lösten sie sich von Zeit und Ort, und es schien möglich, selbst hinauf in die funkelnde Pracht zu fliegen.

An diesem Abend flüsterte Max Rosalie zu: »Ich dachte immer, der Sommer damals in Paris war der Sommer meines Lebens. Ich ahnte nicht, dass Glück sich noch steigern lässt.«

Kapitel 14

So verbrachten sie ihre Tage in paradiesischem Frieden. Nachts schliefen sie geborgen unter den rotbraunen Schindeldächern und erwachten morgens gutgelaunt in Erwartung eines weiteren schönen Tages. Tamaras Haut wurde glatt und bräunte sich, ihre roten Zipfelhaare wurden länger und begannen sich an den Enden zu wellen. Sie lief in Rosalies alten Kleidern durch den Garten und spürte den warmen Wind an den nackten Beinen.

Eine summende Lebenslust erfüllte sie, wenn sie sich nach der Dusche am Morgen mit noch nassen Haaren auf die Steinbank hockte, in einen Pfirsich biss, den sie von den kleinen Sträuchern am Grundstücksrand pflückte, und über das Tal blickte, als gehöre ihr alles, was sie sah. Mittlerweile wusste sie, dass sie die gestohlene Handtasche selbst zurückbringen würde. Der Ausgang dieser Aktion würde ihre Zukunft bestimmen. Zeigte sich die Maier-Schmidt kooperativ, würde sie ihr vorschlagen, so lange in der Residenz zu arbeiten, bis sie genügend Geld für die Ausbildung zur Hundetrainerin beisammen hatte. Wenn nicht, würde sie alles auf sich nehmen, was auch immer geschah: vielleicht eine Anklage wegen Diebstahls, vielleicht eine Bewährungsstrafe? Sie würde Friedler dazu noch konsultieren. Fusselchen würde sie auf jeden Fall zu sich holen. Außerdem wollte sie ihre Mutter anrufen. Erst hier in der Abgeschiedenheit von Tanneron war Tamara das Offensichtliche aufgefal-

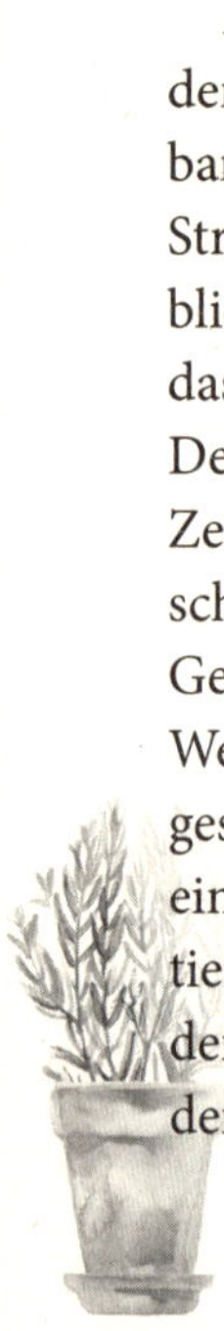

len: Auch ihre Mutter hatte ihren Mann verloren. Tamara fragte sich, ob es wohl im Leben ihrer Mutter Brücken in die Vergangenheit gab, die noch tragfähig waren. Und wer oder was sie wohl wieder ins Leben zurückgeholt hatte … Für sie, Tamara, war es die Begegnung mit Jakob gewesen. Jakob, der ihr so offen und vertrauensvoll entgegenkam, der sie beschützte und tröstete, der mit ihr träumte und lachte. Tamara nahm sich dennoch vor, mit Jakob nicht über ihre Zukunft zu sprechen. Sie wollte nichts forcieren. Sie wollte sein wie die Steinbank im Garten von Tanneron: ruhig und abwartend, ob die Sonne sie traf oder der Wind. Bevor sie über Jakob nachdenken konnte, musste sie an Finn denken. Sie würde versuchen, Finn eine bessere Mutter sein, und sie hatte die Hoffnung, dass es ihr nach diesen Tagen gelingen konnte. Jakobs Abenteuerlust, seine Neugier auf andere Länder und andere Kulturen und sein Zutrauen in sich selbst ließen sie die Reiselust ihres Sohnes in anderem Licht sehen. Eines von Pits Lieblingszitaten stammte von Marcus Aurelius, einem römischen Kaiser. Pit hatte es jedes Jahr wieder in seinen Kalender übertragen, handschriftlich. Tamara konzentrierte sich, und sie konnte sich tatsächlich daran erinnern. »Ihr seid so alt wie eure Zweifel. So jung wie euer Selbstvertrauen. So jung wie eure Hoffnung.« Tamara sah Pit vor sich, wie er am Silvesternachmittag mit großem Ernst einen neuen Kalender »eingerichtet« hatte, wie er es nannte. Das Zitat schrieb er mit klaren Druckbuchstaben auf die erste Seite unter die Jahreszahl. Einmal hatte sie ihn gefragt, warum er es nicht in ein Dokument tippte und jedes Jahr ausdruckte. »Weil ich so nicht das Gefühl hätte, dass ich es mit Bedacht und bewusst geschrieben habe«, war die Antwort gewesen. »Es würde nicht wirken.« Danach hatte er sie an sich gezogen und gefragt: »Und was sagst du, bin ich noch so jung wie mein Selbstvertrauen?«

Pit wäre stolz auf sie, wenn er sie jetzt sehen könnte, hier auf ihrem Aussichtsplatz über dem Tal. Wie gut, dass sie Finn bei seinem Highschool-Jahr nicht im Wege gestanden hatte! Vor allem aber hatte sie auf dieser Reise nach Süden, die doch viel mehr eine Reise zu ihr selbst geworden war, sich selbst, Tamara, wiederentdeckt. Eine Tamara, die wieder begehrte und liebte, spontan und direkt.

Während Tamara ihre Zukunft plante, war Jakob mit der Gegenwart beschäftigt. Obwohl er es sich jeden Abend vornahm, gelang es ihm selten, in den frühen Morgenstunden aufzustehen, um sich zum Meditieren und zum Yoga an die Rückseite der Cabane zurückzuziehen. Es fiel ihm schwer, sich von Tamara zu trennen, sich aus ihren Armen zu lösen. Widerstand er jedoch der Versuchung, bei ihr zu bleiben, fand er bei der Meditation im frischen Morgen eine Stille in sich, die ihm das Herz öffnete. Wenn er sich danach auf seiner Matte ausstreckte, meinte er zu spüren, dass seine Seele bis in den letzten Winkel mit Helligkeit ausgefüllt war. Es schien, als könnten Tamara und Tanneron die quälenden Erinnerungen an Grietje und Willem auslöschen. In Tamaras Nähe und unter ihrem liebevollen Blick wurde Jakob neu und frisch.

Rosalie überraschte alle, als sie sich einmal zu Jakob gesellte und eine eigene Yogamatte neben seiner ausrollte. Es stellte sich heraus, dass Rosalie schon seit über zwanzig Jahren morgens eine Übungsreihe mit dem Titel »Die Fünf Tibeter« turnte. Jakob lachte zwar, weil er sich sicher war, dass in einem tibetischen Kloster kein Mönch so etwas tun würde, aber er fand die Übungen dem Yoga sehr ähnlich.

Max lobte Rosalies Geschmeidigkeit und fragte sich insgeheim, ob ihre aufrechte Körperhaltung, ihr sicherer Tritt und die Leichtigkeit ihrer Bewegungen mit diesen morgendlichen Aktiviäten zu tun hatten, die sie, bevor er aufstand, in der Abgeschiedenheit des Honiglagers absolvierte.

Nach dem Frühstück las Max meistens die Zeitung unter dem Feigenbaum, und Jakob machte sich bei kleineren Reparaturen in Haus und Garten nützlich. So kümmerte er sich um das defekte Schloss an der Cabane, obwohl Rosalie meinte, hier würde nie jemand einbrechen. Er reparierte Küchenregale und wässerte den Garten, er harkte Laub zusammen und holte mit der Göttin Honiggläser von den Imkern. Unterdessen ging Tamara in der Küche Rosalie zur Hand und lernte traditionelle Gerichte aus der Provence kennen. Sie rührte Tapenaden an, setzte Fischsuppen auf – die Jakob nicht aß – und kochte zum ersten Mal einen großen Topf Ratatouille.

»An unserem ersten Tag hast du uns das nicht probieren lassen«, erinnerte sie Rosalie, während sie großzügig getrocknete Kräuter in das Gemüse streute.

»An unserem ersten Tag war alles anders«, erwiderte Rosalie. Wenn sie nicht gerade einen Ausflug machten, ruhten sie nachmittags auf Liegestühlen im Schatten, beschützt von den alten Bäumen. Der Wind rauschte durch die Blätter, schraubte sich auf den Berg, rastete in den Korkeichen, strich durch die Oleanderbüsche und stürzte sich schließlich wieder von den Gipfeln.

Max schien sich mit jeder Stunde besser zu fühlen. Er ging fast schwindelfrei über den Hof, bewältigte bedächtig die Stiege zwischen Schlafzimmer und Wohnraum und schritt aufrecht über die schmalen Wege zwischen den Beeten des Kräuter- und Gemüsegartens im unteren Teil des Grundstücks. Manchmal jedoch, wenn er Rosalie ansah, die klare Linie ihres Profils, den verletzlichen Nacken unter dem hochgesteckten Haar, und er sich die Unglaublichkeit seiner Situation klarmachte, erfasste ihn ein Flattern, ein flirrender Taumel. Er, Max Engel, hatte der Zeit tatsächlich ein Schnippchen geschlagen. Er war in sein ursprüngliches Leben zurückgekehrt wie jemand, der von Außerirdischen entführt worden war und nach langen Jahren zurückgebracht wurde. Alles *vor* dem Leben mit Rosalie in Tanneron lag wie unter einem grauen Schleier. Der Tod von Inge, die Einsamkeit in der Seniorenresidenz, seine Flucht, ja sogar, wie er mit Gewissensbissen feststellte, das ganze Leben mit Inge. Max wurde klar, dass auch er, wie seine Mutter, in seinem Leben ein »Davor« und ein »Danach« hatte. Doch das Davor zählte nicht mehr für ihn, für ihn war nur das Hier und Jetzt wichtig. Jetzt war er hier, bei dem einzigen Menschen, mit dem er immer hatte zusammen sein wollen. An dem einzigen Ort, an dem er sein wollte.

In diesen Momenten musste er sich an einer Tischkante festhalten oder seinen Stock zu Hilfe nehmen und abwarten, bis das Rasen seines Herzens nachließ.

Auf eine geheimnisvolle Weise erkannte Rosalie, dass er in diesen Minuten allein sein wollte, und stieß stets erst wieder zu ihm, wenn sein Atem sich beruhigt hatte. Sie sprachen über die Zeit, die sie miteinander versäumt hatten, nannten einander Namen von Freunden und Verwandten, die sie nie kennnengelernt hatten.

Einmal fragte Max: »Willst du nichts über Inge wissen?« Rosalie schüttelte den Kopf. »Jetzt nicht mehr.«

Sie sprachen immer wieder über ihre Zukunft, die ihnen so viel wichtiger war als die Jahre, die hinter ihnen lagen. Über die Tage, die anbrechen würden, wenn Tamara und Jakob wieder fortfuhren.

»Ich möchte meinen Sohn besser kennenlernen«, sagte Max. »Gemeinsam mit dir. Ich weiß nicht, warum, aber wir sind uns ein wenig fremd.«

Rosalie sagte leise: »Vielleicht hast du Florian keine Chance gegeben?«

Max legte überrascht den Kopf schief, denn sie hatte etwas in Worte gekleidet, das ihn immer wie ein dumpfes, stummes Gefühl begleitet hatte. Sie verstanden einander, erkannten, dass ihre stillschweigende, geheime Liebe sie den anderen Menschen in ihrem Leben entfremdet hatte.

»Väter und Söhne sind ein besonderes Thema«, fügte Rosalie tröstend hinzu. »Genauso wie Mütter und Töchter.« Sie sagte leise: »Meine Mutter hat mir bis zu ihrem Lebensende nicht verziehen, dass ich ihr keine Enkel geschenkt habe.«

Max fragte bekümmert: »Daran bin ich schuld, oder?«

»Manchmal habe ich das auch gedacht. Wobei es mir nicht an Möglichkeiten gemangelt hat.« Sie drückte seine Hand. »Es hat sich eben nicht ergeben.«

Sie schwiegen beide. Nach einer Weile sagte Max: »Ich weiß gar nichts über deine Familie. Es gibt so viel, was wir voneinander nicht wissen. So viel zu entdecken.«

So schmiedeten sie Pläne. Sie wollten Florian einladen, sie wollten nach Spanien fahren, um Luis und seine Familie zu treffen. Sic versprachen einander, jede gemeinsame Stunde bewusst zu erleben.

»Wer sagt uns eigentlich, dass wir heute hier noch so sitzen würden, wenn wir damals geheiratet hätten?«, gab Rosalie einmal lächelnd zu bedenken, ehe sie sich wieder auf den Weg ins Honiglager machte.

Max sah ihr nach. Er liebte diese Momente mit Rosalie, die ungeplant irgendwann im Laufe des Tages eintraten. Rosalie war immer beschäftigt, im Garten, in der Küche, an ihrem Schreibtisch. Sie las, telefonierte, überredet ihn, mit ihr zum Einkaufen zu fahren, sie war immer in Bewegung. Er liebte Rosalie und alles, was sie ausmachte, den Hof, das Haus, den Weg zum nahe gelegenen Café. Er liebte es, sich hinunterzutasten an den Rand des Gartens, wo er sich auf der alten Steinbank niederließ. Dort saß er, passte seinen Atem dem Wind an, spürte seinem Glück nach und schickte ein Dankgebet hinauf zum Himmel. Er liebte und wurde geliebt.

In diesen Tagen entfaltete sich der Sommer zu höchster Blüte. Das saftige Grün der Blätter wich einem olivfarbenen Grau, die Gräser wurden gelb und stoppelig, an den Rändern der Wiese und dort, wo sie der Rasenmäher nicht erwischt hatte, leuchteten sie wie schlanke, hohe Kerzen. Sie verströmten würzigen Heuduft, der Tamara an Kräutertee erinnerte. Die hitzeerprobten Kräuter – Rosmarin, Thymian oder Oregano – bildeten fadendünne, fahle Wurzeln aus und suchten tief im Erdreich nach Kühle und Feuchtigkeit. Nachts, wenn die Zikaden schliefen und die Käuzchen riefen, rollte der Mond über den Horizont, stand weiß und rund wie eine Straßenlaterne am Himmel. Erst dann räumten sie die Gläser zusammen und stapelten die Sitzkissen der Gartenmöbel im Vorraum zur Küche, denn sie würden in der Nachtluft feucht und stockig werden. Sie tauschten, einander eine gute Nacht wünschend, Wangenküsse, und während Tamara und Jakob im Dunkeln zur Cabane hinübergingen, hörten sie, wie Rosalie und Max die Fensterläden im Haus schlossen.

Gegen Ende der zweiten Woche hatte Tamara einen Traum. Sie schwebte in einem orange leuchtenden Fesselballon über den Lac de Saint-Cassien und über die Bergkuppen hinauf nach Tanneron. Die Fahrt war ein Wirbel aus Farben und goldenen Schimmern, von Helligkeit und Lichterfunkeln und der sich immer wiederholenden Akkordeonmelodie des Piazzolla-Stücks

»Oblivion«, eindringlich, melancholisch und süß. Neben ihr in der Gondel stand eine Person, die sie an Pit erinnerte, doch sie sah sie nur von hinten. Die Person war für den Brenner des Ballons zuständig, und als sie sich umdrehte, sah Tamara, dass es ihre Chefin, die Maier-Schmidt war. Tamara duckte sich weg und war sich, noch während sie es tat, bewusst, dass sie träumte.

Sie fuhr in diesem Ballon über Berge und Täler, die Maier-Schmidt hatte sich auf wundersame Weise aufgelöst und Tamara war nun allein. Es ging über die Stadt Berlin, bei der von oben die Reste der Mauer zu sehen waren. Tamara erkannte die AVUS, den Funkturm und das Theater des Westens. Doch plötzlich war sie auf einem Schiff auf der Elbe kurz vor Hamburg, oberhalb der Kneipe Strandperle, und sie verspürte den Drang, sich dort auf ein Bier hinzusetzen. Aber konnte man in Träumen Lust auf Bier verspüren?

Während sie noch mit diesem Gedanken spielte, nahm der Ballon wieder Fahrt auf und riss sie mit in die Höhe. Sie sausten über Länder und Kontinente, und während ein feiner Lavendelduft sie einhüllte, schwebte sie hoch und höher und sah hinab auf den blauen Planeten wie von einer Raumstation. Aus irgendeinem Grund erschien es wichtig, in den Spiegel zu sehen, und auf einmal hielt sie ihren alten Reisespiegel in der Hand, ein Geschenk ihrer Mutter zur Konfirmation, den sie vor langer Zeit verloren hatte. Sie öffnete ihn und sah in der Spiegelfläche Max. Er lächelte ihr liebevoll zu. Tamara stockte der Atem, so fast überirdisch strahlend, glücklich und schön sah Max aus. Die Sorgenfalten waren verschwunden, seine Haut hatte eine gesunde Farbe angenommen, Verlorenheit und Panik hatten seine Augen vollends verlassen. Der Ballon nahm abermals Fahrt auf, schwebte über Sonnenblumenfelder und landete schließlich vor der Steinbank in Tanneron. Hier verschwand

Max aus dem Spiegel, und als Tamara den Kopf wendete, saß er direkt vor ihr auf der Steinbank. Sie wollte aussteigen und zu ihm gehen, aber der Ballon bewegte sich schon wieder nach oben, Max winkte mit seinem Stock, und während der Ballon stieg, wurde Max immer kleiner und verschwand beinahe gänzlich. Das Letzte, was Tamara von ihm sah, war sein Stock, mit dem er auf die Steinmauer schlug. Das Geräusch war noch lange zu hören, hallte hinauf zu ihr und schob sich zwischen Schlaf und Wachsein.

Tamara wehrte sich eine Weile und wollte ihren Traum nicht loslassen, wollte noch in diesem Gefühl der Ballonfahrt bleiben, spürte mit jedem Aufprall des Stockes auf dem Stein Wehmut, Schmerz und Unsicherheit. Sie vermisste Max unendlich, wollte das Bild von ihm noch einmal zurückzwingen, aber sie spürte, dass er auf seiner Steinbank sicher war, und öffnete die Augen.

Einen Moment lang wusste sie nicht, wo sie war, und das Gefühl eines unermesslichen Verlustes überwältigte sie. Doch dann tauchten die Umrisse der Cabane vor ihr auf. Sie war in der Hütte auf Rosalies Grundstück, und jemand klopfte laut gegen die Tür. Neben ihr lag Jakob und schlief tief und fest. Er hatte das Klopfen nicht bemerkt. Erst zögerte Tamara, doch dann erkannte sie Rosalies Stimme.

Schnell strampelte sie die Bettdecke von sich, warf ein Hemd von Jakob über und rannte auf bloßen Füßen zur Tür. Schon während sie öffnete, ahnte sie, dass etwas Schreckliches geschehen war.

Kapitel 15

Vor ihr stand Rosalie im Mondlicht, wie ein Geist, blass und mit dunklen Schatten unter den Augen. Sie ergriff Tamaras Hand und flüsterte: »Max ist tot.« Und Tamara spürte, wie die Kälte der Welt Besitz von ihr nahm.

Sie liefen durch den dämmrigen Garten, der grau in grau wie eine Schwarzweißfotografie vor ihnen lag. Rosalies langes, weißes Nachthemd leuchtete geisterhaft. Sie war barfuß und schien weder Steinchen noch Sand unter ihren Sohlen zu spüren. Sie trug ihre Haare offen, was sie jünger und verletzlicher aussehen ließ.

Ihre Stimme klang gepresst, ihr Atem ging stoßweise. »Ich weiß nicht, warum ich aufgewacht bin. Als ich die Augen geöffnet habe, wusste ich sofort, dass irgendetwas anders war. Ich habe das Licht angemacht und mich nach Max umgedreht, und … er war … tot.«

Rosalies Stimme versagte, und sie schluchzte auf.

Tamara legte den Arm um ihre Schultern. »Bist du dir sicher? Vielleicht hast du geträumt, und Max schläft nur fest.«

Noch während sie diese Worte aussprach, wusste Tamara, dass es nicht so sein würde. Solche Gefühle erwiesen sich immer als wahr.

Sie waren am Haus angelangt. Die Gartenstühle, die sie nach dem Essen ordentlich um den Tisch gruppiert hatten, wirkten verlassen, hochbeiniger, schmaler, verzagt, als würden sie zusammenrücken. Sogar der Feigenbaum sah dünner aus, und

seine Äste bewegten sich im Wind, als ob er auf den Zehen stünde und um sein Gleichgewicht ringen würde.

»Der Baum!«, schoss es Tamara ohne Zusammenhang durch den Kopf. So sah Jakob aus, wenn er beim Yoga die Position des Baumes einnahm und um die Balance kämpfte. Das Leben war nichts weiter als eine Aneinanderreihung von Versuchen, nicht aus der Balance zu geraten.

Vor ein paar Stunden noch hatten sie alle dort unter dem Feigenbaum gesessen, und Max hatte erzählt, wie er Rosalie an seinem Geburtstag im Internet gefunden hatte. »Ich hatte schon so häufig gesucht und nie etwas gefunden, aber an meinem sechsundsiebzigsten Geburtstag …« Er hatte in die Runde gesehen und seine Hände mit der Eleganz eines Zauberers bewegt, der einen Trick präsentiert. »Internet.«

Im selben Moment hatte Rosalie gesagt: »Magie!« Es war ein lustiger, glücklicher Abend gewesen. Tamara sah Max' liebes Gesicht vor sich, das Lächeln seiner offenen Augen und wie er sie ermuntert hatte, ihr erstes Treffen in ihrem Auto zu schildern. Wie stolz er auf seinen Plan gewesen war!

»Ich saß ja schon drin, und ihr hättet Tamaras Gesicht sehen sollen, als sie mich entdeckte!« Ach, Maxe! Tränen stiegen ihr in die Augen, und sie klammerte sich an die verrückte Hoffnung, dass Max doch nur besonders tief schlief. Vielleicht hatte er ein Schlafmittel genommen, von dem sie nichts wussten.

Die Küchentür stand offen, im Haus brannten alle Lichter, und Tamara beschleunigte ihren Schritt. Sie stiegen die Treppe hinauf in den Schlafraum.

Auch hier brannte die Deckenleuchte und tauchte das Zimmer in ein unbarmherzig helles Licht. Max lag auf der rechten Seite des Bettes. So weit sie es sehen konnte, trug er einen hellblauen Pyjama, seine Augen waren geschlossen. Auf dem Nachttisch stand ein kleines Glas mit einigen Rosmarinzweigen. Rosalie hatte Max zugedeckt, doch Arme und Hände lagen auf der Decke, als ob er gleich nach seiner geliebten Zeitung greifen würde.

»Max?«

Stille.

Tamara biss sich erschrocken auf die Unterlippe. Die Unabänderlichkeit von Max' Tod sprang sie an, und sie presste unwillkürlich ihre Hände vor den Mund. Ihr war diese einzigartige Stille vertraut. Es war unerklärlich, aber jeder Lebende, der einen Raum mit einem Toten betritt, spürt den Tod sofort, dachte Tamara. Die eigene Stimme klingt flacher, leerer, der Raum wölbt sich kalt und unnahbar um die Lebenden.

Max war tot.

Diese drei Worte hämmerten in ihrem Kopf. Gleichzeitig wirbelten dunkle Erinnerungen aus der Tiefe ihrer Seele nach oben. Nicht nur die häufigen Todesfälle in der Residenz, an die sie sich nicht gewöhnen konnte, sondern auch der Nachhall, den der Tod ihres Vaters bei ihr ausgelöst hatte, und dieser unendlich lange Moment des Begreifens, als Pit gestorben war.

Sie hätte gar nicht näher ans Bett treten müssen, um sich zu vergewissern, aber natürlich tat sie es. Sie nahm seine noch warme Hand, strich über sein Gesicht und sprach ihn an. Sie versuchte vergeblich, ihr Schluchzen zu unterdrücken. Welche Ungerechtigkeit! Max hatte den weiten Weg gemacht und war angekommen, warum konnte er sein Glück nicht noch ein wenig leben?

Neben ihr wiederholte Rosalie immer wieder denselben Satz: »Ich habe es nicht kommen sehen.«

Sie wurde von einem Weinkrampf geschüttelt, und Tamara legte die Hand von Max behutsam wieder zurück auf das Bett und wandte sich Rosalie zu. Die Lebenden kamen immer vor den Toten. Die Pflegerin in ihr übernahm, und sie war dankbar für die Routine und Sicherheit, die diese Rolle bedeutete.

»Liebe, liebe Rosalie, keiner kann so etwas kommen sehen.«

Sie hielten einander umschlungen und weinten um den Mann, der ihrer beider Leben berührt und beeinflusst und der sie zueinander geführt hatte, so dass sie sich jetzt Trost und Stütze sein konnten.

Rosalie schluchzte: »Du hast ihn zu mir zurückgebracht, Tamara, dafür werde ich dir immer dankbar sein.«

Tamara schob einen kleinen Sessel vor das Bett und sorgte dafür, dass Rosalie sich dort hinsetzte. Sie schaltete das Deckenlicht aus und breitete eine Tagesdecke über Rosalies Seite des Bettes. Sie legte Rosalie einen Bademantel über die Schultern und kniete sich neben den Sessel auf den Fußboden. So hielten die beiden Frauen Totenwache. Es war, als ob sie die einzigen Menschen auf der Welt wären, dachte Tamara. Nur sie beide teilten diesen Moment, die Einsamkeit der Nacht, die Stille und die Trauer.

Rosalie berührte die Rosmarinzweige in dem Glas auf dem Nachttisch, als wären sie lebende Wesen. »Der Duft von Rosmarin sollte das Erste sein, das er am Morgen roch, und das Letzte am Abend. Er hat diesen Duft so lange vermisst, meinte er. Unsere Tage sollen Rosmarintage sein, das hat er zu mir gesagt.« Ihre Stimme versagte wieder.

Tamara wusste, dass die Zeit die Kanten des Schmerzes abzumildern vermochte, doch die Erinnerung an die Schwärze des Augenblickes würde nie verblassen, gleichgültig wie häufig die Sonne morgens ihren Lauf nahm. Man musste das Vergessen und Weiterleben trainieren wie einen Muskel. Jeden Tag.

Draußen wurde es hell, und Tamara ging nach unten, um Tee aufzugießen.

Als Tamaras Schritte verklungen waren, stand Rosalie auf. Sie schlang ihre Haare im Nacken zusammen und trat zu Max. Er sah auf eine ihr fremde Weise schön und ernst aus. So ernst. So fremd. Doch sie wusste, dass hinter den geschlossenen Lidern seine fröhlichen hellen Augen strahlten und dass er, wo immer er jetzt sein mochte, mit seinem Lächeln seinen Weg erhellen würde.

Sanft streichelte sie sein Gesicht. Sie zog den Bademantel enger um sich, und nach einem kurzen Zögern legte sie sich zu Max und hielt ihn ein letztes Mal in den Armen.

Sie hörte, wie Tamara die Treppe heraufkam, aber sie öffnete ihre Augen nicht und schmiegte sich an Max, legte ihren Kopf noch einmal an seine Schulter.

Tamara stellte den Teebecher leise auf dem Nachttisch ab. Rosalie würde ihn später finden.

Vorsichtig schlich sie die Treppe wieder hinunter. Die Lampen im Wohnraum und in der Küche waren noch eingeschaltet. Tamara knipste alle Lichter aus. Ein Blick auf die Küchenuhr zeigte ihr, dass es immer noch sehr früh war, kaum sechs. Groscha tauchte maunzend in der Küchentür auf, sie strich auffordernd um Tamaras Beine. Tamara fütterte sie und sah ihr nach, als sie sich nach dem Fressen in den Hof setzte und sich putzte. Wie jeden Morgen. Tamara hob den Blick, der Himmel war klar und wolkenlos, es würde ein schöner Sommertag werden, wie gestern.

Gestern …

Tamara stöhnte auf. Gestern lebte Max noch.

Schließlich brühte sie einen starken Espresso, wie Jakob ihn mochte. Sie selbst trank, an den Küchentisch gelehnt, eine kleine Tasse und spürte erleichtert, wie das heiße, bittere Getränk ihre Sinne belebte. Entschlossen wischte sie sich die Tränen ab, wusch ihr Gesicht über der Küchenspüle und ging mit der Espressotasse für Jakob durch den schweigenden Garten, der seine Farben mit jeder Minute zurückgewann.

Im Licht und nach dem Espresso fühlte sie sich stark genug, um durchzustehen, was vor ihr lag. Sie würde es Jakob sagen müssen, und in diesem Moment würde Max endgültig tot sein.

Sie setzte sich auf den Bettrand, stellte die Tasse auf den Nachttisch und beugte sich zu Jakob hinunter, der noch immer schlief. Sie zögerte kurz, aber es gab keine Möglichkeit, die Neuigkeit anders als in ihrer ungeschönten Brutalität mitzuteilen.

Sie holte noch einmal Luft und flüsterte: »Jakob? Jakob! Wach auf!«

Er streckte die Hand nach ihr aus und wollte sie an sich ziehen. Aber sie machte sich behutsam los. Jetzt musste sie zum ersten Mal selbst diesen Satz sagen, der ihre glückselige Zeit in Tanneron heute Morgen beendet hatte.

»Max ist tot.«

Jakob hielt in der Bewegung inne. Er setzte sich auf und sah Tamara an. Sie würde niemals seine erschrockenen Augen vergessen.

Den weiteren Tag erlebten sie wie betäubt. Nachdem Tamara und Jakob sich angezogen hatten, gingen sie hinüber. Rosalie stand auf, als sie Jakob sah, und sie umarmten sich. Jakob drehte sich zu dem Bett um und zog scharf die Luft ein, als er Max sah. Er sank in die Knie und legte seinen Kopf auf Max' Hände. Als er wieder aufstand, war sein Gesicht nass von Tränen.

Rosalie sagte, dass sie sich anziehen wolle, und Tamara schlug vor, Frühstück zu machen, obwohl keiner recht Appetit darauf hatte. Jakob setzte sich in den Sessel, und als Tamara später nach ihm sah, hatte sie den Eindruck, dass er betete. Wie auf Verabredung ließen sie Max nicht allein und wechselten sich im Schlafzimmer ab.

Jakob rief zusammen mit Rosalie einen Arzt in Les Adrets an. Er kam um die Mittagszeit mit einem glänzenden großen Geländewagen und parkte neben der Göttin, die dagegen fahl und schmal wirkte.

Der Arzt war ein hagerer, sympathischer Mann mit einem melancholischen Lächeln, der sich, nachdem er Max untersucht hatte, dessen Medikamente zeigen ließ, die Beipackzettel studierte und zu dem Schluss kam, dass Max an Herzversagen gestorben war.

»Ein leichter Tod, ich muss sagen, beneidenswert.« Jakob war froh, dass er Tamara, die während der Untersuchung taktvoll in der Küche geblieben war, diesen Satz nicht übersetzen musste. Tamara würde an dem »leichten Tod« von Max nichts beneidenswert finden.

Als der Arzt erfuhr, dass Max Deutscher war, kratzte er sich am Kopf und legte seine Stirn in Falten. »Das wird kompliziert, ich brauche ja sowieso einen Ausweis wegen der Sterbeurkunde und muss das der deutschen Botschaft melden, er wird ja wohl nach Deutschland rückgeführt werden.«

Rosalie schluchzte auf, ihre Lippen zitterten, ihre Augen schwammen in Tränen. Sie sah Jakob entsetzt an und schüttelte den Kopf.

Jakob reagierte geistesgegenwärtig und leitete den Mediziner die Stiege hinunter. »Lassen Sie uns das doch unten besprechen.«

In der Küche trank der Arzt einen Kaffee, klagte über die Hitze und begann die Sterbeurkunde auszufüllen.

»Ich brauche seinen Ausweis, bitte.«

Jakob, der Max' Lufthansa-Tasche im Schlafzimmer gesehen hatte, ging wieder hinauf. Rosalie saß in dem Sessel beim Bett und schien stille Zwiesprache mit Max zu halten.

Jakob nahm die Tasche und legte sie mit einer gewissen Scheu auf ihren Schoß. »Ich möchte nicht an seine Sachen gehen. Da ist bestimmt sein Portemonnaie mit dem Ausweis drin, der Arzt braucht ihn.«

Rosalie presste ihre Lippen aufeinander und holte tief Luft, als müsse sie Kraft sammeln. Sie öffnete die Tasche, blätterte durch mehrere Briefumschläge und fand endlich auch das Portemonnaie. Als sie es aufschlug, bemerkte sie ein altes Foto unter dem Plastikschutz. Jakob sah, dass sie noch blasser wurde. Sie hielt ihm das Foto hin. Es war ein von den Jahren fast zur Gänze ausgebleichtes Schwarzweißfoto. Nur schemenhaft konnte Jakob zwei Personen ausmachen. Ein Paar. Er sah Rosalie fragend an.

Rosalie fuhr mit dem Zeigefinger über das Plastik. »Das sind wir. Damals in dem Sommer in Paris.«

Sie zog den Ausweis von Max aus dem hinteren Fach, schlug das Portemonnaie wieder zu und gab alles Jakob. Als er die Stiege hinunterging, hörte er sie weinen.

In der Küche schrieb der Arzt Max' Namen und Adresse in die Sterbeurkunde. Er wühlte in seiner Aktentasche und förderte eine Visitenkarte zutage, die er Tamara gab, weil er sie offensichtlich für die Tochter des Verstorbenen hielt.

»*Madame*, ich lasse Ihnen die Karte eines Bestatters aus Fréjus hier. Er ist erfahren, auch was deutsche Touristen angeht. Der bringt Ihren Vater sicher zurück zur Beerdigung nach Deutschland.«

Tamara drehte die Karte in ihren Händen und sah Jakob an. »Bitte, was sagt er?« Sie reichte ihm das Papier.

»Das ist die Karte eines Bestatters aus Fréjus. Er sagt, dass der sich mit der Rückführung der Lei…« Jakob schluckte an dem Wort, ihm wurde übel, und er musste sich neben den Arzt auf die Küchenbank fallen lassen. Tamara goss schnell ein Glas Wasser ein.

»Hier, trink das.«

Jakob schüttelte den Kopf. Er legte die Karte vor sich auf den Tisch, stützte die Ellbogen auf, und sein Gesicht verzog sich unglücklich. Tamara sah, dass er schluckte und kämpfte – aber aufgab und in Tränen ausbrach.

Tamaras Herz zog sich mitfühlend zusammen. Bevor sie aber zu ihm gehen konnte, erhob sich der Arzt und tätschelte mit professioneller Zuwendung Jakobs zuckende Schulter.

Er nickte Tamara zu, klopfte auf die Papiere, die er auf den Tisch gelegt hatte, und murmelte »*mes condoléances*«, das Tamara unschwer als »mein Beileid« verstand.

Sie begleitete den Arzt zur Tür und beobachtete, wie er auf dem Hof stehen blieb, um Groscha zu streicheln und sich eine Zigarette anzuzünden. Er sah noch einmal zu ihr herüber, winkte und startete dann den Motor.

Als Tamara wieder in die Küche kam, hatte sich Jakob etwas gefasst. Er stand an der Spüle und ließ sich kaltes Wasser über die Hände laufen.

Tamara lehnte ihre Wange an seinen Rücken. »Besser?«

Jakob drehte sich um und nahm sie in den Arm. So standen sie eine Weile. Es war sehr still.

Schließlich rückte Tamara ein wenig von Jakob ab. »Wie geht es jetzt weiter?«

Jakob zuckte mit den Schultern. »Schätze, wir müssen uns um die Beerdigung kümmern.« Er zog die Augenbrauen besorgt zusammen.

»Rosalie hat sich furchtbar aufgeregt, als der Arzt mitbekommen hat, dass Max kein Franzose ist, und sofort etwas von dem Transport nach Deutschland erzählt hat.«

»Max soll nach Deutschland gebracht werden?« Tamara dachte nach. »Ich kann verstehen, dass Rosalie das nicht möchte.«

»Aber er muss beerdigt werden. Und er muss weg aus dem Haus, es ist zu warm.« Jakob wischte sich über die Stirn, als könne er so seine Gedanken vertreiben. »Ich weiß, es ist unangenehm, aber wir müssen daran denken, dass es oben im Schlafzimmer unter dem Dach … also, es wird heiß werden. Wir können ihn nicht lange hierbehalten.«

»Aber wir können ihn Rosalie auch nicht wegnehmen. Außerdem hätte Max bestimmt nicht zurück nach Hamburg gewollt.«

»Aber er hat einen Sohn.«

Tamara nickte. »Der ist derzeit in Indien, arbeitet da bei einem internationalen Konzern. Vorher war er in Taiwan, auf Hawai und bevor er nach Indien ging, glaube ich, in Dubai. Vielleicht finden wir in Max' Unterlagen eine Mailadresse oder Telefonnummer. Vielleicht möchte er die Beerdigung organisieren. Wir sollten ihn wohl nicht übergehen.«

Jakob begann aufgeregt in der Küche hin- und herzulaufen. »Der hat sich doch auch früher nicht um ihn gekümmert. Hat er ihn mal in der JVA besucht? Jetzt kann der doch nur alles falsch machen.«

»Du musst ihm zumindest eine Chance geben. Vielleicht lag es ja auch an Max, dass sie kein gutes Verhältnis hatten.«

»Kann sein. Aber wenn wir den jetzt erreichen, will er Max garantiert nach Hamburg bringen. Und ihn neben Inge beerdigen.«

Sie hatten beide nicht gehört, dass Rosalie die Stiegen heruntergekommen war. Plötzlich stand sie in der Tür.

»Max bleibt hier. Bei mir.«

Sie war sehr blass, aber gefasst, und als sie an den Tisch trat, um sich geistesabwesend einen Kaffee einzugießen, zitterte ihre Hand nicht.

Tamara fragte: »Und das geht einfach so? Gibt es da nicht irgendein Gesetz? Muss ein Deutscher, der im Ausland …«

Jakob verdrehte die Augen. »Max würde dich jetzt wieder eine Preußin nennen! Was soll es da für Gesetze geben? Max ist Europäer, und der kann bestimmt auch in Frankreich begraben werden. Wir haben seinen Totenschein, der Arzt meldet den Todesfall an die deutsche Botschaft, das geht sowieso seinen bürokratischen Weg.«

»Aber wenn sein Sohn das nicht will?«

»Es geht doch wohl um den Willen von Max!«

Rosalie, die schweigend von einem zum anderen gesehen hatte, stand unvermittelt auf. Als sie zurückkam, hatte sie eines ihrer Notizbücher in der Hand.

Sie schlug es an einer bestimmten Stelle auf, wies auf eine in der Mitte der Seite notierte deutsche Nummer und sagte: »Wir rufen Friedler an. Der wird sich um alles kümmern.«

Tamara und Jakob sahen einander verblüfft an. »Friedler?«

»Der Friedler, der uns die Göttin besorgt hat? Max' Friedler?«

Rosalie bestätigte: »Der junge Friedler.«

Sie zog ein kleines Schwarzweißfoto zwischen den Seiten hervor. Darauf lachten eine junge Rosalie, ein junger Max und ein unbekannter, gutaussehender, großer junger Mann in die Kamera.

»Hier habt ihr ein Bild vom alten Friedler, unserem Freund, mit dem wir damals Paris unsicher gemacht haben.«

Tamara kniff die Augen zusammen. Der junge Mann erinnerte sie an irgendjemanden. Aber an wen? Erleichtert fiel es ihr ein: Der Mann auf dem Foto war unzweifelhaft verwandt mit dem Friedler, den sie in Hamburg bei der Übergabe der Göttin kennengelernt hatte.

Jakob klopfte mit dem Zeigefinger auf den Unbekannten. »Das ist Friedler?«

»Ja, *unser* Friedler, der Onkel vom jungen Friedler.«

Rosalie streichelte sanft über das Foto. »Max war so hübsch, findet ihr nicht auch?« Sie sah hoch und lächelte unter Tränen. »Wir waren ein wunderbares Trio.«

Tamara fragte: »Warst du auch in Friedler verliebt?«

Rosalie schüttelte den Kopf. »Nein, ich war in Max verliebt. Und darüber hinaus war ich in das Leben verliebt und in uns drei Freunde. Wir waren ...« Sie unterbrach sich. »So wie wir waren in diesem Sommer in Paris, so war ich vorher und nachher nie wieder. Wir waren voller Hoffnung, dass Freundschaft zwischen unseren Ländern möglich ist. Wir waren doch das beste Beispiel. Zu dritt zogen wir durch die Stadt, verwirrten die Leute, die uns trafen und manchmal nicht wussten, wer zu wem gehörte. Aber das war ein Spiel. Zusammengehört haben nur Max und ich. Als Max nach Deutschland ging, habe ich auch Friedler aus den Augen verloren.«

Jakob zeigte auf die Telefonnummer. »Aber du hast die Nummer seines Neffen.«

»Max hat sie mir vor einigen Tagen gegeben. Wir haben uns gegenseitig unser Leben erzählt, und er hat mir Friedlers Nummer aufgeschrieben, für den Fall, dass ich Hilfe brauche und er nicht mehr da sein sollte.« Sie verstummte und sah Tamara entsetzt an. »Meinst du, dass er seinen Tod ahnte?«

Tamara sank auf einen Küchenstuhl. Das Blut war aus ihrem Gesicht gewichen. »Mir fällt gerade ein, dass er mir gesagt hat, er müsse nach Frankreich, weil der Freund« – sie lächelte Rosalie traurig zu und fuhr fort – »weil der Freund, den er besuchen wollte, nicht mehr viel Zeit hätte. Jetzt weiß ich, dass er sich selbst damit gemeint hat.«

Rosalie stiegen wieder Tränen in die Augen. Tamara und Jakob sahen einander beklommen an. Tamara suchte verzweifelt nach einem tröstenden Wort, obwohl sie doch wusste, dass es keinen Trost gab. Eine Weile lang sagte keiner etwas.

Dann flüsterte Tamara: »Aber wir haben zuletzt eine einzigartige Zeit gemeinsam verlebt. Verleben dürfen.« Rosalie blickte unglücklich auf. Tamara fuhr schnell fort: »Es war …« Sie suchte nach Worten. »Es war die Essenz des Sommers.«

Rosalie schien sie sofort zu verstehen, ihre Augen leuchteten auf.

Auch Jakob legte zustimmend den Kopf zur Seite. »Es geht um den perfekten Sommer, oder?« Lächelnd zählte er auf: »Strahlender Sonnenschein … ein kühler Wein im Schatten von alten Bäumen.«

Tamara ergänzte: »Schwimmen … sorglose Stunden und süßes Nichtstun.«

Rosalie flüsterte: »Genau, die Essenz des Sommers! So war diese Zeit.« Für Sekunden fühlten sich alle drei zurückversetzt in die sorglose Stunden, die so jäh geendet hatten. Rosalie schluchzte wieder auf, und Tamara streichelte über ihren Arm.

Nach einer Weile fragte Jakob in dem Bemühen, Rosalie abzulenken und die quälende Stille zu unterbrechen: »Weißt du, was aus dem alten Friedler geworden ist?«

Rosalie wischte sich über die Augen. Der Abglanz eines Lächelns flackerte über ihre Züge. »Nach allem, was Max erfahren konnte, war er ein Globetrotter. Immer überall und nirgends. Max meinte sich zu erinnern, dass Friedler einige Jahre lang wohl Konsul eines osteuropäischen Landes war, dessen Name ich vergessen habe.«

Sie griff zu ihrem Taschentuch und schneuzte sich. Die Ablenkung tat ihr sichtlich gut, und Jakob versuchte das Gespräch in Gang zu halten, indem er fragte: »War er verheiratet?«

Rosalie schüttelte den Kopf. Sie unterdrückte ein Aufschluchzen und sagte mit noch zitternder Stimme: »Er galt als Playboy, was damals eine durchaus ehrenvolle Bezeichnung war.«

»Ehrenvoll?«, schnaubte Tamara verblüfft.

»Ja, das klang damals nach großer Welt. Wie alles andere, das mit Friedler zu tun hatte.« Ihre Stimme war jetzt sicherer. »Max hat es mir erzählt. Schöne Frauen, ein Haus an dieser Chaussee in Hamburg, wo der große Fluss fließt.«

»Elbchaussee?«

»Genau, eine Jacht in Port Grimaud, im Smoking bei Galakonzerten in der Met, in Bayreuth.«

Rosalies Worte ließen eine mondäne, glamouröse Welt der Vergangenheit entstehen, wie aus einem alten Film. Ihr selbst schien die Erzählung Trost zu geben. Jakob verschränkte seine Hände hinter dem Kopf und lauschte hingerissen. Tamara stellte fest: »Aber irgendwann muss er doch in Paris gelandet sein.«

Jakob sah sie fragend an, und sie erklärte: »Friedler junior hat Max und mir in Hamburg erzählt, dass sein Onkel unsere Göttin von einem Pariser Zahnarzt gekauft hat.«

»Ja, er war in Paris.« Jetzt lächelte sie sogar, als sie sagte: »Stellt euch vor, Friedler eröffnete dort eine Nachtbar.«

Jakob grinste. »Warum überrascht mich das nicht?«

»Ja, es passte zu ihm, nicht wahr? Die Bar war wohl sehr beliebt.« Mittlerweile war Rosalies Stimme fest. »Serge Gainsbourg, Niki de Saint Phalle, Gilbert Bécaud – kurz: bekannte Sänger, Schriftsteller, Künstler, die haben da angeblich oft vorbeigeschaut, sagte mir Max.« Sie erzählte, dass die Bar schräg gegenüber der Wohnung lag, die sie damals im Sommer für ihre Verwandten gehütet hatte. »Friedler hatte uns oft in dem kleinen Bistro gegenüber abgeholt. Genau das hat er wohl später gekauft und die Bar daraus gemacht.« Sie schüttelte den Kopf.

»Soviel Max wusste, ist Friedler 1975 beim Großen Preis von Spanien ums Leben gekommen.«

Jakob fragte: »Friedler ist auch noch Formel 1 gefahren?« Er sah sie entgeistert an.

»Nein, entweder war er Gast von irgendjemanden aus dem spanischen Jetset, vielleicht hat er auch als Journalist darüber berichten müssen, oder er arbeitete für einen der Rennställe – bei Friedler war doch alles möglich. Max wusste nur, dass der Große Preis von Spanien in Barcelona auf einem Straßenkurs ausgetragen wurde und dass ein Pilot in eine Leitplanke gerast ist, hinter der Zuschauer standen. Einige starben sofort, andere wurden schwer verletzt. Auf jeden Fall war Friedler damals in Barcelona dabei. Ein standesgemäßer Tod für diesen Lebenskünstler, findet ihr nicht? Wie traurig.«

Sie steckte ihr Taschentuch ein und schob das Bild wieder zwischen die Seiten. »Es ist merkwürdig, obwohl wir drei uns niemals wiedergesehen haben, ist dieser Sommer in Paris für uns unvergesslich geblieben. Vielleicht, weil wir alle in dieser Zeit zum ersten und letzten Mal wir selbst waren. Ihr versteht? Ich wäre gern immer so offen, interessiert und liebevoll gewesen, wie ich es in dieser Zeit sein konnte.« Sie lächelte traurig, aber für Sekunden strahlte das junge Mädchen, das Max Engel so sehr geliebt hatte, durch ihre Trauer. »Ich wäre gern verliebt geblieben. Wenn man verliebt ist, ist man der beste und der glücklichste Mensch. Man glaubt an das Gute in den Menschen, man hält Freundlichkeit nicht für Schwäche, sondern für notwendig, man teilt mit der Welt das Lachen. Leider ist mir das Leben dazwischengekommen, und ich wurde eine normale, vom Alltag gestresste und mit Sicherheit oft, wie sagt ihr, *zickige* Lehrerin.« Sie beugte sich nach unten und hob Groscha auf ihren Schoß. Während sie nachdenklich das weiche Fell streichelte, fuhr sie fort:

»Die Bar hieß *Deux amis et une jeune fille* – Zwei Freunde und ein Mädchen. Leider habe ich sie selber nicht gesehen. Wusstet ihr, dass der junge Friedler einige Jahre eine Privatdetektei geführt hat? Für ihn war es eine Kleinigkeit, Max zu finden.«

Tamara starrte Rosalie verwirrt an. »Wieso wollte der junge Friedler Max finden?«

»Aus einer sentimentalen Anwandlung heraus. Seine Familie ist nach dem Tod von unserem Friedler in sein Haus gezogen, und Friedler junior wohnt heute noch dort. Elbchaussee, das ist eine gute Gegend, oder? Vor rund einem Jahr ging es wohl um den Ausbau des Dachbodens, und da sind Kisten aus dem Nachlass von unserem Friedler aufgetaucht, unter anderem mit Fotos aus unserer Pariser Zeit und vor allem auch mit Bildern aus der Bar. Jedenfalls hat Friedler irgendwann bei Max angerufen. Das muss gewesen sein, kurz bevor Max in dieses lächerliche Seniorenheim gezogen ist.«

»Und daraufhin hat Friedler dich ausfindig gemacht?«

»Nein, er hatte es zwar Max angeboten, aber der war stur. Er meinte, es sei seine persönliche Aufgabe, mich zu finden. Ich habe sie verloren, ich muss sie wiederfinden. Wie eine Aufgabe für einen Ritter.«

Tamara und Jakob tauschten einen ratlosen Blick. Dann fragte Tamara: »Warum hat er sich denn nicht helfen lassen, wenn der Friedler doch schon ein Privatdetektiv war?«

Rosalie zuckte mit den Schultern. »Ich verstehe das. Das hätte so einen Beigeschmack gehabt, den auch diese Familienzusammenführungen im Fernsehen immer haben. Wenn man darauf wartet, dass ein Fernsehsender deinen geliebten Menschen findet … Nein, ich konnte das verstehen. Das war nicht sein Stil. Allerdings gehe ich davon aus, das Friedler ihm vielleicht ein paar Hinweise gegeben hat, wie man im Netz recherchiert.«

Sie lächelte, wurde aber sofort wieder ernst und schwieg nachdenklich. Schließlich sah sie Tamara und Jakob an. »Ich weiß nicht, ob ihr das verstehen könnt, aber auf eine rätselhafte Weise bin ich froh, dass Max erst jetzt zu mir gekommen ist.«

Tamara platzte heraus: »War es nicht fast schon … zu spät?«

»Nein, gar nicht, es war der perfekte Zeitpunkt. Ich könnte sagen, dass ich früher dumm war. Aber das stimmt nicht. Ich war sehr stolz, vielleicht zu stolz. Er war verheiratet, hatte Familie, er hatte mir versprochen, zurückzukommen. Er hatte es versprochen! Wäre er früher gekommen – hätte ich doch verlangt, dass er sein Leben für mich ändert. Diese Tage, diese einzigartige unvergleichliche Zeit, die wir hier erlebt haben, ebenso einmalig und unvergesslich wie die Zeit, die wir damals in Paris verlebten, die hätte ich vor zwanzig Jahren nicht erleben können. Damals war ich noch erfüllt von Wut und Hass. Ich hätte ihm mit Sicherheit vorgeworfen, mein Leben zerstört zu haben. Wir wären traurig und verletzt auseinandergegangen, und nichts wäre geklärt gewesen.«

Sie verschränkte ihre Finger. »Die Wahrheit ist viel komplizierter und gleichzeitig einfacher. Max hat mein Leben nicht zerstört. Ich habe auch ohne ihn recht gut gelebt – obwohl er in meinen Gedanken immer bei mir war. Vielleicht war das unser Schicksal und das Schicksal unserer Liebe? Dass wir nur das Feuerwerk und die Leidenschaft und das Besondere erlebten – ohne Alltag, ohne Abnutzung und Gewöhnung? Ich war am Ende meiner beruflichen Laufbahn Schulleiterin, ich habe Karriere gemacht. Und ich habe auch nicht wie eine Nonne gelebt. Nur mit Max …« Ihre Tränen liefen wieder. »Mit Max war es perfekt. Vor zwanzig Jahren hätte ich ihn nur dafür gehasst, dass er sich mir entzogen hatte, dass nicht ich, sondern eine andere Frau mit ihm leben durfte. Heute bin ich einfach froh, dass er zurückgekommen ist.« Unter Tränen lächelte sie, und ihre Stimme hatte etwas Triumphierendes. »Ja, er ist zu mir zurückgekommen. Zu mir. Am Ende hat er sein Versprechen doch gehalten. Und er bleibt jetzt bei mir. Dafür wird Friedler sorgen.«

Und genauso kam es auch. Rosalie rief Friedler an. Es war ein langes Gespräch, das Rosalie in der Diele führte. Tamara und Jakob saßen währenddessen im Hof unter dem Feigenbaum, aber obwohl der Abend warm und die Luft samtig war, mussten sie immer wieder auf den leeren Stuhl sehen, auf dem sonst Max gesessen hatte, und alles fühlte sich falsch an. Irgendwann rief Rosalie nach Jakob, und als er wiederkam, erzählt er, dass Friedler noch einmal zurückgerufen habe und dass jetzt eine Lösung dafür gefunden sei, wo Max bis zur Beerdigung bleiben würde.

Noch vor Mitternacht klopfte es an der Küchentür, und drei schweigsame Männer aus dem Dorf holten Max ab und brachten ihn in die kleine Kapelle, in der er so sorgenvoll auf Rosalies Entscheidung gewartet hatte.

»Max hatte einfach recht«, erklärte Rosalie den beiden anderen auf ihre verwunderten Fragen. »Diese Friedlers sind Tausendsassas. Überlebenskünstler. Sie kennen immer jemanden, haben irgendeinen Kontakt – es ist verrückt. Fragt mich nicht wie, aber der junge Friedler hat die verantwortliche Stelle für die Kapelle hier bei uns herausgefunden. Ich kenne nämlich nur den alten Monsieur Armand, eine Art ehrenamtlichen Küster, der dort manchmal nach dem Rechten sieht. Er hätte das allein sicher nicht entscheiden dürfen. Aber Friedler hat jemanden Offizielles erreicht, der uns erlaubt, dass Max bis zum Begräbnis dortbleiben darf.«

Alle drei waren froh, dass ihnen durch die Initiative von Friedler die Planung der nächsten Ereignisse abgenommen wurde. Tamara fasste ihre Gefühle zusammen, als sie gemeinsam mit Rosalie die Kleidungsstücke heraussuchte, die Max tragen sollte.

»Es ist, als ob Max das alles vorausgesehen und Friedler für uns als Hilfe eingeplant hat.«

Rosalie stimmte ihr zu. »Ich bin auch froh darüber, ich traue mir im Moment nicht zu, das zu organisieren.«

Sie entschieden sich für das farbenfrohe Hemd, das Max bei seinem ersten Wiedersehen mit Rosalie getragen hatte, sein helles Jackett und die ausgebeulte helle Hose, deren Stoff vom vielen Waschen weich und glatt war.

»Ich stelle mir vor, dass er da drüben« – Rosalie machte eine unbestimmte Bewegung mit ihrer Hand – »sich gleich ein Plätzchen in einem Café unter einem Sonnenschirm sucht.«

Tamara ergänzte: »Oder im Schatten einer Platane.«

»Er setzt sich, bestellt einen Kaffee und holt seine Zeitung hervor.«

Rosalie sah sie durch einen Tränenschleier an. Ihre Mundwinkel zuckten, und obwohl die Tränen ihre Wangen hinunterrannen, lag ein Lächeln, fast ein Kichern in ihrer Stimme, als sie sagte: »Und als Nächstes erklärt er der Bedienung, wie wunderbar es ist, dass das Wetter in Südfrankreich im Sommer so hält.«

Tamara musste lachen. Es tat so gut, sich an lustige Erlebnisse zu erinnern. »Aber damit war er nicht allein. Ich habe auch noch meinen Regenmantel und Gummistiefel im Kofferraum.«

Rosalie sah sie verständnislos an. Sie schüttelte den Kopf. »Das ist der Unterschied zwischen uns: Ihr Deutschen haltet Regen immer für möglich.« Sie legte die Kleidung ordentlich zusammen und schloss den Schrank. »Leider war er nicht lange genug hier, um diese Einstellung zu ändern.«

Sie begleiteten die Männer, die in der Kapelle bereits von dem aus Fréjus herbeigeeilten Bestatter mit einem einfachen Holzsarg erwartet wurden. Tamara und Rosalie schmückten den Sarg mit Sonnenblumen und Lavendelsträußchen, und Jakob zündete Kerzen an.

Die Nacht verbrachten sie alle drei gemeinsam erst im Garten, dann im Wohnraum. Sie aßen endlich etwas, und weil sie tagsüber nichts gegessen hatten, viel zu viel: Es gab Taboulé und die Lammkoteletts, auf deren Erwerb Max noch vor zwei Tagen auf dem Markt von Saint-Raphaël bestanden hatte, und viel Rotwein.

»Wie wird es mit dir jetzt weitergehen?«, fragte Tamara Rosalie.

Rosalies Gesicht war verquollen, aber sie wagte dennoch ein zuversichtliches Lächeln.

»Nach allem, was mir Max erzählt hat, werde ich auf keinen Fall jemals in ein Altenheim gehen. Das ist einfach nur gut, wenn man dement oder sonst ernsthaft krank wird. Unbequem hält fit! Ich werde weiter die steile Stiege hinauf ins Schlafzimmer steigen und ich werde weiter im Garten arbeiten. Max wollte keinem zur Last fallen und ist ins Seniorenheim gegangen, weil er dachte, dass sich keiner um ihn kümmert. Dadurch hat er viele soziale Kontakte verloren und ist immer bequemer und hinfälliger geworden. Das will ich nicht. Ich werde hier in Tanneron leben, und alles wird mich an Max erinnern. Die alte Steinbank, auf der er so gut nachdenken konnte. Sein Stuhl hier unter dem Feigenbaum, wo er immer Zeitung gelesen hat. Das Café, in dem er so gern mit dem Wirt plauderte. Ich werde hinauf ins Hotel gehen, um dort auf der Terrasse, wo wir uns wieder versöhnt haben, einen Kaffee zu trinken. Ich werde über das Tal schauen, als ob er neben mir stünde. Alles hier hat nun eine neue Bedeutung für mich. Bis ans Ende meiner Tage. Das war das letzte große Geschenk meines Lebens für mich. Das erste war, dass ich Max traf. Das letzte war seine Rückkehr.«

»Er hat immer an dich gedacht«, sagte Jakob langsam, ehe er, an Tamara gewandt, fortfuhr: »Erinnerst du dich noch an unseren Abend in Orange? Als wir dieses Lied von Edith Piaf gehört haben? ›La foule‹?« Sie erzählten Rosalie, wie Max ihnen die Worte übersetzt hatte.

»Die beiden Liebenden in dem Lied, das wart ihr beide für Max«, sinnierte Tamara.

Rosalie sah sie nachdenklich an. »Ich kann mich an das Lied erinnern. Aber nicht daran, dass wir es gemeinsam gehört haben.« Sie schloss die Augen. »Wir wurden stattdessen wie die zwei Königskinder.« Sie flüsterte: »Die hatten einander so lieb, sie konnten zusammen nicht kommen, das Wasser war viel zu tief.«

Jakob holte seinen Laptop, suchte ein wenig im Internet, und sie hörten noch einmal »La foule«.

Rosalie sah zu, wie sich Tamara und Jakob im Tanz wiegten. Sie schloss erneut die Augen und bewegte den Kopf im Takt der Musik, und in ihrem Herzen lächelte sie Max zu.

Sie blieben an diesem Abend, in dieser Nacht, zusammen, keiner hatte die Kraft, schlafen zu gehen. Sie saßen zusammen und sprachen miteinander. Sie schwiegen gemeinsam. Und irgendwann schliefen sie ein. Rosalie im Lehnstuhl, Tamara auf dem Sofa, Jakob davor auf dem Boden.

Die Nacht wich dem Morgen, die Sonne warf ihre Strahlen erst noch vorsichtig in das Zimmer und malte Kringel auf die Stelle auf dem Holzboden, wo sich Groscha genüsslich streckte. Die Katze hob den Kopf, als ein Auto vor der Tür hielt.

Auch Jakob erwachte von dem Geräusch. Rosalie und Tamara schliefen friedlich.

Er stand leise auf. In diesem Moment wurde die Haustür geöffnet. Jakob hörte eine Männerstimme auf Deutsch rufen: »Hallo? Guten Morgen! Darf ich reinkommen?«

Bevor Jakob reagieren konnte, tauchte ein hochgewachsener Mann mit dichten dunklen Haaren und in einem gepflegten Sommeranzug im Türrahmen auf. Er wirkte äußerst ausgeschlafen und verströmte den dezenten Duft eines teuren Aftershaves. In der Hand trug er eine große Tüte mit Croissants.

»Guten Morgen! Sie müssen Jakob sein, ich bin Friedler.« Rosalie schreckte hoch, auch Tamara schwang langsam die Beine vom Sofa und winkte Friedler noch etwas verschlafen zu.

»Wo kommen Sie denn her?«

»Ich habe gleich den ersten Flug und einen Leihwagen gebucht. In welches Haus ich musste, habe ich an der Göttin vor dem Zaun erkannt. Und die Küchentür stand sperrangelweit offen«, sagte Friedler strahlend.

Rosalie rieb sich die Augen. »Wir haben vergessen, das Haus abzuschließen.« Sie lächelte Friedler bedauernd an. »Wozu auch, das Wertvollste ist ja nicht mehr da.«

Friedler küsste ihr galant die Hand. »Wie schön, dass wir uns endlich persönlich kennenlernen. Jetzt kann ich verstehen, warum Max Sie unbedingt wiedersehen wollte.« Er half ihr beim Aufstehen und nahm sie mit beneidenswerter Selbstverständlichkeit in die Arme.

Mit Friedler erwachten sie aus ihrer Lähmung. Der Verlust von Max schmerzte, aber Friedler ließ nicht zu, dass sie ins Grübeln kamen oder in Schwermut versanken.

»Es gibt immer etwas zu richten in solchen Fällen, hat meine Großmutter gesagt«, predigte er.

Tamara sah sich um und musste ihm recht geben. Das Schlafzimmer sollte einmal geputzt und die Bettwäsche gewaschen werden. Sie machte sich unverzüglich an die Arbeit und verstand, was Friedlers Großmutter wohl gemeint hatte: Die Arbeit lenkte ab und verscheuchte die dunklen Gedanken. Jedenfalls für eine gewisse Zeit.

Friedler ließ sich von Jakob in der Göttin nach Nizza zur deutschen Botschaft fahren und erklärte, dass er die Beerdigungskosten für Max übernehmen würde.

»Möchten Sie ein schönes deutsches Wort lernen, junger Freund?«, warf er Jakob zu und ließ sich auf den Beifahrersitz fallen. »*Totenfürsorge*. So nennt man das. Das ist das Letzte, was ich für Max tun kann. Wissen Sie, ich habe die Treffen mit ihm in Hamburg immer sehr genossen. Meine Eltern sind schon lange tot. Wir haben meist im Vier Jahreszeiten einen Tee getrunken, auf die Alster gesehen, eine Partie Schach gespielt und über das Leben geredet. Leider habe ich ihn viel zu spät kennengelernt.«

Max hatte augenscheinlich, das ergab der Inhalt seiner sorgsam gehüteten Lufthansa-Tasche, seinen Tod gut vorbereitet. Erst am Abend vor der Beerdigung fand Rosalie die Kraft, sie zu öffnen.

»Es fällt mir so schwer, in seinen Sachen zu kramen.« Sie warf einen hilfesuchenden Blick in die Runde.

»Er wird es so gewollt haben«, antwortete Friedler.

Rosalie zuckte mit den Schultern. »Das sagt man ja dauernd, wenn einer stirbt. Er würde dieses und jenes gewollt haben.«

Tarama warf ein: »Und weißt du, warum das gesagt wird? Weil es stimmt. Wir kennen doch unsere Toten, zumindest einen großen Teil von ihnen. Friedler hat recht: Max hätte keine Probleme damit, dass du die Tasche aufmachst. Im Gegenteil: Er erwartet das von dir.«

Rosalie schluckte. Sie sah in die Tasche. Darin befanden sich vier mit Namen beschriftete Umschläge.

»Friedler, Rosalie, Tamara, Jakob.« Sie sah erstaunt in die Runde. »Woher wusste er, dass Friedler hier ist?«

»Er hat es einfach nur für möglich gehalten, schließlich sollten Sie sich doch bei mir melden, wenn Sie Hilfe brauchen«, meinte Friedler, öffnete seinen Umschlag und meldete wenig später: »Hier ist die Telefonnummer von Florian, dem Sohn von Max. Ich rufe ihn an.«

Die anderen wollten ihre Umschläge lieber allein öffnen, und so zogen sie sich zurück.

Rosalie stieg hinauf in das Schlafzimmer und zündete die Kerze an, die auf dem Nachttisch stand. Es machte ihr überhaupt keine Angst, dass Max neben ihr gestorben war. Im Gegenteil, sie empfand es als das größte Kompliment, dass er diesen letzten wichtigen Moment seines Lebens mit ihr geteilt hatte. Sie legte sich auf das Bett und küsste seine Handschrift auf dem Umschlag, bevor sie ihn öffnete.

Tamara ging durch den Garten zur Steinbank. Sie sah Max vor sich, wie er hier gesessen hatte und auf Rosalie wartete, die irgendwo im Haus Bohnen putzte, am Computer im Verkaufsraum saß oder Honiggläser stapelte. In diesem Moment wurde ihre Trauer von einem überwältigenden Gefühl der Zuneigung und Dankbarkeit zugedeckt, dass Max sie auf diese seine letzte Reise mitgenommen hatte.

Sie flüsterte leise: »Danke, Max.« Dann holte sie tief Luft und fühlte, wie trotz allen Kummers das Glück in ihrem Körper summte.

So saß sie lange, und erst als es schon fast dunkel war, öffnete sie den Umschlag.

Als Erstes fand sie die Postkarten, mit denen Max versucht hatte, sie zu der Fahrt nach Südfrankreich zu überreden. Zwischen den Postkarten steckten verschiedene Scheine, und als sie alles zusammenzählte, kam sie auf die schwindelerregende Zahl von 700 Euro. Mit feuchten Händen suchte sie auf den Postkarten nach einer Nachricht und wurde schließlich auf der Rückseite einer Karte mit Mimosen fündig.

Max hatte nur wenige Worte geschrieben. »Für Tamara! Träume sollte man nicht verschieben. Dein Max.« Tamara ließ die Karte sinken, und nun weinte sie doch noch einmal.

Jakob lag auf dem Bett in der Cabane, als er seinen Umschlag aufriss und einen Briefbogen und ein altes Foto herauszog. Er legte das Blatt beiseite und sah sich das Foto an. Darauf war ein junger Sportler in der Stütze an einem Reck zu sehen, der breit in die Kamera lachte. Jakob erkannte Max sofort. Er drehte das Foto um. »Meisterschaft 1959« stand dort in säuberlichen Druckbuchstaben einer altmodischen, verblassten Tintenschrift. Er wandte sich dem Brief zu. »Ich hätte früher mit Yoga anfangen sollen. Du bist ein Teufelskerl! Werde glücklich. Max.«

Als sie sich am Abend zum Essen trafen und Tamaras Ratatouille aßen, erzählte Friedler, dass Florian erst im nächsten Jahr wieder nach Europa kommen würde.

»Er war natürlich sehr traurig, aber er ist mit allem einverstanden. Florian ist ein netter Mann«, sagte Friedler und bekannte, untypisch für seine selbstbewusste Nonchalance, dass er ein wenig befürchtet hatte, Florian könnte die Beerdigungspläne ablehnen oder eifersüchtig werden.

»Er war sehr froh, als er meinen Namen höre. Meinte, Max habe von mir erzählt, und es habe ihn gefreut, dass Max in mir einen Ansprechpartner gefunden hat. Das hätte sein schlechtes Gewissen dem Vater gegenüber ein wenig beruhigt.«

»Wird er im nächsten Jahr das Grab besuchen kommen?«, fragte Tamara.

Friedler nickte. »Wir haben uns verabredet. Vielleicht wird das ja der Beginn einer wunderbaren Freundschaft.« Seine Augen funkelten unternehmungslustig. »Mich interessiert außerdem, was er in Mumbai macht. Indien ist noch ein weißer Fleck auf meiner persönlichen Reiseagenda.«

Es war das erste Mal seit Max' Tod, dass Rosalie lachte. Sie strubbelte Friedler durch das sorgsam gekämmte Haar, als sei er ein kleine Junge. »Es ist unglaublich, wie sehr Sie Ihrem Onkel ähneln.«

Obwohl die Haut um ihre Augen immer noch rot vom Weinen war, hatte sie schon wieder etwas von ihrer gewöhnlichen Stärke zurückgewonnen. Sie schlug sich vor die Stirn.

»Ich muss Tamara noch etwas von Max geben. Moment, wartet.« Sie stand auf, und die anderen hörten sie durch die Küche in die Diele gehen.

Wenig später kam sie mit einem Paket wieder zurück und stellte es vor Tamara.

»Max wollte, dass du das bekommst. Er hätte es dir zum Abschied gegeben. Aber nun ist er zuerst … abgereist.«

Tamara klappte die Pappdeckel zur Seite, holte den ersten von fünf kleinen, in Papier eingeschlagenen Gegenständen heraus – und wickelte ein weißes Kännchen aus Porzellan aus.

»Die Gießkännchen!« Der schöne Tag auf dem Markt stand wieder vor ihren Augen, und sie umarmte Rosalie stürmisch. »Wann hat er die gekauft? Ich habe das gar nicht mitbekommen!« Sie fühlte sich wie ein Kind an Weihnachten. Wie ein geliebtes Kind an Weihnachten.

»Typisch Max, der alte Geheimniskrämer«, sagte Rosalie, und Friedler ließ sich die Geschichte vom Marktbesuch erzählen. So saßen sie wieder lange zusammen und sprachen miteinander von Max. Später baute Rosalie Friedler ein Bett auf dem Sofa im Wohnraum, und als Tamara und Jakob in der Cabane angekommen waren, zeigten sie sich gegenseitig ihre Nachrichten von Max. Nur was Max Rosalie geschrieben hatte, erfuhren sie nicht.

Sie beerdigten Max Engel bei strahlendem Sonnenschein in der harten, trockenen Erde des Bergmassivs auf dem alten Friedhof von Tanneron. Schmetterlinge tanzten in der Sonne, und die Zikaden sangen. Außer Rosalie, Tamara, Jakob und Friedler waren der Briefträger, der Wirt vom Café, der nette Kellner aus dem Hotel und einige andere Dörfler gekommen. Der Priester betete das Vaterunser, und zwei Männer vom Bestattungsinstitut ließen den Sarg hinunter ins Grab. Nacheinander traten die Beerdigungsgäste vor und warfen mit einer kleinen Schaufel Erde auf den Sarg.

Tamara sah in den Himmel, der das gleiche Blau hatte wie die Augen von Max, und winkte ihm innerlich zu. Adieu, mein Freund.

Zuletzt trat Rosalie an das Grab. Sie hielt sich gerade, und obwohl Tränen über ihr Gesicht strömten, lag Stolz in ihrem Blick. In den Händen hielt sie ein kleines Büschel Rosmarinzweige. Die junge Stimme von Max drang an ihr Ohr. *»Rosmarin ist also ein Symbol der Liebe.«*

Sie war wieder auf dem Blumenmarkt in Paris, lief Hand in Hand mit Max durch das Blütenmeer.

»Versprich mir, dass du Rosmarin auf mein Grab legst.«

Auch sie hatte ihr Versprechen gehalten.

Kapitel 16

Friedler und Jakob hatten für die Trauerfeier den Küchentisch in den Hof geräumt und dort Gläser und Getränke für einen Umtrunk arrangiert. Nachdem alle Beerdigungsgäste auf Max angestoßen hatten, küsste Friedler Rosalie und Tamara auf die Wangen und bedachte Jakob mit einer männlichen Umarmung. Er verkündete, dass er abreisen müsse. Dringende Geschäfte erforderten seine Anwesenheit. Wo, verriet er nicht. Auch stellte er Tamara kein Wiedersehen in Hamburg in Aussicht. Er würde sich melden, wenn es sich ergäbe. Wenn sie jedoch Probleme hätte, sei hier seine Mailadresse, er würde umgehend reagieren. Zuletzt gab er ihr noch genaue Instruktionen, wohin sie die Göttin bringen sollte.

»Das ist ein Parkhaus in Altona, und dort wirst du auch deinen Wagen finden.« Er holte sein Boardcase an den Tisch und überraschte sie mit ihrem Autoschlüssel und den Papieren.

»Voilà! Max hatte mich übrigens gebeten, den Wagen noch einmal durch den TÜV zu bringen und ein paar Reparaturen vornehmen zu lassen. Als Dankeschön für deine Mühe.«

Er lachte. »Dein Spielzeug-Oldtimer schnurrt wieder wie Groscha! Das wollte Max so.«

Tamara schüttelte ungläubig den Kopf. »Max hat an alles gedacht.«

Friedler warf sein Gepäck auf den Beifahrersitz seines Leihwagens. Ein Wirbel aus Händeschütteln und Winken, Motorgeräusche und der Tanz des Staubs im Licht der tiefstehenden Sonne, ein letztes Hupen, dann war Friedler fort.

Auch die anderen Gäste verabschiedeten sich bald, während Rosalie, Tamara und Jakob zurückblieben und jeder sich fragte, wie er nun in den Alltag zurückfinden sollte.

Doch das Leben scherte sich nicht um menschlichen Kummer, das wusste Tamara Finke schon lange, und so war sie nicht weiter verwundert, dass es einfach weiterging – mit dem Frühstück nach einer Nacht, in der sie wie betäubt geschlafen hatte. Nach dem Frühstück musste ein Einkauf organisiert, eine Honigbestellung in ein Hotel bei Nizza geliefert und schon wieder Wäsche gewaschen werden.

Am Ende war ein neuer Tag ohne Max vorbei, sie hatten gegessen, gearbeitet, Zeit für einen Kaffee im Hof gehabt und sogar ein paar Mal gelacht. An diesem Abend saßen Rosalie und Tamara in der Abendsonne auf der Steinbank. Jakob hatte ihnen ein Glas Rosé gebracht und sich zum Yoga hinter die Cabane zurückgezogen.

»Bring doch bei deinem nächsten Besuch unbedingt deinen Finn mit«, sagte Rosalie. »Ich mag junge Leute um mich herum. Er könnte auch noch einen Freund einladen, Platz genug habe ich ja.«

»Würde dir das nicht zu viel werden?«

»Ich gedenke, weiter fit zu bleiben und mich nicht gehenzulassen«, erklärte Rosalie. »Mein Arzt hat mir vor Jahren gesagt, dass alles, was ich zwischen vierzig und fünfzig nicht tue, sich zwischen sechzig und achtzig bitter rächen wird. Ich habe auf meinen Arzt gehört.«

»Und wenn du mal nicht mehr so gut zu Fuß bist?«

Rosalie lachte.

»Genau dieser Gedanke, diese vorauseilende Angst hat Max in dieses Heim gebracht. Ich werde mich darum kümmern, wenn es so weit ist. Bis dahin mache ich Gymnastik, arbeite, genieße meinen Rosé und sitze gemütlich herum und träume ein bisschen von Max. Darin habe ich Übung.« Sie warf Tamara einen Blick zu. »Und du? Was erwartet dich in Hamburg?«

»Ich muss einiges mit meiner Chefin klären.«

»Wirst du weiter dort arbeiten?«

»Erst einmal schon. Wenn Sie mich nach der Geschichte mit der Handtasche überhaupt noch nimmt. Denn, das habe ich auf der Reise mit Max verstanden, ich mag meinen Job und ich mache ihn gut. Nach all dem, was Max und ich besprochen haben, kann ich ihn sogar noch besser machen, und ich habe Lust darauf. Ich weiß, dass Seniorenheime ein fauler Kompromiss sind – aber es gibt sie nun einmal, und bis sich was Besseres findet, muss sich jemand um die Alten kümmern. Da ist es doch gut, wenn jemand wie ich das macht, oder?«

Rosalie legte ihre Hand leicht auf Tamaras Unterarm, sie sagte schlicht: »Max hat zu mir einmal gesagt, du seist so etwas wie eine Wunschtochter. Er hat dich geliebt.«

Tamara musste schlucken. »Ich ihn auch.«

Sie wischte sich über die Augen und räusperte sich. »Mit dem Geld von Max kann ich eine Ausbildung zur Hundetrainerin machen. Was danach kommt, lasse ich auf mich zukommen.« Ihre Miene hellte sich auf. »Finn kommt im nächsten Jahr zurück, und er wird wohl noch zwei Jahre zur Schule gehen. Und auf jeden Fall werde ich mir einen Hund anschaffen.«

Rosalie hielt ihr Glas hoch. »Das klingt nach aufregenden neuen Zielen. Erzieh den Hund nur gut, dass er keinen Ärger mit Groscha bekommt, wenn ihr mich besucht.«

Sie stießen an und sahen dann schweigend zu, wie der dunkelorangene Sonnenball hinter der Bergkette verschwand.

Mit leichter Wehmut packte Tamara einen Tag später die Göttin. Liebevoll streichelte sie über den Lack.

»Na, mein altes Mädchen, jetzt geht's nach Hause.« Allerdings schien das Auto auf einmal erschreckend viel Platz zu bieten und viel zu leer zu sein. Tamara dachte daran, wie sie zu viert nach Orange gefahren waren. Sie und Luis hinten, Jakob und Max vorn. Sie erinnerte sich an die fröhlichen Stimmen, die nachdenklichen Momente, das Lachen und Singen. Das weiche Haar von Luis und die Augen von Jakob im Rückspiegel. Im Kofferraum wirkten ihre Tasche und das Paket mit dem Porzellankännchen geradezu verloren, und Tamara war mehr als froh, als Jakob neben sie trat und seinen Rucksack und seine Yogamatte dazulegte.

»Ich kann mich immer noch nicht daran gewöhnen, dass er nicht mehr vom Beifahrersitz aus seine Kommentare abgibt«, sagte sie leise.

Es war nicht nötig, Max' Namen zu erwähnen.

»Wenn du Lust auf Kommentare hast – ich bin bereit.«

Sie legte ihre Wange an Jakobs. »Willst du nicht noch ein bisschen hierbleiben?«

Jakob schüttelte den Kopf. »Ich glaube, es ist gut, dass wir Rosalie jetzt allein lassen.«

Ein VW Golf mit deutschem Kennzeichen kam langsam die Straße herauf. Er hielt bei ihnen, und der Fahrer, ein kurzhaariger Familienvater, beugte sich aus dem Fenster, zeigte auf die Göttin und brach in einen Wortschwall aus.

»Ah, aus Hamburg? Ist das Ihr Wagen? Sprechen Sie Deutsch? Wir würden gern Honig kaufen, und man hat uns eine Frau …«

»Romain, Madame Romain«, assistierte seine pummelige Frau, während die auf dem Rücksitz sitzende, ungefähr achtjährige Tochter sich die Nase am Fenster platt drückte.

»Wir haben die Adresse aus dem Internet«, fügte der Vater hinzu.

Bevor Tamara antworten konnte, öffnete Rosalie die Haustür. Sie hatte ihre Haare wieder zu einem weichen Knoten zusammengefasst, was ihrem leicht gebräunten Gesicht eine aufmerksame Eleganz verlieh, und sie gab in ihren weißen Jeans und den gemütlichen Espadrilles ein Bild gepflegter Lässigkeit ab. Tamara bemerkte, wie die pummelige Frau, die jetzt ausstieg und dabei recht unvorteilhafte Leggins und ein sackartiges T-Shirt offenbarte, sie beinahe neidisch musterte. Und sie bemerkte noch etwas.

»Sag mal«, flüsterte sie Jakob zu, »ist das nicht das Hemd von Max?«

Jakob folgte ihrem Blick. Tatsächlich trug Rosalie, mit einem schmalen Ledergürtel um die Hüfte, Max' leuchtend blaues Hemd.

»Sie wollen Honig kaufen?« Rosalie begrüßte die Touristen freundlich und bat sie in den Verkaufsraum.

Bevor sie die Tür hinter ihnen schloss, hörten Tamara und Jakob sie mit dem kleinen Mädchen Deutsch reden.

»Das ist meine Katze. Sie ist ziemlich dick, findest du nicht auch? Dicke Katze heißt *gros chat* auf Französisch, darum nennen wir sie Groscha. Und siehst du, jetzt hast du gleich ein bisschen Französisch gelernt.«

Tamara zwinkerte Jakob zu. »Einmal Lehrerin, immer Lehrerin.«

»Sie ist eben weiter für die Völkerverständigung unterwegs. Das hätte Max gefallen.«

»Du findest, dass wir uns keine Sorgen um sie machen müssen?« Tamara war immer noch nicht wohl bei dem Gedanken, Rosalie allein zu lassen.

»Jetzt geht doch die Hochsaison los, da hat Rosalie viel zu tun. Im Dorf kümmert man sich umeinander. Der Briefträger kommt praktisch jeden Tag vorbei, gleichgültig, ob er Post für sie hat oder nicht. Die Imkerjungs sind auch häufig da, wegen Nachschub. Sie ist jetzt mit dieser jungen Steinmetzin im Gespräch, die Friedler in Puget aufgetrieben hat, und sucht demnächst einen Grabstein für Max aus. Außerdem …« Er küsste Tamaras besorgt gerunzelte Stirn. »Außerdem macht sie doch morgens immer ihre ›Fünf Tibeter‹.«

Tamara zeigte ihm einen Vogel. »Ach du … Aber wird sie nicht in Traurigkeit versinken. Ohne Max … ohne Liebe?«

Jakob fiel etwas ein. »Weißt du, was sie mir gestern nach dem Yoga gesagt hat? Ich habe ganz vergessen, es dir zu erzählen.« Er zog bewundernd die Augenbrauen hoch. »Sie trägt sich mit dem Gedanken, ihre und Max' Geschichte aufzuschreiben. Wie findest du das?«

Ein letztes Mal gingen sie gemeinsam den Weg hinauf zum alten Friedhof. Sie standen in der Mittagssonne, blickten auf das frische Grab, entsorgten einige vertrocknete Blumen. Den Strauß aus Rosmarinzweigen, zusammengehalten von einer blauen Seidenschleife, den Rosalie auf das geschlossene Grab gelegt hatte, rückte Tamara vorsichtig in die Mitte der Grabstelle.

»Es ist seltsam, aber ich habe das Gefühl, ihm noch einmal etwas Gutes tun zu wollen. Er hat mich so reich beschenkt. Und was hab ich für ihn tun können?«

Jakob nahm ihre Hand. »Du hast das Beste für ihn getan. Du hast ihn zu Rosalie gebracht.«

»Er hat mich quasi gekidnappt.«

Sie sahen über das Tal. Die Hitze summte über den Feldern, die Zikaden sangen, hoch oben zog ein Raubvogel seine einsame Runde. Die steile Mittagssonne fraß die Schatten, und die Landschaft und Häuser leuchteten in schmerzhafter Klarheit.

»Man müsste Erinnerungen pressen können, wie Blütenblätter«, sagte Tamara nachdenklich.

Jakob schüttelte den Kopf. »Nein, sie würden vertrocknen und zerbröseln. So wie in dem Herbarium, das Max Luis erklärt hat.«

»Hast du eine andere Idee?«

»Du musst sie hier behalten.« Er zeigte auf ihr Herz. »Wenn du die Augen schließt und zurückdenkst, kannst du das, woran du dich erinnerst, wieder lebendig machen.«

Tamara sah ihn belustigt an. »Das kannst du Luis erzählen.«

Jakob zog sie an sich. »Probier es doch mal aus. Mach die Augen zu … und denke an Max. Denk daran, wie er in deinem Auto saß und wie ihr losgefahren seid …«

Tamara gehorchte, und Jakobs Stimme ließ auf wundersame Weise den ersten Tag ihrer Reise wieder vor ihr erstehen. Wieder fühlte sie die Abenteuerlust in sich und die vibrierende Neugier und das Herzklopfen.

Sie öffnete die Augen. »Du hast recht. Schöne Erinnerungen leuchten bis in die Gegenwart. Und so haben Max und Rosalie ihre Liebe erhalten können.« Tamara hakte sich bei Jakob unter, und sie gingen wieder zurück ins Dorf.

Es blieb keine Zeit für einen traurigen Abschied. Schon bald standen sie am Wagen, und Rosalie schenkte ihnen einen Korb gefüllt mit Rosmarinsträußchen, die sie gebunden hatte. »Für deine kleinen Vasen, Tamara!«

Sie drückte Tamara gerade mit Tränen in den Augen an sich, als ein altersschwacher Peugeot mit spuckendem Motor vor der Göttin hielt.

Zwei weißhaarige Damen, beide korrekt mit mauvefarbenen Twinsets, Faltenröcken und flachen Pumps gekleidet, entstiegen dem Wagen. Sie entdeckten Rosalie und trippelten unter begeisterten Ausrufen auf sie zu. Rosalie war mit einem Mal ebenso aufgeregt und begeistert, und einen Moment lang hatten Tamara und Jakob das Gefühl, in einen Schwarm von Singvögeln geraten zu sein, so hell und zirpend waren die französischen Stimmen um sie.

Schließlich erstarb das Zwitschern, und Rosalie stellte sie alle einander vor. »Das sind Madame Rigault und Madame Latil, zwei ehemalige Kolleginnen. Sie haben für einige Zeit ein Haus in Les Adrets gemietet. Na, da werden wir ja viel zu erzählen haben. Und das sind Tamara und Jakob, Freunde aus Deutschland und aus Holland.« Man schüttelte sich die Hände und tauschte Höflichkeiten aus, und schließlich umarmte Rosalie Tamara und Jakob noch einmal mit dem Versprechen, dass man in Kontakt bleiben würde.

Tamara setzte sich hinter das Steuer der Göttin, Jakob kurbelte das Beifahrerfenster hinunter und rief: *»Au revoir!«*

Das Letzte, was Tamara im Rückspiegel sah, waren die drei winkenden alten Damen im Sonnenschein.

Sie fuhr konzentriert, aber ohne Angst die Bergstraße hinunter, durch den Olivenhain und am funkelnden See entlang. Ab und an lächelte sie Jakob zu.

Als sie die Autobahn erreicht hatten, fragte Tamara: »Wie sehen denn deine Pläne eigentlich aus?«

Jakob, der damit beschäftigt war, eins der Rosmarinsträußchen an den Rückspiegel zu hängen, erwiderte beiläufig: »Nun … ich kenne Hamburg noch gar nicht.«

Tarama warf ihm schnell einen Blick zu. »Du kommst mit?«

Jakob hatte es geschafft, das Sträußchen zu befestigen, und gab ihm einen kleinen Stups, so dass es hin und her schwang.

»Hab ich so gedacht.«

Tamara blickte nach vorn, und hinter ihrer Sonnenbrille waren ihre Augen nicht zu erkennen.

Doch Jakob sah, wie sich ihre Mundwinkel leicht hoben.

Ein großes Dankeschön für Rat und Tat an …

Gisela Klemt, Michael Günther und Jörn Popenga (DS-Stammtisch Hamburg), Gottfried Scherler, Anja Westphal, Constanze Kowalski, Armin Plöger, Susanne Schmidt, Hilde Bergmann und an meine ungenannten Lieblingsmenschen, die mein Leben bereichern, mich inspirieren, aushalten und genau wissen, dass sie gemeint sind.

Bis heute ist über die Liebe nur ein einziger wahrer Satz gesagt worden, nämlich: »Dieses Geheimnis ist groß.«

Silke Schütze

Erdbeerkönigin

Roman

Eigentlich könnte Eva glücklich sein mit ihrer Familie und dem ruhigen Leben, in dem sie sich eingerichtet hat. Und doch denkt sie oft wehmütig an eine Begegnung vor über 20 Jahren. Eva hat Daniel nie wieder gesehen, aber sie bewahrt die Erinnerung an jene magische Nacht wie einen kostbaren Schatz – bis sie erfährt, dass er gestorben ist und sie zu seiner Grabrednerin gemacht hat. Warum? Für Eva beginnt eine Spurensuche voller unerwarteter Entdeckungen …

Romantisch, bewegend, inspirierend: Ein Lesevergnügen für Herz und Verstand.

KNAUR